이스라엘식 밥상머리 공부법

CHAV RUTA

하브루타

조용한 질문혁명

느티나무가 있는 풍경

이스라엘식
밥상머리 공부법

CHAV RUTA
하브루타

조용한 질문혁명

초판 1쇄 발행일 2020년 10월 20일

저　　자 | 탈무드창의평생교육원장 조둘연, 메싸METHA+하브루타연구소장 정은아, 연구원 김옥경,
연구원 김현경, 연구원 김도연, 연구원 이미순, 연구원 임소명, 안정준, 이호종, 신광철
펴 낸 이 | 김 희경
디 자 인 | 권 민철

펴 낸 곳 | 느티나무가 있는 풍경
주　　소 | 경기도 남양주시 가운로4길6-8 302호 (다산동)
대표전화 | 031-555-6405
등록일자 | 2020년 10월 20일

ISBN 979-11-971341-0-4(03810)
CIP CIP2020041025

*잘못 만들어진 책은 바꾸어 드립니다.
*값은 뒤표지에 있습니다.

진정한 스승은 가르치지 않고, 생각하게 한다.

이스라엘 공부법 하브루타
(Chavrusa, chavruta, havruta, אַתוּרְבַח)

✡ 서문

✡ 1장 | 이스라엘 교육법 하브루타Havruta

✡ 2장 | 하브루타의 목표

지혜는 배우지 않은 것을 깨우칠 수 있는 창조적 파괴능력이다.
가르쳐서 배울 수 있는 세계가 아니다.
교육은 가르치는 것이 아니라
스스로 생각의 전구에 불을 켜도록 도와주는 것이다.

서문

이스라엘 교육법 하브루타

(Chavrusa, chavruta, havruta, אָתוּרְבַח)

– 하브루타는 스승과 제자의 관계가 없다 –

혁명은 작은 변화의 실천에서 온다. 사소함의 반복된 실천이 혁명을 불러온다. 혁명의 주체는 언제나 인지능력에서 출발한다. 인지능력은 4가지에 의해서 결정된다. '인지능력은 첫째 본다, 둘째 듣는다, 셋째 생각한다. 넷째 말한다', 에 달려있다. 우리는 가르치고 배운다는 말에 익숙해져 있다. 교실풍경이나 회의장의 상황을 보면 말하고 강사는 말하고 학생이나 참가자는 듣는 것에 그친다. 정해져 있다. 학생이나 참가자가 생각하고, 말하는 부분이 빠져있다. 학생이나 참가자가 생각하고 말하도록 하는 것이 혁명적인 변화를 가져오게 한다.

하브루타의 특별한 점은 특별하지 않다. 하지만 특별하지 않은 작은 다름을 실천하면서 특별한 것으로 변한다. 이론과 실천은 천국과 지옥으로 나누어 놓는다. 그렇다면 하브루타에 대해서 알아보자. 특별하지 않은 것이 어떻게 혁명적인 변화를 가져오게 하는가를.

먼저 하브루타에서는 스승과 제자의 관계가 없다. 인간과 인간의 만남 그 자체다. 나와 다른 생각을 가진 존재와의 토론이다. 다름을 가진 존재와의 토론에서 다른 세계를 만난다. 나라는 존재의 폐쇄성을 열리게 하는 놀라운 세계를 경험하게 한다. 다름을 경험하고, 다름을 서로 이야기하면서 새로운 결론을 찾아가는 여정 자체가 신세계다. 목적하는 바를 찾을 수도 있고, 찾지 못할 수도 있다. 그러나 하브루타를 하면서 보다 넓은 세계를 만나게 되고, 다른 세계를 만나게 되면서 사유영역의 확장을 만날 수 있다. 정신영역의 폐쇄에서 개방으로, 개방을 통해서 확장으로 전환하는 계기를 마련해준다.

다음으로 사고체계의 입체화에 있다. 강의를 듣는 것과 달리 자신이 직접 참여해 말할 때 자신의 생각을 정리하고, 말 할 단어와 문장을 만들면서 말하고자 하는 내용의 입체화를 만들게 된다. 말을 듣는 단순화된 상황에서 말하면서 입체화된 상황으로 전환하게 된다. 인지능력의 상승을 확인하게 된다. 오래 기억하고, 정리되어 기억된다. 작아 보이지만 큰 변화다.

마지막으로 개인영역에서 객관화 영역으로 이동하게 한다. 일반적으로 강사와 청취자의 관계, 즉 말하고 듣는 관계가 전부다. 듣는 것으로 끝난다. 하브루타의 강점은 듣는 것에서 벗어나 자신이 말하고 상대의 말을 듣게 된다. 자신의 직접 말하는 순간 자신의 위치를 확인하게 된다. 주관에서 벗어나 객관화의 영역으로 이동하게 된다. 사람은 말하는 순간 자신의 생각을 정리한다. 이야기하면서 자신의 생각이 옳은 것인가를 다시 한 번 확인한다. 그리고 상대방이 받아들이는 정도에 따라 다시 한 번 자신의 생각에 대해 생각하게 한다. 그리고 다시 한 번 상대의 이야기를 들으면서 인지능력을 확장시킨다. 강의를 듣는 것으로 끝나는 것과 토론을 하면서 자신의 생각을 상대에게 설명을 하는 것에는 차이가 크다.

위와 같은 3가지의 사소한 다름으로 하브루타는 최상의 경지에 이르게 한다. 사소한 다름이라고 말한 것은 우리가 일상적으로 하고 있고, 할 수 있는 것들이라는 점에서 사소한 다름이라고 했다. 하지만 우리는 안타깝게도 이런 사소함을 교육현장에, 일상생활에 도입하지 못하고 있다는 점이다. 우리가 가진 능력과 전통이 있음에도 지금의 현실에서는 토의 토론 그리고 소통과 화합에 이르지 못하고 있다. 우리에게는 토의와 토론을 통해서 만장일치에 도달하는 끝장토론의 전통이 있었다. 만장일치라고 하는 것은 다른 의견을 가졌음에도 마지막까지 토론을 해서 최종적으로 하나를 선택하게 되는 제도다. 결론에 도달하는 화백제도가 고대에서부터 있었다.

보고 듣고 생각하고 말하는 것이 최고의 인지능력 효과를 갖는다. 이것을 그대로 실천한 것이 하브루타다. 하브루타는 서로 짝을 지어 대화하고 토론하는 학습 방식이다. 두 사람이 대화와 질문을 통해 상대방과 토론하고 논쟁하는 방식이다. 세 명 이상이 그룹을 이룰 때는 '하브라Chavurah'라고 한다.

하브루타Chavruta는 유대인의 전통적인 학습 방법이다. 아랍어로 '우정'이나 '동반자 관계'를 뜻한다. '친구, 동반자'를 뜻하는 '하버Chaver'에서 유래했다. 전통적으로 하브루타는 유대인 율법인 토라Torah를 함께 공부하는 사람이나 학습법을 뜻했다. 같은 생각을 하는 유대인들이 모여 안식일과 휴일, 기도, 학습과 같은 경험을 함께 하며 공유하는 모임을 뜻하는 말이다. 현대에 하브루타라 하면 '학습 파트너Study Partner'라는 의미로 사용한다.

하브루타가 가진 강점을 우리 한국적 상황에 도입해서 살아있는 교육현장으로 만드는 것이 필요하다. 다름으로 다투는 것이 아니라 다름으로 지식영역의 확장과 정신영역의 확장으로 받아들일 수 있는 상황전개를 위해서 하브루타는 필요하다. '다툼'에서 '열린 마음'으로 가는 길은 열려있다.

하브루타가 살아있는 현장은 이스라엘에서 찾을 수 있다. 3,800년간 나라도 없이 유랑생활을 하면서 고유의 언어를 잃지 않았다. 2차 대전 때는 독일의 나치들에게 600만 명이라는 엄청난 민족이 학살을 당하고도 굴하지 않았다. 현재 세계 인구의 0.2%인 1,500만 명이 100여 개 국에서 눈부신 활동을 하고 있다. 이스라엘 사람들의 활동은 성말 눈부시다. 역대 노벨상의 22% 획득, 아이비리그Ivy league 학생의 23%를 차지하고 있다. 노동자로 미국에 건너가 현재 미국 백만장자의 40%를 차지하고 있다.

인류 역사에 지대한 공헌을 한 인물들의 이름을 살펴보면 놀랍다. 에디슨, 아인슈타인, 프로이트, 키신저 등이 있다. 현재 세계 경제를 주름잡는 로스차일드와 조지 소로스가 있고, 천재 지휘자 번스타인, 영화감독 스필버그가 있다. 3차 산업혁명이라 할 수 있는 전자산업계의 혁명을 일으킨 스티브 잡스, 빌 게이츠 등도 이스라엘 사람이다. 많은 인물들이 눈부신 활동을 하고 있다.

이스라엘 사람들이 세계를 이끌어갈 사람들을 배출한 힘은 어디에서 왔을까. 하브루타다. 하브루타는 주체적 사고로 학습하는 배움 중심수업이다. 나와 다른 너라는 존재의 생각과 내 생각이 만나는 접점에서 대화가 이루어진다. 나를 이야기하면서 정리하고, 상대가 정리한 것을 통해 내 생각과의 다름을 깨닫고, 지식영역의 확장을 하는, 주고받는 수업이다. 서로를 인정하면서 깊이 있고, 핵심을 잡아가는 수업방식이다. 많은 학자들이 하브루타의 힘을 여기에서 찾는다.

하브루타는 구체적으로 무엇이며 하브루타가 힘을 가진 교육법으로 인정받는 이유는 무엇일까. 하브루타를 한 마디로 정의하면 이렇다. 하브루타는 가르치는 것이 아니라 소통하는 것이다. 하브루타는 가르치고 배우는 관계에서, 가르치면서 배우고 배우면서 가르치는 관계로 발전한 것을 말한다. 좀 더 부연해서 설명하면 한 사람이 스승이자 제자이고, 제자이자 스승이 될 수 있다. 한 사람이 자신 안에 있는 스승과 제자를 바라보는 또 다른 눈이 있음을 발견하게 된다. 메타인지라고 하는 '생각하고 있는 나를 바라보는 또 다른 생각'을 하브루타는 대화로 제도화하고 있다. 내 생각과 다른 생각을 받아들이는 제도에서 메타인지의 역할을 수행한다. 다시 말해 메타인지의 일상화가 하브루타다. 하브루타를 통해 새로운 교육제도의 전환을 기대한다.

아쉬운 점은 이스라엘에서는 하브루타를 하기 위한 전제 조건이 있다. 토라와 탈무드가 있다. 우리에게는 현재 준비되어 있는 것이 없다. 그래서 마련한 것이 하브루타의 소재로 삼을 수 있는 인생깨달음에 대한 이야기다. '긍정이와 웃음이의 마음공부 여행'이라는 총 365+1개의 이야기다. 1년은 365일이고, 4년에 한 번 하루가 보태져 366일일 때가 있다. 그래서 366개의 이야기로 만들었다. 주별로는 1년이 53주다. 그래서 일주일에 한 번씩 하브루타를 할 경우를 생각해서 53개 단원으로 나누었고, 여기에 366개의 이야기를 준비했다. 하브루타를 주별로 하거나, 매일 할 수 있도록 만들었다.

한국인에게 하브루타는 꼭 필요한 교육방법이다. 한국사회가 안고 있는 근원적이면서 대표적인 것은 소통의 부재다. 국회에서뿐만이 아니라 가정에서도 부모자식 간의 소통의 부재가 심각하다. 분열과 다툼은 다름을 인정하지 않는 것에서부터 출발한다. 다름이 고맙고, 소통이 고마운 것을 인정하는 하브루타의 교육방법은 한국사회가 먼저 받아들여야 할 기본과제다.

하브루타의 핵심은 사람을 파악하는 능력을 배우는 것에 있다.

1장

이스라엘 교육법 하브루타Havruta

우리의 관심은 하브루타에 있다. 하브루타를 이해하기 위해서 알아야 할 것이 있다. 이스라엘의 역사와 유대인을 이해해야 한다. 유대인을 유대인이게 하는 것은 교육에 있다. 유대인교육은 독특하다. 독특함은 종교에서부터 출발한다. 유대인의 종교는 유대교다. 유대교의 성경이 있다. 토라다. 토라Torah는 영원불변한 하나님의 말씀이다. 토라를 배우는 과정에서 주석하고, 해석한 것이 탈무드Talmud다. 탈무드를 이해하기 위해서 필요한 학습방법이 하브루타Havruta다. 그리고 학습의 자세는 토라 리쉬마Torah Lishmah다.

다시 정리하면 첫째 성전인 토라에서 출발해, 둘째 토라를 주석하고 해석한 탈무드, 셋째는 탈무드를 이해하기 위한 방법이 하브루타다. 그리고 마지막으로 넷째 학습의 자세로 리쉬마가 있다. 토라, 탈무드, 하브루타 그리고 리쉬마로 이어지는 연관성과 독립적인 특성을 이해해야 하브루타를 이해할 수 있다.

이스라엘 교육법의 독특함은 학교교육이 아니라 가정교육에 있다. 교육의 출발은 가정에서부터 시작해서 교육의 마지막도 가정에서 마무리된다. 일상이 교육이고, 일상이 배움이다. 교육현장이 따로 있는 것이 아니라 생활전선이 바로 교육현장이다. 이스라엘 사람에게는 교육이 일상이다. 우리로 말하면 밥상머리교육이다. 지식교육이 아니라 먼저 이스라엘 사람을 이스라엘 사람으로 만드는 교육에 있다. 이스라엘 사람을 이스라엘 사람으로 만드는 첫 번째 요인이 종교다. 종교라는 틀이 있어서 목적이 변하지 않는다. 이스라엘 사람을 이스라엘 사람으로 만든다는 의미는 결국 유대교를 떠나서 이해할 수가 없다. 유대인들은 종교를 통해서 흩어져 있음에도 하나로 통일된 민족정신을 가지게 되었다.

하브루타의 핵심은 사람을 파악하는 능력을 배우는 것에 있다. 다시 말해 인간이해 능력배양에 있다. 다양한 사람과의 대화와 토론을 통해서 다양한 인간유형을 공부하는 것이 하브루타의 첫 번째 효과다. 둘째는 다양한 시각을 가지게 되어 세상을 이해하고, 대처방법을 배우게 된다. 셋째 우리가 알고 있는 지식을 통해서 지혜를 깨닫게 되는 일반적인 하브루타의 효과다. 지혜는 지식의 축적에서 나오기보다는 새로운 세계를 찾아가는 과정에서 나온다. 새로운 세계가 이론으로 확정되는 순간 지식에 불과하다. 수많은 새로운 이론들이 축적된 것으로 책과 인터넷 그리고 도서관에 쌓여있다. 결론으로 나와 있는 것을 알기 위해 공부하는 것이 아니다. 우리는 확정되어 지식이 되어가는 과정을 이해하기 위해 공부한다는 것을 잊어서는 안 된다.

하브루타는 답을 알아가는 과정을 스스로 깨우치도록 하는 것에 있다. 혼자의 힘으로 버거워 짝을 지어 서로의 부족한 점을 보완하는 것이 하브루타다. 한국의 교육제도는 결과 되어진 지식을 알려주는 지식공장 역할을 수행해 왔다. 이스라엘은 결론의 만들어지는 과정을 공부를 하도록 해서 공부가 지혜발전소 역할을 하도록 했다. 지금 한국의 현실에서는 이스라엘의 교육제도가 우리에게 필요하다는 것을 깨우쳐 주었다.

1.토라Torah

하브루타를 이해하려면 이스라엘의 종교를 이해해야 한다. 가장 먼저 알아야 할 것이 토라다. 토라는 한 마디로 정의하면 유대교 율법이다. 토라Torah의 의미는 가르침, 교훈, 지침이라는 뜻을 가지고 있다. 좁은 의미의 토라는 모세의 율법이다. '십계명'을 비롯하여 '모세를 통해 준 명령과 규례와 법도'를 가리켜 '토라'라고 부른다. 넓은 의미로는 5경Pentateuch이다. 〈창세기〉·〈출애굽기〉·〈레위기〉·〈민수기〉·〈신명기〉로 모세가 저술한 5권의 책을 토라, 즉 율법이라고 부른다. 모세 5경, 토라는 '하나님의 가르침, 교훈, 지침'이다. 모세가 하나님의 계시를 받아서 썼다. 다른 의미로는 히브리 성서 전체를 일컫는 말이다. 더 나아가서는 유대인의 율법·관습·의식 전체를 아우르는 말로도 쓰인다. 하나님이 이스라엘, 즉 유대 백성에게 내린 계시의 본질이며, 하나님이 인류를 위해 계시한 가르침 또는 지침이다. 토라는 〈구약성서〉 처음에 나오는 5권을 가리키는데 국한된다. 율법 또는 5경Pentateuch이라고도 한다. 토라는 전통적으로 시나이 산에서 하나님으로부터 계시를 받은 모세가 썼다고 인정한다.

토라라는 말은 히브리 성서 전체를 가리키는 데 쓰기도 한다. 어떤 유대인들은 구전되어온 법률과 관습을 하나님이 모세에게 내린 계시의 중요한 부분으로 보기 때문에 토라를 구전 율법과 기록된 율법 모두를 포괄하는 말로 이해한다. 또 어떤 사람들은 랍비들이 구전과 기록된 율법 모두에 대해서 해놓은 주석과 해석을 신성한 구전 전승의 확장으로 보며, 토라가 유대인의 율법·관습·의식의 전체 체계를 가리키는 훨씬 더 넓은 뜻을 지니게 된다.

아브라함 계열의 종교, 곧 유대교, 로마 가톨릭 교회, 동방 정교회, 개신교와 이슬람교, 사마리아인 등 모두 공통적으로 인정하는 경전이다. 토라는 다섯 부분으로 구분되기는 하나 원래 한 두루마리에 묶여 전해졌다. 일반적으로 '토라'는 율법서를 가리킨다. 유대교의 성경인 타나크Tanakh의 율법서인 토라와 예언서 그리고 성문서로 구성되어 있다. 유대교의 입장에서 율법서 중 가장 중요한 책은 토라다.

토라는 유대교에서 귀중하게 다루는 성스러운 물건이다. 토라를 작성할 때 서기관이 토라를 취급하는 방법을 확인해보면 성스러움의 정도를 확인할 수 있다.

1. 서기관은 토라를 송아지 가죽에 기록해야 한다. 자란 소의 가죽에 토라를 기록하면 가죽이 너무 두꺼워 토라가 무거워지기 때문이다.
2. 서기관은 자연사한 송아지 가죽에 토라를 기록해야 한다. 아무리 귀중한 토라일지라도 토라를 기록하기 위하여 송아지를 잡으면 하나의 생명이 희생되기 때문이다.
3. 서기관은 토라를 기록하다가 '하나님' 이름이 나오면 목욕을 하고 와서 주님의 이름을 기록하여야 한다. 하나님은 거룩하신 분이기 때문이다.
4. 서기관은 토라를 기록하다가 '하나님' 이름이 나오면 사용하던 펜을 버리고, 새로운 펜을 꺼내어 사용해야 한다. 하느님은 거룩하신 분이기 때문이다.
5. 서기관은 토라를 기록할 때 두 명이 지켜보는 가운데 기록해야 한다. 잘못 옮겨 쓸 수 있기 때문이다.
6. 서기관은 토라를 기록할 때 '하나님'이라는 단어에서 한 획이라도

틀릴 경우 해당 면을 뜯어내고 처음부터 새로 기록해야 한다. 그러나 하느님 이외의 단어가 틀릴 경우에는 해당 단어를 도려내고 새로운 가죽을 붙여 쓸 수 있다.
7. 서기관은 토라를 기록할 때 타나크에 나와 있는 청결하다고 생각한 동물이나 식물로 만든 정결한 깃털이나 갈대로만 기록해야 한다. 다른 재료를 사용하여서는 안 된다. 그리고 철로 된 필기구는 무기를 만들 수 있는 재료이므로 철로 된 필기구를 사용해서는 안 된다.
8. 서기관은 토라를 기록할 때 천천히 기록해야 한다. 뜻을 묵상하면서 기록해야 하기 때문이다.

토라를 보관하는 방법은 다음과 같다. 토라를 회당에 보관할 때는 4단계의 장치를 해야 한다.

1. 우선 토라를 잘 말아서 두루마리가 서로 만나도록 한 후 허리를 끈으로 묶는다. 운반이나 보관 중에 토라가 땅에 떨어지거나 흐트러지는 일이 없도록 하기 때문이다. 끈은 어린아이가 태어났을 때 사용한 강보를 잘라 만들기도 한다.
2. 끈으로 묶은 토라는 유럽계 유대인의 경우 천으로 만든 토라 표지를 씌운다. 그러나 중동 지방에 살던 유대인들은 나무로 만든 상자에 넣어 고리로 닫는다.
3. 표지나 통 속에 넣은 토라는 회당의 맨 앞쪽에 있는 벽장에 넣는다. 벽장 속에서도 바닥에 놓지 않고 세워서 보관한다. 벽장에 안전하게 넣은 다음에 반드시 벽장을 안전하게 닫고 문을 잠근다.
4. 벽장에 넣은 후에는 벽장 전체가 보이지 않도록 휘장으로 가린다. 휘장은 성막에서부터 유래된 것이며 예루살렘 성전을 거쳐 회당에 흔적이 남아 있다.

토라에 대한 만들고 관리하는 방법뿐만이 아니라 토라를 폐기할 때에도 유대인들은 토라를 일반 쓰레기통에 버리거나 불에 태우는 않는다. 회당에 보관해두다가 폐기할 때가 되면 사람이 묻히는 공동묘지에 묻는다. 토라는 유대인들의 성물이다. 유대인들의 출발과 결말이 토라에 있음을 반증하는 사례들이다.

토라는 반드시 송아지 가죽에만 기록하지 않는다. 사용방법에 따라 양가죽이나 사슴 가죽 등 정결한 동물의 가죽에 기록한다. 다만 토라에 나오는 동물을 사용해야 한다. 동물 가죽이 아닌 일반 종이에 인쇄된 두루마리는 아무리 고급스럽게 만들어진 것이라 할지라도 회중 앞에서 낭독할 때 사용할 수는 없다. 엄격한 규정이 있다.

놀라운 것은 유대인들이 회당에서 낭독하는 토라 두루마리 글자에는 음표가 표시되어 있다. 토라를 읽을 때 누구나 같도록 하기 위해서 음의 고저와 장단이 표기되어 있다. 어느 장소, 어느 누가 읽더라도 동일한 소리로 낭독될 수 있다. 공동체로서의 하나가 되도록 했다. 더욱 놀라운 것은 토라는 유대교에서 달력 역할도 한다. 1주일마다 토라를 일정한 주기로 읽어나가면, 정확하게 유대력 1년이면 토라 전체를 읽을 수 있다. 유대인들의 풍습에 의하면 1년은 53주다.

각 주를 파라샤Parashah라고 부른다. 토라 전체를 53조각으로 나눠서 각 주마다 한 조각씩 읽는다. 파라샤의 명칭은 각 주에 읽는 토라의 첫 번째 단어들이다. 예를 들면 '파라샤 트루마Parashah terumah'라고 하면, 예물terumah로 시작하는 문장부터 읽어나가는 주다. 전 세계 유대교 회랑은 정확하게 같은 분량을 같은 날에 읽어나가게 된다. 어디에 있으나 같은 내용을 읽을 수 있다. 이 또한 유대인 동일공동체로서 함께 한다는 의식을 심어주기 위해 세심한 배려와 신경을 썼음을 확인할 수 있다.

토라에 대한 외경심이 어느 정도를 확인할 수 있는 예가 있다. 토라를 읽을 때에는 손으로 직접 만지면 때가 탄다는 이유로 '토라 포인터 Torah pointer'라고 하는 손 모양의 막대를 가지고 한 글자씩 짚어가면서 읽는다. 그리고 토라를 만져야 할 경우에는 반드시 토라 표지 천으로 토라를 싼 후 만져야 한다. 어떤 일이 있더라도 토라를 땅바닥에 놓을 수 없다. 받침이나 다른 물건을 깔고 올려놓아야 한다. 토라를 땅바닥에 놓을 경우는 벌로 3일간 금식해야 한다.

토라는 이스라엘인의 종교이자 성경이다. 이스라엘인의 정체성과 가치관을 결정하는 단서다. 결국 이스라엘인의 정신적 모체가 토라다. 진정으로 이스라엘인이게 하는 중요한 실질적이고도 구체적인 증거로서 토라는 작동하고 있다. 성스럽게 다루는, 다루어야 하는 이유가 있다. 종교로서 뿐만이 아니라 한 국가의 역사다. 종교와 역사를 함께 현재의 생활에 적용하고 있는 드문 사례다. 정치와 종교가 분리되었지만 아직도 굳건하게 정치와 종교가 완전히 분리되지 않는 국가가 이스라엘이다. 토라는 이스라엘인에게는 종교이자 역사며, 또한 국가관이며 이스라엘 사람이라면 지켜야할 일상생활의 관습이자 도덕이기도 하다.

2. 탈무드Talmud

탈무드는 '연구' '가르침'이라는 뜻이다. 토라가 유대인의 성경이라면 탈무드는 토라의 해석서이자 주석서다. 토라가 교과서라면 탈무드는 참고서다. 신의 영역인 토라를 인간의 영역에서 풀어 설명한 것이 탈무드다. 예를 들면 토라에서 '사랑하라'는 말이 하나님의 선언이자 절대적인 명령이라면 왜 사랑해야 하느냐, 어떻게 사랑해야 하느냐를 설명하고 있는 것이 탈무드다. 토라에서 사랑하라고 했지만 나를 죽이려는 자를 사랑해야 하는가. 천사를 해치려는 악마를 사랑해야 하는가. 나를 죽이려는 자를 진정으로 사랑해야 한다면 어떻게 사랑해야 하는가, 천사를 해치려는 악마를 사랑해야 한다면 어떻게 사랑해야 하는가를 설명하는 것이 탈무드다.

크고 깊고 넓은 의미의 선언을 구체화하기 위한 방법이 탈무드다. 토라를 선명하게 드러내기 위한 해석이며 주석이 탈무드다. 탈무드를 이해하려면 인간 이해를 해야 한다. 탈무드는 신의 말을 인간의 영역에서 풀어야 하는 것이기 때문이다. 탈무드는 한 마디로 정리하면 신의 말을 인간이 해석한 것이 탈무드다. 탈무드를 찾아들어가 보자.

첫째, 탈무드는 신의 세계를 인간의 영역으로 가져와서 해석하고 또한 전달해야 한다는 점에서 인간이해가 우선되어야 한다. 토라가 신의 영역이었다면 탈무드는 토라를 해석하고 분석해서 인간이 공유해야 할 안내서다. 신의 영역을 인간의 생각과 철학으로 접근해서 가능한 신의 의도에 가까이 근접하려는 노력의 하나가 탈무드다.

둘째, 가르침을 전달한 것이 토라라면 배움을 깨우치는 것이 탈무드다. 신이 인간에게 지침을 내려주었다. 명령命令이다. 토라가 신의 직접적인 말이라면 탈무드는 인간의 노력으로 신의 명령을 보다 정확하게 확인하기 위해 공부해서 가까이 가려는 노력의 하나다. 신은 하나의 말을 필요로 하지만 그것을 공부하기 위해 많은 사례와 대화가 필요하다. 탈무드는 하나의 답을 가지고 있지 않다. 논공행상이 필요한 이유다. 완전체인 신의 말을 이해하기 위해 불완전체인 인간의 노력물이다.

셋째, 신의 권위를 인간의 겸손으로 받아들여야 이해할 수 있다. 토라를 이해하려면 인간은 겸손해지고 낮아져야 가까이 갈 수 있다. 탈무드를 이해하려면 긍정적인 생각과 신의 입장에서 이해하고 다가가야 한다. 그래야 신의 말이 들린다. 신은 설명하지 않아서 인간의 생각으로 설명해야 이해할 수 있다.

넷째, 토라가 진리라면 탈무드는 삶의 실제상황이다. 유대인에게 토라는 변할 수 없는 진리다. 진리를 이해하기 위해 삶을 통해서 진리에 가까이 다가간다. 하나하나의 상황을 이해해서 큰 진리에 다가서기 위한 방편이 탈무드다. 탈무드는 하나의 상황에 대해서 하나의 설명을 한다. 진리를 깨달으려면 여러 상황을 겪어야 한다.

다섯째, 토라는 절대성이라면 탈무드는 상대성이다. 토라는 하나의 원리를 하나의 말로 세상에 던졌다. 탈무드는 신이 던진 절대성의 세계를 상대성으로 이해해야 하는 한계가 있다. 인간의 한계를 극복하기 위해 상대적인 원리를 파악하고, 부분적인 원리로 전체를 파악해야 하는 도구가 탈무드다.

결국 탈무드는 신과 인간을 연결해주는 징검다리 역할을 한다. 영적 종교의 영역에서 일상 생활전선의 영역으로 인간화시켜 주는 것이 탈무드다.

탈무드는 어떻게 만들어졌는가를 확인해 보자. 하브루타를 이해하기 위해서는 이스라엘의 교육 체계가 어떻게 형성되었는가를 확인해야 한국인에게 맞는 교육방법을 찾아낼 수 있다. 이스라엘에는 솔로몬왕이 사망하면서 BC 931년 이스라엘이 분열되기 시작했다. 이스라엘파와 유다파로 나뉘어졌다. 분열된 이스라엘은 남왕국과 북왕국으로 나뉘어졌다. 분열은 결국 멸망으로 이어진다. 북왕국은 앗수르Assur에 의해 멸망하고, 바벨론 제국이 앗수르를 멸망시키면서 남왕국마저 멸망되고 말았다. 성전은 무너지고 이스라엘이라는 나라는 사라졌다.

이때 선지자 '에스겔Ezekiel'이 있었다. 에스겔의 중심으로 장로들이 모여 기도하고, 토라, 즉 구약성경을 공부하기 시작했다. 공부하는 모임에 학사 '에스라도'가 동참하면서 〈위대한 모임〉이 되었다. 위대한 모임은 구전으로 내려오던 사실들을 모으기 시작했다. 위대한 모임에 참여한 사람들을 '탄나임(tannaim', 미쉬나Mishna를 가지고 토론을 하는 사람들)을 '아모라임amoraim'이라 불렀다. 여기에서 토론하는 것을 '게마라Gemara' 라고 불렀다. 게마라에서 토론한 내용을 기록한 것이 '탈무드'다. 탈무드는 미쉬나를 본문으로 해서 토론한 내용을 적은 것이다. 결국 탈무드의 내용은 미쉬나를 토론한 내용으로 보면 된다.

탈무드가 탄생했지만 탈무드의 미래는 밝지 않았다. 박해와 탄압이 이어졌다. 탈무드의 탄생은 이스라엘 땅에서 이루어졌고, 탈무드의 박해는 유럽에서 이루어졌다. 유럽에서 탈무드의 탄압은 천주교와 개신교에 의해서 이루어졌다. 탈무드는 탄압 속에서도 비밀리에 이어졌다. 탈무드는 손으로 써서 이어졌다. 하지만 그리 순탄하지 않았다. 1240년 로마 교황 '그레고리우스 9세'는 탈무드를 불태우라고 명령했다. 이후 여러 교황의 명령에 의해 탈무드는 불에 태워졌다. 박해는 더욱 심해졌다. 1492년 콜럼부스가 아메리카 대륙을 발견하던 해에 스페인 왕은 탈무드를 박해하는 것을 넘어서 아예 유대인들을 추방했다.

유대인은 유럽인에게 계륵 같은 존재였다. 기독교에서 예수를 빼면 남는 것이 없다. 누가 뭐라고 해도 확실한 것은 예수는 유대교라는 환경에서 탄생한 인물이었다. 기독교 입장에서는 아쉽게도 유대인들이 믿는 구약성경을 빼버리고 기독교를 설명할 수가 없었다. 유대인들에게는 예수가 필요 없다. 유대교에서는 구약성경만이 필요하기 때문이다. 하지만 기독교에서는 신약성경은 물론이고 구약성경도 필요하다. 문제의 출발은 유대인들이 기독교를 인정하지 않는다는 것에 있다. 그렇다고 유대인들을 버릴 수도 없다. 예수가 유대인이기 때문이다. 탈무드에 대한 기독교의 박해는 더욱 심해져갔다. 탈무드를 가지고 있는 유대인은 사형에 처해졌다. 탈무드가 발견되면 불을 질러 태워버렸다. 유대인들은 가지고 있던 탈무드를 땅 속에 묻었다. 탈무드는 탄압으로 시중에서는 찾아볼 수 없었다. 세월이 지났다. 종교의 자유가 찾아오기 시작했다. 땅에 묻은 탈무드가 세상 밖으로 드러나기 시작했다. 그리고 새로운 현상이 일어나기 시작했다. 탈무드를 공식적으로 인쇄해서 보급되기 시작했다. 처음으로 팔레스틴 탈무드 또는 예루살렘 탈무드라고 하는 탈무드는 1523-1524 베네치아에서 처음으로 인쇄되었다. 다음으로 바벨론 탈무드가 1482년 스페인에서 인쇄되었다. 그리고 드디어 표준탈무드가 발간되었다. 1886년 빌뉴스에서였다.

탄압받을 당시에 탈무드를 연구하는 랍비, 즉 학자들은 대부분 세상 속으로 숨었다. 생존을 위한 방법이었다. 수공업자, 대장장이, 도예업자, 농부, 상인, 재봉사 등의 직업을 가지고 있었다. 자기 직업을 가지고 생활하면서 탈무드를 집필했다. 바울도 선교사지만 텐트를 깁는 기술을 가지고 있었다.

탈무드는 종교 해석서면서 문학

이스라엘인들의 결집과 나라사랑은 종교에서 나온다. 무엇보다도 결집력이 강한 것은 종교다. 이스라엘이 살아남은 것은 그 어느 것도 아닌 종교다. 유대교로 대표되는 종교의 근원은 유대교의 성경인 토라고,

토라의 해석서인 탈무드가 생활 속의 종교이자 문학이고 예술이다.

이스라엘의 힘은 믿음에서 나온다. 이스라엘인들은 하나님이 자기를 선택하여 주었다는 확신에 차 있다. 하나님이 아브라함을 가나안 땅으로 인도하고 미래도 아브라함의 자손을 특별히 간택해서 돌보아 줄 것이라는 믿음을 가지고 있다. 나라 없이 천년에 넘는 세월을 흩어져 살면서도 결속과 연대를 할 수 있었던 힘은 종교다. 토라는 가르침이고, 탈무드는 배움이다. 탈무드는 유대인을 유대인답게 만드는 책이다. 이스라엘 사람들을 하나로 만나게 하는 힘이 있다. 탈무드에는 삶의 방법들이 기록되어 있다. 지혜와 깨달음으로 안내하고 있다. 토라가 뼈대라면 탈무드는 가지다. 세세하게 생활 속의 일들을 해석하고, 작은 결정들까지 탈무드의 지혜에서 배우고 익힌다.

한 마디로 정리하면 탈무드는 질문과 토론의 문화를 만들어내는 철학서이자 인문학을 가르치는 입문서다. 삶의 문제를 해결하는 책으로 종교의 기본 철학은 벗어나지 않는 선에서 결정되고 해결책을 제시한다. 토라가 신의 계시라면 탈무드는 인간의 해석이다. 무수히 많은 사례가 있고, 살아가면서 벌어지는 일들을 해결해야 한다. 큰 명제를 작게 나누어 상황마다 결정해야 하는 일이 생긴다. 바로 이 지점에서 탈무드는 필요하다. 탈무드가 탄생하는 지점이다.

이솝우화나 천일야화 또는 채근담 같은 책이 탈무드다. 탈무드는 이스라엘인들의 근원인 토라라는 성경책의 내용을 기본으로 해서 탈무드가 만들어졌다는 점이 특별하다. 토라를 풀어서 쉽게 대중이 만날 수 있도록 한 책이다. 다시 말해 탈무드는 종교를 생활로 길을 열어주는 책이다.

탈무드가 책으로 발간되기 전에는 구전으로 전해졌다. 스승으로부터 학생들에게 전해 내려왔다. 그래서 내용 중 대부분이 질문하고 대답하는 문답 형식을 취하고 있다. 유대인의 지혜고, 유대인의 생활철학이다. 탈무드는 정치가, 사업가, 과학자, 철학자, 부호, 저명인이 만든 것이 아니라 학자에 의해 만들어졌고, 다듬어져 왔다. 탈무드는 한 마디로 정의하기가 어렵다.

법전은 아니지만 법이 들어있고, 역사책은 아니지만 역사가 들어있다. 사람에 대한 일목요연한 기록은 아니지만 많은 인물이 들어있다. 유대인에게 백과사전 같은 역할을 하고 있다.

탈무드에서는 "옳은 엄마가 되기보다 좋은 엄마가 되라."고 한다. 세상은 옳고 그름의 문제가 아니라 좋고 안 좋고의 문제일 수 있다. 이것이 옳다고 결정하는 순간 저것은 옳지 않아야 한다. 옳은 엄마는 하나를 선택하도록 가르친다. 답을 알려주는 엄마가 옳은 엄마다. 세상의 원리는 답이 있다고 가르치는 엄마다. 좋은 엄마는 아이 스스로 생각하고 결정하도록 길을 열어준다. 학교를 가는 게 좋을 수도 있고, 안 가는 것이 좋을 수도 있다. 어느 하나가 옳은 것이 더 좋은 것을 스스로 생각해서 판단하고 결정하도록 이끌어주는 엄마가 좋은 엄마다.

요약하면 하나님의 계시가 토라고, 하나님의 계시를 풀어 쓴 책이 탈무드다. 하나님의 뜻이 토라고, 하나님의 뜻대로 살아가는 방법이 탈무드다. 이스라엘인들은 탈무드를 일러 '위대한 학문'이라고 부른다.

3.리쉬마Lishmah

우리가 이야기하고자 하는 하브루타에 다다랐다. 다시 정리하면 이스라엘 사람들에게 준 하나님의 계시가 토라, 토라를 해석한 것이 탈무드다. 탈무드의 구체적인 실행방법이 하브루타다. 토라-탈무드-하브루타는 하나의 연결고리에 의해서 묶인 이스라엘 사람들의 정신세계다. 물론 이들은 모두 유대종교라는 울타리를 넘지 못하고 있다.

유대인들의 최고의 학습기관이 '예쉬바Yeshiba'다. 예쉬바의 학습법을 하브루타라고 한다. 하브루타는 예쉬바에서 교육하던 전통적 학습법이었다. 하브루타는 이스라엘 사람들이 가르치고 배우고, 공부하는 방법이다. 하브루타 방식은 묻고 답하고, 토론한다. 너무 간단한 방식이다. 하브루타는 학생과 학생이 짝을 이루어 묻고 답한다. 또한 선생님과 학생이 서로 묻고 답한다. 형식엔 주체가 없다. 하지만 이끌어나가는 주체는 확실히 선생님이다. 반면 우리의 현재 교육은 가르치고 배운다. 말하는 사람과 듣는 사람으로 나뉜다. 선생님은 말하고 학생은 듣는다. 학생은 자신의 마음속에 있는 궁금한 것이나 의문점을 밖으로 꺼내지 않는다. 주입식 교육이라고 한다.

하브루타는 묻고 답하느라 시끄럽고 어수선하다. 우리의 주입식 교육은 가르치는 사람의 목소리만 들리고 배우는 사람의 소리는 들리지 않는다. 조용하다. 하브루타는 생각하고 발표하고, 서로 다른 생각을 꺼내서 이야기하느라 난상토론이 벌어진다. 다양한 의견과 색다른 생각이 표출된다. 화제가 무궁무진하다. 전선이 확대되면서 생각이 깊어지고, 다른 생각을 이해하게 되며, 소통이 이루어진다. 자연스럽게 더 좋은 생각으로 집결된다. 창의적인 생각과 창조적인 능력을 익히게 된다. 답을 찾아가는 교육이 하브루타다.

우리의 주입식 방법에는 하나의 원리가 작동한다. 가르치는 사람의 생각과 철학이 배우는 사람에게 일방적으로 전달된다. 다른 생각과 다른 견해가 존재하지 않는다. 답이 정해져 있어 다른 생각을 할 필요가 없다. 닫힌 세계가 된다. 창의적인 사고와 창조가 발을 디딜 틈이 없다.

답을 가르쳐주는 교육이 주입식 교육이다. 정해진 답은 선생님이 아니어도 교과서에 이미 있고, 백과사전에 있다. 혼자 공부해도 된다. 지식은 이미 과거의 정보다. 우리에게 필요한 것은 미래에 대한 정보다. 교육은 지식의 습득도 있지만 최종 목표는 미래를 열어가는 창의에 있고, 창조에 있다.

어느 것이 우월한가. 혼돈 속에서 하나의 원리를 찾아가는 하브루타와 정해진 답을 알려주는 주입식 교육의 종착점은 확연히 다르다. 하브루타는 지상에 비가 내려, 시내를 만들고, 강을 이루어 흐르다가 바다에 도달하는 과정을 토론한다. 과정 속에서 다양한 상황을 만나고, 전혀 생각하지 못한 세계를 만나게 된다. 서로 다름을 이해하고, 같은 것을 또한 확인하면서 창의적인 결과를 찾아가게 된다.

주입식 교육은 처음부터 바다를 알려준다. 중간 과정을 몰라 바다만을 생각한다. 하브루타에서는 바다를 만든 것은 무엇인가라는 문제가 있다면 다양하게 나올 수 있다. '비다, 구름이다, 아니다 숲이다. 그렇지 않다, 강이다. 어떤 사람의 경우는 바다를 만든 것은 하늘이다', 라고 말할 수 있다. 하늘을 흘러가는 구름에서 비가 시작되었다고 할 수 있기 때문이다. 다양한 생각과 비정상적인 물음에 대한 답까지도 생각할 수 있다. 무엇보다도 자신이 주장한 내용을 설명해야 한다. 정리되고 확고해진다.

하브루타는 서로 다른 견해를 놓고 토론하고, 논쟁을 한다. 토론과 논쟁을 하는 과정에서 지식의 바다를 만나게 된다. 다른 생각을 만나게 된다. 단편지식을 얻는 것이 아니라 종합적인 사유세계를 만나게 된다. 하지만 주입식 교육은 바다를 만든 것은 강이라고 가르칠 수밖에 없다. 아니면 바다를 만든 것은 물이다, 라는 답이 나올 수 있다. 다른 답은 허용되지 않는다. 중간 과정이 빠져 있다. 답 이외의 세계와 만날 수 있는 기회가 원천 봉쇄된다.

교육은 지식을 배우는 것이 아니라 지식의 탄생과정을 배워야 하는 것이다. 왜냐하면 우리가 목표는 지식의 습득이 아니라 새로운 세계를 열어가야 하기 때문이다. 지금까지 이루어 놓은 것을 지식이라고 한다. 지식의 토대 위에서 새로운 것을 만들어내야 하는 것이 지혜다. 지혜에서 창의와 창조적인 세계가 열린다. 창의와 창조적인 세계를 열어가는 과정은 결과만을 배운 주입식 교육에서는 도달하기가 어렵다. 창의와 창조영역은 과정을 통해서 새롭게 만들어져야 하기 때문이다. 지식이 되어 확정되기까지의 과정을 알아야만 하는 새로운 세계를 열어가는 길을 익힐 수 있다.

리쉬마Lishmah 정신

유대인에게 '리쉬마' 정신이 있다. 리쉬마Lishmah를 토라 리쉬마Torah Lishmah라고도 한다. 토라 리쉬마란 '토라를 위한For the sake of the Torah', 이라는 의미로 전제 조건이 유대인의 교육철학이다. 토라를 위해 공부하면서 공부의 실천은 리쉬마 정신으로 '공부 자체를 위해서 공부한다'는 의미가 들어있다. '공부 자체를 위해서 공부한다'는 말은 쉽지만 심오한 뜻이 담겨있다. 사람이 살아가는 이유를 공부에 두고 있다는 말이다. 평생 공부를 하면서 살아가는 것이 목적이란 의미를 가지고 있다.

유대인들에게는 '즐기는 공부'와 '공부 자체를 위한 공부for Its own sake'가 교육 자세다. 유대인들이 세계를 석권한 것은 토라와 탈무드라기보다는 공부방법인 하브루타의 실천과 공부하는 자세인 리쉬마

정신에 있다. 끝없이 대화하고 토론하는 하브루타와 끝없이 공부하는 마음자세인 리쉬마가 이스라엘 사람들을 태어나서 죽는 날까지 정신적인 성장을 하게 하는 힘이다. 신의 계시부터 일상적인 세속공부까지 하브루타식으로 공부하고, 쉼 없이 공부하는 리쉬마 정신으로 무장해서 자기성장을 주도하는 것에서 이스라엘인들은 정체성을 유지하면서 세계를 주도할 수 있었다.

처음부터 다시 정리하면 이렇다.

> 토라 : 이스라엘인들의 종교의 본체인 구약성경으로 정신적 근원
>
> 탈무드 : 이스라엘인들이 토라를 주석하거나 해석한 책
>
> 하브루타 : 이스라엘인들이 토라와 탈무드를 공부하는 방식
>
> 리쉬마 : 이스라엘인들이 토라와 탈무드를 공부하는 자세

리쉬마는 결국 구약성경인 토라를 이해하기 위한 목적으로 태어나서 죽는 날까지 평생 동안 공부한다는 교육의 자세를 말한다. 모든 것이 신 안에 있으니 모든 것이 대화의 대상이고, 모든 공간이 토론의 장이다. 어디서 누구와 만나든 주제를 놓고 대화하고 토론할 자세가 되어 있는 것이 이스라엘 사람들이다.

놀랍지 않은가. 우리의 교육현장의 목표와는 확연히 다르다. 우리 목표는 입시를 위한 공부다. 우리의 공부 목표는 취업이다. 우리의 공부의 최종목표는 성공에 있다. 현실적인 성취를 위한 공부다. 목표가 사라지면 공부는 끝난다. 목표가 사라지면 열정과 노력은 사라진다. 우리의 공부는 거기까지다. 학문으로서의 공부가 아니라 현실적인 목표를 달성하기 위한 것이 목표여서 현실적인 목표가 달성되는 순간 동력

을 잃어버리게 된다. 입시공부가 끝나면 공부에 싫증을 느낀다. 취업이 되고 나면 공부의 즐거움을 잃는다. 책을 놓게 된다. 지적 호기심과 공부는 끝난다.

이스라엘 사람들이 사회적 성취와 부를 거머쥔 데는 하브루타와 리쉬마가 중요한 역할을 했다. 공부를 위한 공부, 즉 끝없는 지적 열망과 지혜 탐구에 있다. 일상생활에도 그대로 배어있다. 그것은 공부 자체를 위해서 공부한다는 의미다.

리쉬마가 살아있는 곳이 예쉬바Yeshiva다. 예쉬바는 유대인 종교학교다. 이스라엘 전체에서 하브루타와 리쉬마를 실천하는 것이 아니다. 리쉬마는 예쉬바와 종교관련 기관에서 실행하고 있는 교육방식이다. 예쉬바의 기원은 서기 70년경 예루살렘이 함락될 당시 랍비 요하난 벤 자카이Yochanan Ben Zakkai가 로마의 티토Titus장군으로부터 허락을 받고, 예루살렘 남서쪽에 있는 도시인 야부네Yavne에 종교학교를 세웠다. 그것이 바로 예쉬바다. 이스라엘인들은 나라가 망하고 전 세계로 흩어졌다. 유랑생활이 시작되었다. 이스라엘인들의 집성촌마다 회당과 예쉬바를 세웠다. 예쉬바에서 토라와 탈무드를 공부하고 예배도 함께 보았다. 예쉬바에서 공부하는 내용이 바로 토라고, 탈무드다. 공부하는 방법이 하브루타고, 공부하는 자세가 리쉬바다.

지금까지 이야기한 토라와 탈무드 그리고 하브루타와 리쉬바는 종교라는 틀을 벗어날 수 없다. 유대교라는 이스라엘인들의 전통종교와 떼어 놓을 수 없는 관계에 있다. 우리에게 필요한 것은 토라와 탈무드가 아니라 하브루타와 리쉬바 정신이다.

하브루타와 리쉬마를 해야 하는 의미는 세 가지로 대별된다. 첫째는 토라의 율법 자체와 준수가 중요한 목적이다. 둘째는 순수한 동기와 목적의 공부다. 돈과 명예 또는 권력을 위한 목적의 공부가 아니라 토라 자체가 보상이 되는 공부다. 셋째는 공부는 즐기는 공부가 되어야 한다. 첫째는 우리의 목표가 아니고, 우리의 의미와 부합되지 않는다. 우리 한국사회의 교육이 나아가야 할 때 필요한 것은 두 번째와 세 번째 부분이다. 토라와 상관이 없는 순수한 목적의 공부와 즐기는 공부를 필요로 한다.

– 하브루타와 목표 –

하브루타는 이스라엘 교육방법이다. 앞서 언급하였듯이 우리가 받아들여야 할 것은 토라와 탈무드가 아니라 하브루타와 리쉬마다. 이스라엘의 교육방법인 하브루타를 우리가 받아들여야 한다. 이스라엘의 교육목표가 우리의 목표일 수가 없다. 우리에게는 우리의 목표가 있어야 한다. 우리의 목표는 한민족의 역사와 정신을 배워야 한다. 그것이 우리가 이스라엘 교육방법인 하브루타를 제대로 받아들이는 것이다.

우리는 우리의 정체성을 찾아가는 길을 나서야 한다. 이스라엘에 이스라엘의 역사와 정신인 토라와 탈무드가 있다면 우리에게는 무엇이 있을까. 분명히 있다. 이스라엘에 이스라엘의 역사와 정신이 있다면 우리에게는 우리의 역사와 우리의 정신이 있다. 우리는 지금부터 우리의 역사를 찾아가는 출발을 해야 한다. 우리의 나라이름부터 찾아보자. 잃어버린 것을 찾아내야 한다.

시대정신으로 개국이념인 홍익인간弘益人間과 재세이화在世理化가 있다. 고조선의 건국이념으로 홍익인간은 널리 인간 세상을 이롭게 한다는 의미이며 재세이화는 세상에 있는 생명들을 가르쳐 교화시킨다는 철학을 담고 있다. 가르친다는 원리는 우주의 순환원리인 도道와 세상을 탄생시킨 빛光으로 이도여치以道與治와 광명이세光明理世다. 이도여치는 도로써 세상을 다스리고, 광명이세光明理世는 밝은 빛으로 세상을 다스린다는 우주관과 생명관을 가지고 있다. 자연이 우리를 품고, 우리가 자연을 품어 안은 것이 우리의 사상이고 철학이다. 우주의 원리를 공부하고, 우주의 원리를 적용해서 세상을 배우고, 세상을 가르쳐야 한다.

우리의 나라이름에서도 위의 사상과 철학이 그대로 담겨 있다. 나라이름이 한韓이다. 한韓은 열십十가 위와 아래에 배치되어 있다. 십十은 세상을 말한다. 한자에서 '십백천만十百千萬'은 모두 또는 모든 것을 말한다. 세상 전체다. 세상 한 복판에 있는 것이다. 일日이다. 해가 들어있다. 앞서 설명한 이도여치와 광명이세가 모두 태양의 밝은 빛의 원리로 다스려야 한다는 의미를 담고 있다. 우리의 정신을 되살릴 수 있다면 더 없이 고마운 일이다. 우리의 목표는 우리가 다시 재설정해야 한다.

– 하브루타의 현재 –

이스라엘 교육방법에서 받아들여야 할 것은 토라와 탈무드가 아닌 하브루타와 리쉬마라고 했다. 이스라엘인들은 하브루타의 리쉬마가 중요한 교육방법이고, 교육 자세다. 우리에게도 하브루타가 공부하고 싶어서 공부하는 지속가능하게 위해서는 토라와 탈무드를 대신할 내용이 있어야 한다. 현재에 그것이 불가능하다면 우리의 교재를 활용할 수밖에 없다. 토라와 탈무드의 대안이 우리의 역사다. 한국인이 만든 철학이나 정체성이다. 배울만한 가치와 효용성이 있어야 하브루타의 리쉬마가 가능해진다. 일단은 하브루타의 방법과 리쉬마의 자세를 교육현장에 도입해서 활용해야한다.

하브루타에 대해 조금만 관심을 가지게 되면 알 수 있는 것이 대화의 중요성이다. 대화가 인간에게 극히 중요한 소통의 문이지만 대화를 하면서 싸우는 아쉬운 장면을 종종 목격하게 된다. 대화방법을 몰라서다. 그리고 대화의 자세가 되어있지 않기 때문이다. 여기에 대화방법으로 하브루타를, 대화자세로 리쉬마를 받아들여야 한다.

하브루타는 지식을 배우기 위한 대화가 아니다. 하브루타의 실제를 자세하게 살펴보자. 먼저 나와 다른 생각을 가진 세계를 만날 수 있게 한다. 둘째는 내 생각을 정리할 수 있게 한다. 셋째는 나와 너의 생각을 종합해서 새로운 생각을 창출할 수 있다. 넷째는 인간관계를 원만하게 해주고 깊이 있게 한다.

첫째 이유부터 살펴보자. 나와 다른 생각을 가진 세계를 만날 수 있게 한다. 두 사람이 짝을 지어 묻고 답하는 방식이어서 나와 상대하는 대화의 짝을 만나게 된다. 나와 다른 정체성과 가치관을 존재다. 나와 다른 생각과 의견을 가지고 있다. 다른 것이 전제다. 달라서 만났기 때문에 다른 철학과 사상을 가진 존재라는 것을 인정해야 한다.
둘째는 내 생각을 정리할 수 있게 한다. 내 생각을 이야기하면서 내 생각을 정리해야 한다. 정리하면서 일차 공부를 하게 되고, 말하면서 자신의 말이 옳은지를 스스로 깨닫게 된다. 사람은 스스로 자신의 생각이 옳고 그른지 판단하는 능력을 가지고 있다.
셋째는 나와 너의 생각을 종합해서 새로운 생각을 창출할 수 있다. 나와 상반된 생각을 가진 존재가 있어서 나의 세계관은 확장된다. 나와 다른 사람을 만나서 싸우는 것이 아니라 나와 다른 사람을 만나서 세계관이 넓어지고 깊어진다. 어느 순간 보다 성숙된 자신을 만나게 된다. 다름이 고맙고, 다름에서 더 넓은 세계를 만나게 한다.
넷째는 인간관계를 원만하게 해주고 깊이 있게 한다. 아는 만큼 친해진다는 말이 있다. 모르면서 친하다는 말을 할 수 없다. 친하다는 것은 서로를 안다는 이야기다. 친해지는 만큼 우대가 깊어지고, 우정이 깊어진다. 관계는 친한 만큼 결속력이 강화된다. 그리고 나와 세계관이 닮은 사람을 찾아서 사귈 수 있다.
하브루타는 대화의 성장판을 열어준다. 어른일수록 하브루타가 어렵다. 기성의 생각을 바꾸려하지 하지 않고, 고정관념에서 벗어나지 못하는 경향이 있다. 나이가 들수록 사고영역의 감옥에 갇혀 산다. 대화는 소통의 열린 창이다. 우리의 교육에서 가장 큰 문제점은 가르치려는 어른의 자세에서 출발한다는 점이다. 답은 어른이 가지고 있고, 어린아이에게 답을 전달하면 그만이라고 생각한다. 대화의 단절은 여기에서 시작된다. 답은 아버지가 이야기하지 않아도 이미 다 알고 있다. 이미 아버지가 이야기했고, 어머니가 이야기 했다. 학교에서 선생님이 이야기했고, 이웃 어른이 이야기 했다. 이미 교과서에 다 있다. 시험문제로 풀었고, 답을 다 알고 있다. 더 이상의 이야기가 필요하지 않다. 대화할 내용이 없는데 어떻게 대화를 할 수 있겠는가. 정답이 있는 주입식 교육의 한계다.

묻고 답하는 대화로 풀어 가면 다른 상황이 전개된다. 정답이 없다는 전제로 이야기를 시작하면 이야기가 흥미진진해진다. 묻고 답하면서 신세계를 만나게 된다. 지식의 바다에서 출발해서 지혜의 바다를 만나게 된다. 예를 들어보자. 인생이란 무엇인가라는 주제로 이야기를 나누어보자. 우리의 경우를 보면 대개의 경우 어른과 이야기하면 아이는 듣고만 있어야 한다. 선생님은 말하고 학생은 듣고 있어야 한다. 한 사람만 말하고 듣는 사람은 일방적으로 들어야 한다. '인생은 고진감래苦盡甘來다'로 정의내린 스승이 있다면 시종일관 '인생은 고난이 끝나면 달콤한 세상이 온다'는 고진감래苦盡甘來라는 주제를 벗어나지 않는다. 인생은 감진고래甘盡苦來도 있다. 고생이 끝나면 행복이 찾아온다는 고진감래는 행복이 끝나면 다시 고생길이 열린다는 감진고래도 있다. 노력과 땀을 흘려 열정을 다하면 반드시 행복이 찾아온다는 강의가 옳을까. 노력해도 안 되는 인생이 얼마나 많은가. 노력 없이 우연히 찾아오는 횡재는 또 무엇인가. 바닥인 줄 알았는데 지하도 있다는 현실을 어떻게 설명할 수 있겠는가. 무한한 경우의 수가 있다. 하나의 정답이 아니라 무수한 경우와 무수한 답이 있음을 발견하게 하는 것이 하브루타다.

이번에는 하브루타의 경우를 살펴보자. '인생이란 무엇인가'가 흔한 주제다.

학생1 : 인생이란 무엇이라고 생각하세요.

학생2 : 인생은 고행苦行이지요?

학생1 : 왜지요.

학생2 : 힘들잖아요.

학생1 : 즐거울 때도 있잖아요.

학생2 : 염세주의자인 쇼펜하우어는 '인생의 직접적인 목적은 고뇌'라고 했거든요. 그러면서 고통과 불행이 인간의 삶에 더욱 직접적으로 작용한다고 했지요.

학생1 : 쇼펜하우어는 인생이 고락苦樂으로 이루어진 고통과 행복의 이중주로 보지 않고 고통 쪽에 비중을 두었군요.

학생2 : 쇼펜하우어는 철학교수와 여성을 경멸했지요. 그런데 헤겔과는 견원지간犬猿之間이었으나 칸트를 흠모하여 아침형 인간이 되는 것만 빼고는 모두 칸트를 본받았습니다.

학생1 : 아침형 인간과 쇼펜하우어는 무슨 상관관계가 있었나요?

학생2 : 천부적으로 부지런한 것과는 거리가 있었던 듯합니다. 또한 부지런하거나 노력하는 아침형 인간은 아니었던 듯합니다. 노동을 하거나 취업을 통한 경제활동을 해보지 못한 쇼펜하우어는 돈을 버는 대신 쉬운 방법으로 돈 문제를 해결합니다. 쇼펜하우어는 21세로 성년이 되자 어머니를 상대로 소송을 걸기도 했어요. 우습지요?

학생2 : 어머니와의 갈등은 여성을 바라보는 시각변화의 출발점이어서 일수도 있어요. 쇼펜하우어는 철학 교수와 여성들을 혐오했거든요. 쇼펜하우어가 경멸한 대상이 여성인 이유는 어머니와 관계가 좋지 않았던 탓이기도 합니다. 여자를 인간적 불행의 근원으로 생각했습니다. 쇼펜하우어는 여자들의 특징을 미치광이에 가까운 낭비벽과 본능적인 교활함, 뿌리 뽑기 어려운 거짓말을 습관으로 가진 존재로 보았습니다. 여자란 어디까지나 하위의 존재로서 어린이와 남자 사이의 중간 단계에 속해 있다고 했지요. 지나친 편향적인 생각을 가졌습니다. 쇼펜하우어는 의심 많은 성격 때문에 말년에는 오직 개 한 마리와 고독한 여생을 보냈습니다.

학생1 : 비틀즈The Beatles의 렛잇비Let It Be 아시지요?

학생2 : 예. 폴 매카트니Paul McCartney가 작사 작곡한 레잇비라는 노래요.

학생1 : 예. 비틀즈의 일원인 폴 매카트니가 힘들다고 하자 어머니가 '그냥 내버려둬라'고 했다는 가사지요. 세상은 원래 힘들 때도 있고, 쉬울 때도 있는데 인생 흘러가는 대로 그냥 놔두면 된다는 말씀이셨겠지요. 쇼펜하우어의 인생은 그만의 인생이겠지요.

학생2 : 힘든 인생을 왜 살아야 하지요?

인생이란 주제는 사실 대화주제로 쉽지 않다. 그리고 어려울 수도 있고, 따분할 수도 있다. 폭이 광대하고 깊어서 무엇을 다루어야 할지도 막연하다. 쇼펜하우어와 칸트를 모르면 이야기가 더 깊어질 수가 없다. 철학에 관심이 없다면 이야기가 더 진전되기 어렵다. 이러한 주제보다는 구체적인 주제선정이 필요하다. 하지만 첫 사례로 든 이유는 주제 선정에 어려움을 이해하기 때문이다. 사례처럼 인생이야기로 출발한 대화는 철학자인 쇼펜하우어가 나오다 갑자기 비틀즈 이야기로 급선회한다. 물론 다 인생에 대한 이야기다. 여기서 중요한 것은 두 사람의 대화가 순방향으로 진행될 수 있느냐의 문제다. 지식의 수준, 성격, 취향, 개인적인 문제로 인해 대화가 잘 안 될 수가 있다. 주제 선정에 대한 문제는 단독으로 단원을 만들어 설명하기로 한다.

대화내용은 무섭게 빠른 진행을 보이면서 대화내용이 깊어질 수도 있고, 가볍고 즐거움으로 이어질 수도 있다. 대화내용은 무궁무진하고, 질문과 대답은 사람에 따라서 확연히 달라진다. 두 사람의 성격과 취향에 따라서 대화내용은 더욱 달라진다. 때론 지루하고 답답할 때도 있다. 서로 맞지 않을 때도 있다. 그럴 때는 랍비를 찾아가 대화 상대자를 바꾸어달라고 하면 교체해 준다. 그리고 중요한 문제에서 두 사람이 답을 얻지 못하거나 불협화음이 생기면 역시 랍비를 찾아가서 질문을 하면 과제의 방향을 바꾸어준다.

랍비가 정답을 알려주는 것이 아니다. 정답은 스스로 찾아내야 한다. 두 사람이 대화를 하면서 주제에 대한 답을 찾아가기 때문에 기초가 단단하고 전체를 이해하는데 전적으로 유리하다. 누구도 정답을 가지고 있지 않다. 모든 정답은 상황에 따라서 달라질 수 있다. 그래서 누구와도 토의할 수 있다. 학교에서 아이가 돌아오면 우리의 경우는 "공부 많이 했니?" 아니면 "많이 배웠니?"라고 묻지만 이스라엘 부모는 "좋은 질문을 했니?" 아니면 "어떤 질문을 했니?"라고 묻는다. 우리는 정답을 그것도 많이 배워오기를 바라지만 이스라엘의 부모들은 어떻게 세상을 배워가는가에 비중을 둔 것을 알 수 있다.

종교를 이야기할 때도 마찬가지다. 이스라엘인들에게도 한계는 있다. 토라의 계시 안에서 묻고 답하고 토론하는 것이 하브루타다. 우리에게는 대신 종교가 열려있다. 다종교사회에서 살고 있기 때문에 가능하다. 어느 사회나 금기사항이 있다. 한계를 넘지 말아야할 내용이 있다. 상황적인 특성을 인정하고 지켜야 할 것은 지켜야 한다. 종교이야기를 잠시 해보자. 종교란 무엇인가란 밑도 끝도 없는 주제를 가지고 이야기하기에는 공부할 양도 가늠이 안 되고, 공부를 준비하기에도 막막해진다. 그러기에 다시 한 번 시도해보자. 어떤 문제점이 생기는가 살펴보자.

학생1 : 종교를 사전에서 찾아봤습니다. 종교宗敎의 정의는 '초자연적인 절대자의 힘에 의존하여 인간 생활의 고뇌를 해결하고 삶의 궁극적 의미를 추구하는 문화 체계'라고 적혀 있습니다. 다른 사전에는 '초인간적 세계와 관련된 신념이나 의례 등으로 구성된 문화현상'이라고 했습니다.

학생2 : 막막합니다. 제가 조사한 내용은 조금 다릅니다. '종교는 사람이 자신의 경험이나 능력으로는 설명할 수 없는 초월적인 힘을 믿고 의지함으로써 마음의 안정과 평화를 얻고자 하는 것이다. 인간에게 닥치는 갖가지 문제 가운데 가장 근본적인 것을 해결하려는 것이 종교다'라고 했습니다. 더 어려워지지요?

학생1 : 저도 마찬가지입니다. 우리가 조사한 사전적 의미를 먼저 살펴볼까요?

학생2 : 좋습니다. 절대자가 무엇일까요?

학생1 : 신이라고 할 수 있겠지요. 혹시 종교 가지고 계세요.

학생2 : 예. 나는 기독교를 믿고 있습니다.

학생1 : 기독교에서 말하는 종교는 어떤 것이지요?

학생2 : 기독교는 AD 1세기에 활동한 나사렛 예수의 생애와 가르침에 따르는 종교라고 할 수 있습니다.

학생1 : 유대교와 기독교 그리고 이슬람교는 같은 계통이면서 다른데 무엇이 다르지요. 먼저 같은 점부터 설명해 주실 수 있나요?

학생2 : 같은 점은 명칭만 다를 뿐 똑 같은 신으로 유일신을 섬기는 종교, 성경의 모태가 구약성경이라는 점, 그리고 유대인, 예수, 무함메드Muhammad가 모두 아브라함Abraham의 후손이라는 점, 그리고 부활과 최후의 심판을 믿는다는 점입니다.

학생1 : 유일신이라고 하면 세상을 창조한 존재가 유일한 존재라는 것이지요?

학생2 : 예. 그렇습니다.

학생1 : 그러면 다른 점은 무엇이지요?

학생2 : 유대교에서는 예수의 생애를 다룬 신약성경, 즉 예수란 존재를 인정하지 않습니다.

학생1 : 그럼. 유대교에서는 무엇을 성경으로 삼지요?

학생2 : 유대교에서는 구약성경과 탈무드가 경전입니다. 신약성경은 없습니다.

학생1 : 이슬람에서는 코란이 있지 않나요?

학생2 : 그렇지요. 이슬람에서는 구세주라는 개념이 없습니다. 이슬람에서 가장 중요한 존재는 알라입니다.

학생1 : 그렇다면 알라는 어떤 존재이고, 유대교와 기독교 그리고 이슬람의 갈등은 어디에서 기인합니까?

학생2 : 세 종교가 다 같이 아브라함에서 출발한다는 것은 말씀드렸지요?

학생1 : 예.

학생2 : 결국은 족보 싸움이라고 할 수 있습니다.

학생1 : 족보요?

학생2 : 예. 그렇습니다. 살펴볼까요. 정통성이 누구에게 있느냐를 가지고 종교가 새로 생겨났다고 할 수 있습니다. 출발점인 아브라함의 정신, 즉 구약성경을 제대로 계승한 사람이 모세라고 주장하는 종교가 유대교. 아니다. 적통은 예수여야 한다고 보는 종교가 기독교, 둘 다 아니다. 진정한 무함메드가 하나님의 진정한 적통이라고 주장하는 종교가 이슬람입니다.

학생1 : 갈등의 원인은 알겠는데, 서로 주장하는 근거가 있습니까?

학생2 : 있습니다. 유대교에서는 구약성경만을 인정하기 때문에 모세가 시나이 산에서 하나님에게서 십계명과 율법을 받았으니 당연히 유대교가 정통이라고 합니다. 기독교에서는 예수가 하나님의 아들로 찾아와 구원했으니 당연히 기독교가 진정한 것이라고 주장합니다. 이슬람에서는 진정한 구세주는 무함메드라고 주장합니다. 예수는 선지자일 뿐이라고 합니다.

학생1 : 서로 인정하면 되지 미워하는 이유는 무엇입니까?

학생2 : 유대인들은 예수가 유대인들을 배신했다고 주장합니다. 반대로 기독교에서는 유대인이 예수를 십자가에 못 박아 죽였다고 여깁니다. 당연히 서로를 인정할 수 없고, 미워할 수밖에 없습니다. 그리고 이슬람과의 관계는 구약성경의 계승자, 즉 절대자의 계승자가 모세냐, 예수냐, 무함메드냐를 가지고 갈등을 보이고 있습니다. 이슬람에서는 당연히 무함메드가 적통嫡統이라고 합니다.

학생1 : 이번에는 종교를 가지고 있지 않은 사람으로서 질문하겠습니다. 신은 왜 자신을 닮은 존재를 만들어서 원죄를 씌웠지요?

학생2 : 내가 대답할 수위를 넘고 있는 것 같습니다. 공부해 온 내용만으로 답하겠습니다. 세 종교는 다릅니다. 우선 원죄를 인정하는 종교는 기독교뿐입니다. 유대교와 이슬람교는 원죄를 인정하지 않습니다.

학생1 : 이유가 있겠지요?

학생2 : 기독교에서는 아담과 하와가 하느님이 하지 말라고 한 금단의 과일인 선악과를 따 먹은 것을 '원죄'라고 합니다. 선악과를 따먹은 죄가 자손 대대로 전해 내려온다는 사상이 '원죄 사상'입니다. 선악과는 아시지요?

학생1 : 선악을 분별하게 하는 지혜를 주는 과일 아닌가요?

학생2 : 맞습니다.

학생1 : 애초에 인간을 선악도 구분 못하는 존재로 만들려고 한 것이 하나님이라면 섭섭한데요. 더구나 순수하기 이를 데 없는 갓난아이에게까지 죄를 가졌다고 하는 것에 대해서는 아쉽습니다.

학생1 : 그것에 대해서는 내가 답변할 문제가 아닙니다.

학생2 : 인정합니다. 이슬람교에는 원죄 사상 자체가 없습니다. 아담은 하느님이 금지한 나무 열매를 먹어 하느님이 그를 꾸짖었습니다. 아담은 용서를 빌었고 하느님이 아담을 용서했습니다. 아담의 죄를 용서했으니 용서를 받은 아담의 자손에게 원죄란 있을 수 없다는 개념입니다. 유대교에서도 원죄 사상은 없습니다. 아담과 하와의 불순종 죄는 인정하지만 유대인들에게 죄란 과거에 있지 않고 현재에 있다는 입장입니다. 유대교에선 현재에 충실하지 않는 삶이 죄라고 봅니다. 하느님의 뜻을 거스르는 삶이 죄라고 봅니다. 다시 말하면 아담과 하와가 하느님에게 불순종한 것이 죄가 아니라 오늘을 사는 내가 하느님에게 불순종하는 것이 죄라고 보는 것입니다.

학생1 : 전지전능한 하나님은 왜 지옥을 만들었지요. 낙원을 만들어 평화롭게 살게 했으면 더 좋았을 텐데. 더구나 선악을 구별할 수 있는 선악과도 따먹지 말라고 했다면서.

학생2 : 그 역시 내가 답할 범주를 넘어섭니다.

'종교란 무엇인가'라는 주제로 한 두 학생의 대화를 적었다. 종교라는 어려운 주제를 논하는 것조차 어려운 문제다. 공부를 해 온 것을 가지고 서로 대화하고, 토론하는 것이어서 어느 정도 깊이 들어갈 수 있다. 주제가 원론적이고, 광범위해서 어디로 흘러갈지 모르는 아쉬움 점이 있다. 위의 사례에서는 종교를 유대교 기독교 이슬람교의 유사점과 다른 점에 대해서 이야기로 좁혀 이야기해서 제대로 대화가 잘 이루어진 예다.

문제는 대답할 수 있는 범위가 한정되어 있다는 것이다. 두 가지가 있었다. 원죄에 대한 근원에 대한 토론과 하나님이 굳이 지옥을 만들었어야 하는 문제는 쉽게 접근하기 어려운 문제지만 결국은 진하게 토론을 해야 할 과제다.

일방적인 강의에서는 찾아볼 수 없는 질문과 답변을 하게 된다는 점에서 지식 영역이 넓어지고, 답변하는 과정에서 자신의 논리가 정리된다는 점에서 주입식 교육 과정과는 확연하게 차이가 난다. 또한 자신은 전혀 생각하지 못했던 세계에 대한 질문을 받게 되면서 사유체계의 확장을 경험하게 된다.

1.하브루타를 잘 하기 위한 준비

랍비 하니나는 이렇게 말했다. "스승에게서 많이 배웠다. 친구에게서 더 많이 배웠다. 제자로부터 가장 많이 배웠다." 랍비 하니나는 말한다, 질문으로부터 배웠다고. 직접적인 질문을 통해서 배웠고, 제자들의 토론과정을 바라보면서 배웠다.

우리에게도 스승과 제자가 함께 배우는 교육이 있었다. 스승은 설명으로, 학생은 스승에게 질문으로 가르친다는 말이다. 다시 말하면 스승은 제자의 질문으로 배우고, 제자는 스승의 설명으로 배운다는 말이다. 우리에게는 교학상장教學相長이란 사자성어가 있다. 교학상장은 〈예기禮記〉의 학기學記편에 수록되어 있다. 서로 가르치고 배우면서 성장한다는 말이다. 본문은 이렇다. '옥은 쪼지 않으면 그릇이 되지 못하고, 사람은 배우지 않으면 도를 모른다. 옛날에 왕이 된 자는 나라를 세우고 백성에게 임금 노릇을 함에 가르치는 것과 배우는 것을 우선으로 삼았다. 좋은 안주가 있더라도 먹지 않으면 맛을 알지 못하고, 지극한 도가 있더라도 배우지 않으면 좋은 것을 모른다. 배워봐야 부족함을 알고 가르쳐봐야 막힘을 알게 된다. 부족함을 알아야 반성할 수 있고, 막힘을 알아야 힘쓸 수 있으니, 가르치고 배우면서 서로 성장한다.'는 내용이다.

같은 의미로 가르치면서 배운다는 의미가 있다. 〈Learning by Teaching〉이란 책이 있다. 머레이 도날드Murray Donald M의 책 제목이다. 랍비 하니나의 발언과 함께 동서를 막론하고 같은 생각을 하고 있음을 확인할 수 있다. 가르치면서 배우고, 배우면서 가르칠 수 있는 교육방법으로 추천하고 싶은 것이 하브루타 교육방법이다.

다시 한 번 랍비 하니나의 발언에 다시 귀 기울여 보자. "스승에게서 많이 배웠다. 친구에게서 더 많이 배웠다. 제자로부터 가장 많이 배웠다."는 발언의 의미. 우리로서는 익숙하지 않은 발언의 의미는 무엇일까. 스승으로부터 배우는 것보다 친구로부터 배우는 것이 많고, 친구로부터 배우는 것보다 제자로부터 배우는 것이 많다는 것은 하브루타를 알면 이해할 수 있다. 하브루타는 묻고 답하는 교육방법이다. 지식을 배우는 것이 아니라 지식이 생겨나는 과정을 이해하기에 좋은 교육방법이다. 무엇보다 기초가 단단해진다. 답에 접근하는 방법이 우리의 주입식과는 반대다. 일반적으로 선생은 가르치고, 학생은 배우는 관계에서는 배움을 정답 하나로 배운다. 하지만 서로 토론하고 대화를 통해서 답을 찾아가는 교육에서는 답이 만들어지는 과정을 알게 된다. 원인과 이유를 이해하게 된다. 답이 하나가 아님을 알게 된다.

예를 들면 '인생의 리더가 되라'는 주제가 있다고 하자. 가르치고 배우는 일방적인 주입식에서는 답이 이미 나와 있다. '인생에서는 리더가 되어야 한다'는 주제에서 벗어날 수 없다. 인생의 답이다. 적어도 주제를 가지고 가르치고 배우는 입장에서는 어디에서나 리더가 되어야 하는 것이 답이다. 하지만 대화를 통한 토론에서는 달라진다. 이야기를 주고 받다보면 주제의 폭과 깊이가 전혀 다르다. 리더가 무엇인가에 대한 의문부터 드는 것이 자연스러운 생각이다. 그리고 왜 리더가 되어야 하는가에 대한 질문과 답이 튀어나오게 되어있다. 하지만 리더는 누구나 될 수가 없다. 리더가 될 수 없는 상황의 사람이라면 어떻게 해야 하는가를 생각하게 된다. 또한 자연스럽게 리더도 다양할 수가 있다. 엄격한 군율이 필요한 곳에서의 리더와 정신적인 사유가 필요한 인문학을 공부하는 곳에서의 리더 그리고 새로운 발상이 필요한 문화예술을 하는 곳에서의 리더가 다를 것이다.

다양한 질문과 논의가 주어진다. 다른 생각, 다른 방법, 다른 위치에 있어 바라보는 시각이 다르다. 전체를 바라볼 수 있는 사고가 열린다. 내가 옳다고 생각했던 것이 다른 논리에 의해 틀린 것을 확인할 수도 있고, 내가 가졌던 논리를 더욱 강화하는 계기가 되기도 한다. 하나의 정답이라고 배운 것과 질문하고 답을 하면서 전체를 관망할 수 있고, 사고의 폭을 넓힐 수 있는 묻고 답하는 것을 경험하면서 하브루타방식이 유리한 것을 알 수 있다. 주입식 교육에서의 가르치고 배우는 것은 하나의 정답을 찾는 데에는 유익할 수가 있다. 그리고 빠를 수 있다. 하지만 다양성의 입장에서 보면 단선의 시각으로 세상을 바라보아 유연성이 현저하게 떨어진다는 문제점이 있다.

다시 랍비 하니나의 발언으로 돌아와 보자. "스승에게서 많이 배웠다. 친구에게서 더 많이 배웠다. 제자로부터 가장 많이 배웠다."는 발언. 제자의 입장에서 스승을 바라보는 교육에 대해 살펴보자. 하브루타에서의 스승은 길을 알려주지 않는다. 길을 스스로 찾아가게 하는데 있다. 스승은 답을 늦게 알려주어야 한다. 방향을 제시하지만 답은 스스로 찾아내야 한다. 스승이 질문하고 제자가 답하는 것이 필요하다. 방향을 잃으면 다시 방향을 알려주지만 답을 알려주지는 않는다.

다음으로 친구와 친구의 대화를 살펴보자. 거리낌 없이 대화를 할 수 있다. 질문과 대답은 한계가 없다. 주제와 방법도 자유롭다. 하지만 아쉬운 점은 두 사람의 수준이 비슷하다는 점이다. 한 단계 상승을 위한 제시나 방법을 찾아내기가 쉽지 않다. 자유롭지만 길을 잃을 수가 있다. 무한한 토의는 가능하지만 진보를 위한 길을 찾아내기가 쉽지 않다.

마지막으로 스승의 입장에서 본 제자와의 관계다. 스승은 기성세대다. 제자는 신진세대다. 스승의 입장에서 제자가 답하는 것은 기성의 입장에서 바라보면 전혀 다른 엉뚱한 세계일 수 있다. 우리가 어린 아이에게서 기발하고 생뚱맞은 답에 놀라워하는 것과 비슷하다. 가지고 있었던 기존의 틀을 허무는 상상력이 제자에게서 나올 수 있다.

스승과 친구 그리고 제자, 세 대상 중 어느 대상에게서 가장 많은 배움을 얻을 수 있을까. 랍비 하니나는 스승에게 많이 배웠고, 친구에게서 더 많이 배웠다고 한다. 하지만 제자에게 가장 많이 배웠다고 한다. 이유는 자명해진다. 새로운 눈을 열어주는 것은 기존의 틀에서 벗어난 새로운 발상과 상상력에서 나오는 것임을 배우게 된다. 현재 우리에게 필요한 것은 창의다. 지금까지 가지지 못했던 생각을 이끌어내는 교육이 필요하다. 지금까지 이루어놓은 것을 지식이라고 한다. 우리는 지식도 필요하지만 지금까지 없었던 것을 찾아내야 하는 과제를 안고 있다. 그런 의미에서 스승보다 제자에게 더 많이 배우게 된다는 의미를 이해하게 된다.

2.하브루타를 하기 위한 선행 조건

하브루타를 한 문장으로 정의하라고 하면 '질문으로 하는 공부'다. 질문으로 하는 공부를 다시 짧게 정의내리라고 하면 '묻고 답하면서 스스로 길을 찾아가는 공부'다. 결국 공부하는 방법으로 '질문'이 핵심이고 다음으로 질문에 답하는 '짝'이 있어야 한다는 것을 알 수 있다. 마지막으로 길을 잃을 수 있으니 스승이 필요하다. 무엇보다 묻고 답하는 방식이 필요하고, 다음으로 묻고 답하는 짝이 필요하고, 이를 이끌어주는 스승의 관계가 성립된다. 여기에서 필요한 것이 하나 더 있다. 긍정적인 사고다. 상대의 말을 받아들이려는 마음의 태도로 긍정적인 마음이 필요하다.

결국 하브루타를 잘 하기 위해서는 준비해야 할 선행조건이 있다. 마음과 자세가 준비되지 않았거나 환경이 만들어지지 않은 경우는 하브루타의 효과가 반감된다. 앞서 말한 하브루타의 전제조건을 정리하면 이렇다.

1. 좋은 스승을 찾아라.
2. 좋은 친구를 만나라.
3. 긍정적 사고로 대하라.

첫째, 일차적인 것이 스승이다. 스승이 있어야 하브루타가 시작된다. 스승의 역할은 하브루타가 제대로 진행되도록 방향을 알려주고 진행 상황을 점검한다. 방향이 어긋나거나 진행이 원활하지 않을 때 바로 잡아주는 역할을 한다. 하브루타는 질문과 대답으로 이루어진 토론의 장이다. 반대를 위한 반대나 논쟁으로 흘러가지 않도록 해야 한나. 질문과 대답에 감정이 들어서거나 짝의 논리에 반대하기 위한 질문과 대답이 있어서는 안 된다. 바른 길을 찾아내기 위한 질문과 대답이어야 한다. 한 사람이 대화를 독점하거나 이끌어가서도 안 된다. 기본적인 토론의 장을 만들기 위한 스승이 필요하다.

전통적인 하브루타에서 스승은 유대인으로서 랍비지만 이스라엘의 경우 하브루타의 일차적인 책임은 아버지가 담당한다. 스승은 권위가 있어야 한다. 물리적인 힘의 권위가 아니라 정신적으로 이끌어갈 수 있는 권위가 있어야 한다. 세상에 대한 경험이 많고, 연륜으로 다져진 지혜가 있는 사람이어야 한다.

둘째, 좋은 친구를 만나야 한다. 좋은 대화의 짝이 필요하다. 좋은 친구로서 좋은 짝이 되기 위해서는 지식수준이 비슷해야 한다. 질문하고 답을 하기 위해서는 지식수준이 비슷하지 않으면 이루어질 수 없다. 대학생과 초등학생의 대화가 원만하게 진행되기는 어렵다. 스승으로서 진행할 때는 가능하지만 친구로서 대화를 하기 위한 방법으로는 적절하지 않다. 다음으로 성향이 비슷해야 한다. 스포츠를 좋아하는 친구와 글 읽기를 좋아하는 친구가 만나면 이야기 진행이 잘 이루어질 수 없다. 이야기가 겉돈다. 지적 수준이 비슷하고, 성향이 비슷한 친구끼리 짝을 지어주는 것이 좋다.

셋째, 긍정적인 사고가 필요하다. 서로가 서로에게서 다른 생각을 확인하고, 다른 생각을 통해서 더 넓은 지적 세계로 넓혀가도록 해야 한다. 내 생각이 옳다는 전제가 있으면 대화의 의미는 희석된다. 내가 생각하지 못한 세계를 만나도록 하는 것이 필요하다. 내 생각이 옳다고 주장하면 '생각의 감옥'에 갇히게 된다. 내가 생각해 내지 못한 것을 얻어내는 것이 하브루타를 하는 의미다. 생각의 확장을 얻어내려면 긍정적인 생각으로 상대의 질문과 답에 임해야 한다. 하브루타를 하게 되면 서로를 알게 되는 중요한 계기가 된다. 사람은 아는 만큼 친해진다.
하브루타를 잘 하기 위한 조건으로 스승, 친구, 긍정적이 자세가 필요하다. 하브루타를 하기위한 기본요소가 좋은 스승, 좋은 친구, 긍정적인 자세다.

(1) 좋은 스승의 역할

스승으로서 가져야 할 덕목은 인격과 학식 그리고 객관성을 들 수 있다. 스승으로서 자질이 없을 때는 권위가 떨어져 가르침을 받아들이지 못하게 된다. 좋은 스승이 되기 위한 조건으로 인격이 중요하다.
인격의 사전적 정의는 인격人格personality은 도덕적 행위의 주체로써, 진위·선악을 판단할 수 있는 능력과 자율적 의지 등을 지닌 존재를 말한다. 인격人格에서 격格은 '바로잡다'는 의미와 '바루다'라는 의미가 들어있다. 사람으로서 바로 잡은 존재를 말한다. 또 하나 '바루다'라는 의미는 비뚤어지지 않도록 곧게 하는 것을 말한다. 여기에서 바로잡다와 바루다에는 스스로 하겠다는 의지가 들어있음에 유의해야 한다. '스스로' 자신을 바로잡고, 삐뚤어지지 않도록 하는 존재를 말한다. 인격적인 존재가 되어야 하는 것이 스승으로서의 덕목이다. 스스로 바로 서려는 존재가 인격이라면 언행이 일치되도록 끝없이 자신에게 죽비竹篦를 들이대야 한다. 죽비는 선 수행을 할 때 좌선을 할 때 승려들에게 경계를 주거나 선승이 설법할 때 위엄을 나타내는 도구다. 형태는 2개의 대쪽을 합친 다음 등나무로 머리 부분과 손잡이를 감싸 옻칠을 한 후 한쪽 끝에 술을 붙인 것으로 졸음이 오거나 정신이 흐트러지려 할 때 어깨에 내려쳐 다시 수행 정진할 수 있도록 하는 도구다.

스승의 역할이 바로 여기에 있다.

다음으로 학식이다. 아는 것이 없을 때 가르칠 수가 없다. 지적 기반이 없을 때 알려 줄 수가 없다. 적어도 제자보다는 많이 알고 있어야 한다. 짝으로서의 대화상대가 아닌 스승의 자질로서의 덕목이기 때문이다. 높은 자리에서 볼 수 있는 조건이 지식이다. 알아야 옳고 그름이 보인다. 판단의 기준이 되는 것이 무엇보다도 지식이다. 스승으로서 기본적인 조건이다. 질문으로 배워가는 과정이 하브루타라고 하지만 지식의 기반 없이 지도하기 어렵다.

끝으로 객관성이 필요하다. 스승으로서의 주관이 들어가지 않아야 한다. 제 삼자적인 입장에서 바라보고 판단해서 길을 알려주어야 한다. 질문도 마찬가지로 입체적으로 바라보았을 때의 관점에서 해야 한다. 한쪽으로 치우쳐지지 않은 중도가 필요하다. 누구의 편도 아니고, 어떤 이론으로도 편향되지 않은 객관적인 자세가 필요하다.

스승의 목표는 제자가 깨어있게 하는데 있다. 당연하게 스승은 계속 생각하게 해야 한다. 바로 답해주는 스승은 좋은 스승이 아니다. 스승이 가지고 있는 세계를 가르치는 것이 아니라 스승도 갖고 있지 않은 더 큰 깨우침을 주게 하는 것이 큰 스승이다. 스승이 지금까지 상상하지 못했던 상상력의 세계를 이끌어내는 것이 진정한 스승이다. 스승은 지식을 전달하는 것이 아니라 지혜를 깨우치게 하는 역할을 담당해야 한다.

또한 대화를 하면서 토론을 넘어, 논쟁으로 치달을 수 있다. 토론은 상생을 위한 조화로운 이중주지만 논쟁은 연주하다 줄이 끊어질 수도 있는 불협화음의 이중주다. 토론은 주고받는 상호관계지만 논쟁은 주장하는 일반적인 관계다. 스승은 토론에서 논쟁으로 옮겨가지 않도록 하는 중립적인 자세를 가져야한다. 그래서 객관이 필요하다.

(2) 좋은 친구 역할

하브루타는 짝이 있어야 하는 공부방법이다. 혼자 하는 공부가 아니라 짝이 있어서 주고받는 대화로 주제를 토의하면서 공부하는 방법이다. 절대적으로 좋은 짝이 필요하다. 결국 하브루타 교육은 대화다. 짝과 함께 하는 공부다. 다른 의견을 가진 존재로서의 짝, 자신이 생각하지 못한 세계로 인도해주는 역할로서의 짝, 그리고 자신의 생각을 강화하고 정리하게 해주는 역할자로서의 짝이 필요하다. 혼자가 아닌 짝과 함께 하는 공부가 하브루타다.

친구는 가르치지 않는다. 친구는 동격의 수평관계에서 생각을 주고받는다. 하브루타는 가르치는 것이 아니라 대화하면서 서로를 알고, 함께 성장하는 것이다. 지식을 공유하면서 내가 가지고 있지 않던 친구의 세계를 알게 되어 넓어지는 것이다. 하브루타는 가르쳐서 배우는 것이 아니라 생각을 교환하면서 배우는 관계다. 지식의 전달도 중요하지만 사유의 세계를 전달하는 것이 더 중요하다. 지식은 혼자서도 공부할 수 있다. 하지만 생각하는 힘은 혼자서 길러내기 어렵다.

대화방법은 짝과 함께 생각을 주고받는 것이 하브루타다. 다른 생각에 대해 반박하고, 내 생각에 대해 비판적인 시각을 제공받는 것은 양질의 지식에 접할 수 있는 기회를 제공한다. 하브루타에서 대화의 목적은 내 생각을 상대에게 이해시키는 것이 아니라 것이 아니라 생각을 주고받으면서 지식의 축적과 논리의 정립 그리고 자신이 가지지 못한 세계로의 경험을 알 수 있는 것에 목적이 있다.

짝은 서로 우호적이어야 한다. 대화하면서 서로 배우고, 익히는 관계로서의 짝임을 인식해야 한다. 내 논리를 주장하는 것이 아닌 제시하는 것으로 출발해야 한다. 내가 제시한 논리가 상대의 논리와 충돌지점이 생긴다. 충돌지점에서 새로운 논리를 개발하는 것이 필요하다. 질문을 하면서 자신의 생각을 정리하게 되고, 대답을 하면서 자신이 생각한 것에서 부족한 점을 파악하게 된다. 다시 합쳐져서 논리가 완성된다. 정반합正反合의 단계로 발전해간다. 대화를 통해서 생각을 정리하고, 깊어지고, 넓어진다.

대화를 하면서 질문을 할 때는 자신이 몰랐던 세계를 질문하고, 대답을 할 때는 자신의 생각을 정리하게 된다. 일방적으로 가르치고 배우는 관계에서는 찾아볼 수 없는 여러 유익한 점이 있다. 질문하고 대답을 하면서 확실하게 각인된다. 자신이 생각한 것을 말하면서 재인식되고, 대답을 하면서 재확인하게 되면서 기억창고에 저장된다. 오래 기억되고, 확실하게 기억이 되는 장점이 있다.

많이 알려진 내용이지만 소개한다. 공부한 것에 대해 기억하는가를 실험한 내용이다. 에드거 데일Edgar Dale이 실험했다. 학습을 하고 나서 48시간이 지난 후에 기억하는 것에 대한 실험내용이다. 실험 내용이 아주 간단하고 한 눈에 들어올 수 있게 만들었다. 영적 능력이 뛰어나고, 지적 능력이 우수한 사람이 그리 탐탁한 결과에 미치지 못했다. 읽기만 할 경우 배운 것의 10%. 놀랍지 않은가. 불과 10%를 기억하다니. 듣기만 할 경우는 20%, 보기만 할 경우는 30%, 보고 들을 경우 50%다. 생각보다 낮게 나온다. 말하고 필기할 경우는 70%로 비교적 높다. 보고 들은 것을 행동하고 말할 경우는 상당히 높아져서 90%로 올라간다. 순서대로 나열하면 아래와 같다.

10% 읽기만 한 경우
20% 듣기만 한 경우
30% 보기만 한 경우
50% 보고 들은 경우
70% 말하고 필기한 경우
90% 행동하고 말한 경우

에드거 데일이 실험한 내용을 정리한 학습의 원추Cone of Learning라는 도표다. 우리가 공부할 때 대체로 내용을 읽는 것에 그치는 경우가 대다수다. 그 결과 기억하는 것은 참혹하게도 10%에 불과하다. 공부를 했다고 마음이 편할 수가 없다.

반면 짝을 이루어서 서로 묻고 답하면서 얼마나 많은 양이 기억될 것인가를 추측해보자. 물으려면 전체를 정리해야 한다. 정리하면서 일차적인 학습이 된다. 질문에 대한 답을 짝에게서 들으면서 다시 한 번 학습이 된다. 내가 가지고 있던 생각과 다른 내용을 들을 수 있다. 서로 같은 내용과 다른 내용을 주고받으면서 더욱 많은 내용이 기억될 것이다. 설명하면서 정리되고, 설명을 들으면서 다시 재정리되는 짝을 이루어 하는 학습방법은 효과가 높을 수밖에 없다. 하브루타가 짝을 이루어하는 학습방법의 장점이다. 그보다 무서운 것은 기본적인 내용부터 서로 묻고 답하면서 과정을 이해하게 된다. 다음으로 주제를 놓고 토론할 경우에는 주제가 선명해진다는 장점이 있다. 혼자가 아닌 두 사람의 종합이라는 효과를 얻을 수 있다. 짝을 통해서 확장된 공부를 하게 되고, 짝을 통해서 성장 발전하는 공부가 하브루타다.

하브루타는 공부하면서 짝의 세계를 확인하고, 이해가 깊어져 돈독하고 신뢰하게 되어 신뢰하는 관계로 발전한다. 알아야 친해진다. 그리고 성격과 취향이 비슷한 짝을 만나게 되면 더욱 가까운 관계로 발전하게 된다. 깊이 있고, 믿음성이 있는 관계로 발전하는 계기를 마련해준다.

(3) 긍정적인 자세

하브루타를 할 경우 선의적인 대화여야 하고, 긍정적인 대화여야 한다. 상대의 생각을 받아들이는 선의와 상대의 생각을 인정하는 긍정하는 자세가 필요하다. 옳고 다름은 대화를 하면서 자연스럽게 밝혀지도록 해야 한다.

하브루타에서 상대에 대한 신뢰가 긍정이다. 세상의 모든 것들이 스승이다. 스승이라고 생각하면 스승이 된다. 서 있는 나무는 한 자리를 고집하면서도 꽃을 피우고 열매를 맺어 세상의 생명들을 키운다. 자신의 자리를 책임지는 마음이 예사롭지 않다. 꽃과 열매만으로도 부족해 향기를 만들어내고, 산소를 만들어내는 힘을 가지고 있다. 흐르는 물은 모양을 가지고 있지 않아 세상의 모든 그릇에 담긴다. 흐르는 물은 낮은 곳을 다 채운 후에야 다시 갈 길을 찾는다. 생명을 기르는 힘은 물이다. 낮은 곳을 찾아가는 물의 힘으로 세상의 생명은 연장된다. 사물에게서 배울 수 있는데 사람에게서 배울 것이 없다면 안타까운 일이다. 모자란 사람에게서는 모자란 것을 보면서 자신의 고쳐야 할 점을 생각하고, 지혜로운 사람에게서는 지혜로운 것을 배우면 된다. 하브루타에서의 상대는 영적 존재인 사람이다. 무한한 성장할 수 있음을 깨닫게 된다.

사람을 만나 자신의 세계를 말하고, 상대의 세계를 듣는 것이 대화고,

대화를 통해 공부를 하는 것이 하브루타다. 상대를 긍정으로 바라보면 긍정이 가진 힘을 찾아낼 수 있다. 긍정의 힘은 크다. 상대를 인정하는 마음으로 출발해야 대화가 부드럽게 이루어진다. 대화는 긍정의 기반 위에서 이루어져야 두 사람의 세계가 공유되고, 합일을 위한 출발이 될 수 있다. 하브루타를 하면 향상되는 것들을 살펴보자.

첫째, 다양한 시각 확인하게 된다. 하브루타를 하면서 일차적으로 크게 다가오는 느낌은 다양한 시각이 있다는 것을 확인하게 된다는 점이다. 학문을 하면서 하나를 파는 것에 익숙한 한국인에게는 뜻밖의 상황을 만나게 된다. 나와 다른 생각을 긍정적으로 인정하고 시작하는 하브루타는 한국인에게는 획기적인 공부방법이다. 하브루타에서는 스승과 제자가 없이 중간에서 안내역할을 하는 랍비가 있을 뿐이다. 고정된 세계를 공부하는 것이 아니라 다양한 세계, 다시 말하면 다른 것을 인정하고 시작하는 열린 교육방법이다. 우리에게는 낯선 교육방법이다.

둘째, 본질에 접근하는 능력을 갖게 된다. 하브루타는 지식을 외우고, 지식을 습득하는 공부가 아니다. 한국식 교육과는 판이하게 다르다. 근원을 향하여 파고드는 공부방법이다. 토론하는 과정에서 저절로 깊어지고 넓어지는 사고를 경험하게 되는 교육방법이다. 백과사전이나 인터넷에 있는 지식을 공부하는 것이 아니라 근원적인 것을 찾아내어 핵심을 파악하게 하는 교육방법이다. 왜라는 의문을 계속 이끌어내서 점점 깊어지는 것을 경험하게 하는 교육이다. 끝이 있는 것이 아니라 마지막까지 의문을 제기하고 의문을 해결하려는 교육방법이다. 열려 있는 교육방법이다.

셋째, 생가을 정리히게 된다. 아브루타는 질문과 대답에 있다. 질문을 하면서 의문을 가지게 된 것을 본인 스스로 생각하게 되고, 질문을 받고 대답을 하면서 자신의 생각이 정리된다. 또한 상대의 반대이론과 반대해석을 들으면서 자신의 생각이 옳았는가, 옳다면 어떻게 상대에게 설명해야 하는가를 생각하면서 생각이 정리된다. 막연했던 것이 구체화되고, 구체화 된 것이 체계적으로 정리되면서 자신만의 확고한 이론이 정립되게 된다. 생각이 정리되어 이론이 강화되고, 확고해진다.

넷째, 의사표현이 향상 된다. 하브루타는 질문으로 시작해서 대답하는 것으로 완성된다. 질문은 내가 하브루타의 짝에게 하고, 하브루타의 짝이 나에게 한다. 질문을 하려면 알아야 한다. 대답을 하려면 알아야 한다. 하브루타를 하려면 기본 지식이 있어야 한다. 여기에 질문과 대답을 하면서 의사표현 능력이 증대한다. 말은 할수록 는다. 말은 알수록 잘하게 된다. 하브루타는 대화로 하는 교육법이다. 사람이 사람이게 하는 것은 대화가 있어서다. 사람이 사회적인 동물이라고 하는 것의 대표적인 증거는 대화다. 대화가 사회성을 만들어주고 대화가 친밀감을 가지게 한다. 인간관계는 대화가 만사라고 할 만큼 대화로 소통을 하고, 대화로 의사를 표현하고, 대화에서 얻은 정보를 이용해 결정을 한다. 하브루타는 의사표현 능력이 쑥쑥 자라게 하는 교육방법이다.

다섯째, 자신만의 소신이 확고해진다. 하브루타를 하게 되면 자신만의 소신을 확실하게 가질 수 있다. 적과의 동침으로 적의 상황과 심리를 파악할 수 있듯이 나와 다른 하브루타 짝을 만나서 다른 사람들의 생각을 만나게 된 효과가 있다. 타인의 생각을 만나서 논쟁을 치루면서 자신의 생각을 더욱 확실하게 가질 수 있다. 하브루타를 통해서 자신의 생각과 다른 반대이론을 접하고 실전을 겪은 상황이라 자신에 대한 소신을 확실하게 가질 수 있다. 자신의 소신이 정리되면 남에게도 자신의 소신을 당당하게 설명할 수 있다. 이미 전투를 치른 상태라 여러 상황에 대처하는 방법도 이미 가진 상태다.

여섯째, 가치관과 정체성이 확립된다. 하브루타를 하게 되면 결국 자신의 가치관이 확실하게 만들어진다. 가치관이란 무엇을 가치 있게 바라보느냐를 말한다. 가치있는 것이 무엇이냐를 생각하는 것이다. 세상을 살 때 돈이 가치가 있느냐, 권력이 가치가 있느냐, 명예가 가치가 있느냐 또는 깨닫는 것이 가치 있느냐를 생각하는 계기가 된다. 또한 정체성은 자신의 본래 모습을 파악하는 것이다. 세상을 판단하려면 판단할 기준이 필요하다. 세상을 잴 자가 필요한데 마음을 재는 자가 가치관이고 정체성이다. 하브루타를 하면 가치관과 정체성이 확립된다. 하브루타를 하게 되면 세상을 바라보면 판단하고, 분석하는 능력이 생긴다. 어떤 교육방법보다도 많이 생각하게 하고, 보다 생각을 정리하게 하는 교육법이다. 다른 생각과 반대이론을 일상화하면서 자신을 보다 강화하고 성장하게 한다. 하브루타는 나와 다른 생각을 가진 하브루타의 짝을 통해서 보다 넓은 세상, 보다 깊은 세상을 여행하게 하는 교육방법이다.

유대인의 교육의 목표가 결국은 유대인을 유대인으로 만드는 것에 있듯이
우리 한국인의 교육목표도 흔들림 없이 한국인을 한국인답게
만들어야 하는 것에서 출발해야 한다.

2장

하브루타의 목표

- 하브루타는 생각 성장시키는 과학 -

하브루타의 목표는 우리의 생각을 뒤집어 놓는다. 이스라엘 사람에게 하브루타가 필요한 것은 토라, 즉 구약성경을 전하기 위해서였다. 토라를 쉽게 전하기 위해 토라를 해석하고 주석을 단 것이 탈무드다. 탈무드를 통해서 다시 토라를 이해하는 방법으로 하브루타가 필요했다. 하브루타의 필요성이다.

역순으로 말하면 하브루타를 하는 것은 탈무드를 이해하기 위한 것이고, 탈무드는 토라의 말씀을 알게 하기 위한 설명서라고 할 수 있다. 원전과 해석서를 통해서 하브루타를 하게 된다. 결국 하브루타는 종교를 이해하기 위한 방법론의 하나다. 그래서 하브루타는 우리가 알고 있는 것보다 지식보다는 소통에 무게를 두고, 지식보다는 덕성을, 지식보다 공동체에 중량감을 두고 있다. 그리고 하브루타는 지식보다 정체성을 확립하는 것을 우선으로 삼고 있다. 정리하면 이렇다.

ㅇ하브루타는 지식보다 소통
ㅇ하브루타는 지식보다 덕성
ㅇ하브루타는 지식보다 공동체
ㅇ하브루타는 지식보다 정체성

우리가 생각하고 있는 학습이나 공부와는 다른 환경에서 하브루타는 시작되었다. 소통과 덕성 그리고 공동체의 결속과 정체성의 확립이 하브루타의 중요한 존재 이유다.

우리와는 다르게 출발한 하브루타는 힘을 가지고 있다. 우리에게 적용하면 지금의 우리에게 부족한 토론문화, 즉 질문과 대답을 거리낌 없이 할 수 있도록 바꾸어 가는데 하브루타가 일조할 것으로 믿는다. 이스라엘 교육의 목표가 결국은 이스라엘 사람을 이스라엘 사람으로 만드는 것에 있었듯이 우리 한국인의 교육목표도 흔들림 없이 한국인을 한국인답게 만들어야 하는 것에서 출발해야 한다. 한국인의 정신과 기질 그리고 한국인의 문화를 이해하는 것에서 출발해야 한다. 우리 한국, 한국인, 한민족은 어떤 존재인가부터 시작해야 한다. 식민사관에서 탈피해서 진정한 한국인의 정신과 한국문화를 파악하는 것에서부터 적용해야 한다. 물론 쇄국적인 생각이나 민족우선주의를 이야기하려는 것이 아니다. 나라와 나라의 국경은 무너지고 있고, 경제로 통합되고 있다. 나라와 나라의 국경을 자유롭게 넘나들 수 있는 상황에서 지역적인 의미보다는 정신적인 것을 찾아내야 한다.

그럼에도 중요한 것이 정체성이다. 나는 누구인가, 나의 상대인 너는 누구인가, 그리고 내가 태어나고 자라고 있는 우리나라는 어떤 나라인가. 나를 알아야 남을 이해할 수 있다. 세상에서 가장 중요한 것은 누가 뭐라고 해도 내가 살아있어야 한다. 그리고 왜 살아있어야 하는가를 알아야 한다. 그러기 위해서 나의 정체성과 가치관이 필요하다. 정체성은 나의 존재파악에 있고, 가치관은 내가 가치 있게 생각하는 것이 무엇인가를 아는 것이다. 인생이란 나를 세상에서 살아가게 하는 것이다. '나'를 버리고 '나'를 살 수는 없다. 결국 나를 데리고 살아야 한다. 하브루타는 인성교육과 정체성 교육을 통해서 완성되도록 하는 방법의 하나다.

앞서 이스라엘 교육은 다시 설명하면 첫째 성전인 토라에서 출발해, 둘째 수석하고 해석한 탈무드, 셋째는 탈무드를 이해하기 위한 방법이 하브루타다. 그리고 마지막으로 넷째 학습의 자세로 리쉬마가 있다. 토라, 탈무드, 하브루타 그리고 리쉬마로 이어지는 연관성과 독립적인 특성을 이해해야 하브루타를 이해할 수 있다고 했다. 우리에게 적용방법으로,

첫째 이스라엘이 성전 토라를 공부했다면 한국인에게는 한국의 역사를 공부하게 한다.

둘째 이스라엘 사람들이 주석하고 해석한 탈무드를 공부 했다면 한국인의 정신과 문화를 공부하게 한다.

셋째는 탈무드를 이해하기 위한 방법인 하브루타 방식은 그대로 적용하되 우리의 밥상머리 교육에 질문과 대답이 자유롭도록 하게 한다.

마지막으로 넷째 학습의 자세로 리쉬마는 한국인의 정신의 모체인 홍익인간을 목표로 한다.

우리가 배워야 할 것이 토라나 탈무드 자체가 아니라 토라는 접어두고, 탈무드에서 지혜를 배우고, 하브루타를 통해서 우리의 교육이 나아가야 할 방향을 찾아야 한다. 그리고 학습의 자세인 리쉬마에서는 공부에 빠져들게 할 수 있는 것을 우리의 것으로 찾아내야 한다. 우리는 우리의 옷이 있고, 우리의 교육방법이 있다. 그리고 우리의 정신이 있다. 이스라엘의 교육법에서 배우고, 적용해야 하는 것을 명확하게 잡아내야 한다. 목적의식을 분명히 가지고 분명하게 하브루타를 한국화해야 한다.

다른 방법도 있다. 공동체에서 필요로 하는 것을 주제로 삼아서 하브루타를 하는 방법이다. 공동체마다의 특성과 목표가 있다. 그리고 공동체의 목적이 있다. 공동체의 특성, 목표 그리고 목적에 적합한 주제를 만들고 하브루타를 할 수 있다. 한국에서 많이 하고 있는 방법으로

독서토론을 이용하는 방법이다. 독서토론 모임에서 정해진 책을 읽고 토론하는 방법이다. 책 중에서도 역사를 주제로 하는 곳이 있다.

우리의 방법으로는 누구나 쉽게 접근할 수 있고, 누구나 바로 대화에 참여할 수 있는 일화를 가지고 하는 방법이다. 어린 아이가 여행을 하면서 지혜로운 사람들을 만나 인생을 공부하는 내용으로 '긍정이와 웃음이'라는 이야기를 주제로 하고 있다. 토론의 주제로 삼을 수 있도록 만들어졌다. 13살의 아이 둘이 여행을 떠나서 만나는 사람과 모임에 참가해서 인생을 배우는 내용이다. 긍정이와 웃음이의 내용이다. 제목은 〈끝은 출발점이야〉다.

〈끝은 출발점이야〉

"생명을 키우는 힘은 끝에 있어."

농사를 평생 지은 할머니의 말씀에 긍정이와 웃음이의 귀가 번쩍 했다. 태백 상동에서 만난 할머니의 말씀이었다.

"무슨 말씀이세요?"

"생명은 끝에서 시작해. 나무의 중심이 어디야?"

"줄기요."

"뿌리요."

할머니의 질문에 긍정이와 웃음이가 번갈아가며 다른 답을 했다.

"나는 다른 곳인 것 같은데."

"어디요?"

"나무 끝이야. 끝이 자라서 키가 커. 자세히 살펴 봐. 가지 끝이 자라나지. 풀도 뿌리에서 가장 먼 곳이 자라는 거야."

정말 그랬다. 긍정이와 웃음이가 학교에서 배운 것이 있었다. 생장점이라고. 생장점은 가지나 잎의 끝에 있었다.

"꼴찌라고 힘들어 할 필요 없어. 따라가지 말고, 자신이 좋아하는 방향으로 달려 봐. 일등이야."
궁정이와 웃음이가 할머니를 쳐다만 보고 말을 못하자 할머니가 다시 말씀하셨다.
"왜 따라갈 생각을 해. 자신의 길을 가면 되지."
할머니의 말씀이 옳았다. 꼴찌에서 따라가니 꼴찌지, 뒤로 돌아서서 자신만의 방향으로 가면 일등이 맞았다.

하브루타는 하나의 주제를 놓고 짝을 이루어 토론한다. 여기에서 주제를 제목으로 잡으면 된다. 〈끝은 출발점이다〉가 주제다. 그리고 내용은 할머니와 긍정이와 웃음이가 나누는 대화에 있다.
묻고 답하는 것이 하브루타인데 묻는 것, 즉 질문내용을 고민하는 경우가 많다. 질문하는 방법을 알면 고민할 필요가 없다. 그리고 질문에 대한 대답을 고민할 필요가 없다. 질문은 주제와 본문 안에 다 있고, 대답은 자신이 가지고 있는 지식과 생각으로 족하다. 더 잘하려면 자료를 찾고, 정보검색을 해 준비하면 된다. 관련 내용을 공부하면 질문과 대답이 더 깊어지고 넓어진다. 질문내용을 만드는 것에 대해서는 별도의 장에서 설명한다.

– 하브루타 토론의 혁명 –

하브루타의 위대함은 다른 생각을 가진 짝을 상대로 토론한다는 전제 조건의 위대함이다

독단에 갇히지 않게 하는 학습법, 하브루타. 나 혼자만이 옳다고 주장할 수 없는 세상을 만들어 놓은 것이 하브루타다. 완벽하지 않은 사람에 대한 보완이며 보다 좋은 방법을 찾아내기 위한 방안으로서 하브루타는 합의와 소통의 대화술이다. 두 사람이 각자의 생각을 가지고 보다 나은 방안을 찾으려 노력하는 것은 아름다운 풍경이다. 합리적인 인간을 만들어낼 수 있는 교육법이다. 내 생각만이 옳다는 어리석음을, 나 혼자만의 생각이 옳다는 위험을 줄이는데 효과적이다.

하브루타는 공부를 하면서 나와 다른 한 사람, 즉 나와 다른 생각을 가진 짝을 만나게 된다는 점에서 특별하다. 다른 생각을 가진 사람과 짝을 이룬다는 것은 우리 한국사회에서는 바람직하지 않게 본다. 비슷한 사람이나 같은 사람을 만나야 한다는 인식이 깔려있다. 이스라엘에서는 반대로 나와 다른 사람이 짝이라는 것에서 인식의 전환이 일어난다. 오히려 같은 생각이라면 하브루타가 성립되지 않는다. 같은 생각을 가진 사람과 만나면 토론할 것이 없다. 이미 결론이 나 있는 것과 같다. 하브루타의 위대함은 다른 생각을 가진 짝을 상대로 토론한다는 전제조건의 위대함이다. 특별하지 않은 이스라엘 사람들이 특별하게 된 것은 하브루타의 힘이다. 세계의 대표적인 부자나 학자가 이스라엘 사람들이라는 것이 예사롭지 않다. 대표적인 석학들 중 이스라엘 사람들이 많다는 것이 사사하는 바가 크다.

하브루타는 히브리어로 '친구'를 뜻한다. 공부하는 상대방, 다시 말해

짝을 뜻하기도 한다. 짝이 친구와 같은 어원에서 나왔다. 우리 식으로 표현하면 '함께 공부하는 짝궁', 그것이 하브루타다. 하브루타는 인생을 함께 하는 친구 중에서도 공부를 같이 하는 친구다. 학문적인 친구를 인생에서 만나기 쉽지 않다. 공동체에서 만난 친구가 한국인의 친구다. 혈족이나 지연, 그리고 같은 사회공동체에서 만난 친구가 대부분이다.

한국사회에서는 하나의 주제를 놓고 서로 대화하고, 토론하며 공부의 세계로 들어가는 친구는 만나기 어렵다. 이스라엘 사람에게는 누구나 자연스럽게 만날 수 있는 것이 학문을 함께 하는 친구다. 깊은 우정이 만들어질 수 있는 것이 하브루타다. 그리고 하브루타의 짝이 된다는 것은 한 사람의 세계를 이해하는 데 중요한 시간과 경험이다. 철학과 사상을 공유할 수 있고, 성찰할 수 있는 시간이 하브루타다. 짝과 함께 공부하고 랍비와 스승을 두고 공부하면서도 이렇게 말한다.

"스스로 스승이 되어라. 그리고 친구를 찾아라. 그리고 모든 사람을 호의적으로 판단하라."

〈피르케이 아보스pirkei avos〉라는 책이 있는데, 우리말로 번역하면 '아비들의 윤리'라는 의미를 가지고 있다. 여기에서 나오는 문장이다. 스스로 스승이 되라고 한다. 그리고 친구를 찾으라고 한다. 인생의 친구를 말한다. 삶을 논하고, 세상을 함께 토론할 친구를 말한다. 그리고 사람들에 대해서는 호의적으로 판단하라고 한다. 인간에 대한 이해에서 호의적인 것만큼 따뜻하게 대하는 것은 없다.

〈천재가 된 제롬〉 저자는 에란 카츠Eran Katz다. 에란 카츠는 말한다. "유태인식 상상력으로 불가능을 꿈꿔라, 머무르지 말고 늘 방랑하라, 끝없이 의심하라. 그리고 사방에서 멘토를 찾아라", 라고 말한다. 지식의 방랑자면서 멘토찾기의 유목민이 되기를 바란다. 유태인 학생들은 모방을 나쁘게 생각하지 않는다. 모방은 개선과 함께 창조의 원동력으로 본다. 유태인은 사방에서 멘토를 찾는다. 인생을 바꾸어 놓을 수 있는 존재로 멘토를 꼽는다. 인생의 스승을 만나는 것이 중요한 문제다.

학문과 친구를 만나게 하는 하브루타는 인생을 책임질 수도 있는 학습법이다

결국 하브루타의 힘은 끝없는 대화와 토론으로 스스로 자기주도 학습을 펼칠 수 있는 짝을 통해 공부하고, 최종적으로 좋은 스승을 만나 자기 완성에 도움을 받는 것이다. 혼자만의 힘이 아니라 짝과 스승이 다 함께 있다. 동등한 입장의 짝과 배울 수 있는 스승이 함께 필요한 것이 하브루타다. 성공에 이르는 최선의 선택이 하브루타다. 천재가 된 제롬이라는 책에 나오는 내용을 인용해 보자. 하브루타에 대해서 어떻게 설명하고 있는가를 살펴보자.

랍비가 말했다.
"예시바에서의 학습은 친구를 통해 배우는 것으로, 서로 짝을 지어 공부를 하네."
랍비가 계속 말을 이었다.
"기본은 짝과 함께 공부를 하고, 학생들이 사물에 대해 자신의 견해를 분명히 하고 새로운 내용을 덧붙이기도 하지. 짝에게서 배우는가 하면 짝에게 가르치기도 해. 그래서 좋은 친구사이란 서로에게 효과적으로 가르치고 배우는 관계지. 고함을 지르면서 흥분하는 모습은 최상이 결론을 향해 가는 과정일 뿐이네. 그들은 최상의 결론에 도달하기 위해 논쟁을 벌이면서 서로를 몰아붙이는 거야. 모든 학생들은 친구들을 일깨우고 잘 이끌어 서로가 창의적인 생각을 하고 깊이 있는 공부를 하게 하지."

랍비의 말은 계속 이어졌다.

"하브루타 관계를 맺으면 그뿐만 아니라, 교사가 되어 다른 사람을 가르칠 때 짝을 지은 상대방을 가르쳐야 한다는 의무감을 갖게 되어 주제에 대해 제대로 이해하려는 강한 동기가 생기게 되네. 이렇게 하면 공부한 내용이 빨리 잊히지 않고 학생이 교사의 입장을 잘 알 수 있게 되지. 이런 속담도 있지 않나. '사람은 향수와 같아서 자기 자신으로부터 향기가 나온다.'는 말 들어보았겠지."

하브루타에 대해서 설명하고 있다. 사람에 대한 긍정이 없으면 이러한 발언을 할 수 없다. 완성되지 않는 존재로서의 인간이 최고의 방안을 서로 보완을 통해서 완성해가는 방법이 하브루타다. '사람은 향수와 같아서 자기 자신으로부터 향기가 나온다.'는 말에서 절정을 확인한다. 결국은 하브루타의 힘이 이스라엘 사람을 만들었다고 주장하지 않고 보여주고 있는 것이 에란 카츠다.

이스라엘 사람들은 세계의 경제와 학문세계를 주도하고 있는가. 오랜 시간 박해를 받아오면서도 살아남고, 무시당하면서도 최고의 성과를 만들어낼 수 있는가. 에란 카츠는 유전자의 문제나 지능에 있지 않다고 한다. 잠재력의 계발이라고 말한다. 인간에게 감추어져 있는 무한한 능력이 잠재력에 있는데 그것을 밖으로 꺼내서 활용하는 방법 중 하나가 하브루타라고 주장한다. 다시 말하면 하브루타는 유태인식 두뇌계발법이다. 유태인에게는 불가능한 것을 가능하게 하는 것이 목표다. 할 수 있는 것을 하는 것이 아니라 불가능한 것을 가능하게 하는 것을 자연스럽게 받아들이는 도전이 하브루타의 힘이다.

〈천재가 된 제롬〉에서 좀 더 살펴보자. 주인공 제롬은 사업과 학업에서 성공을 꿈꾼다. 친구인 이타마와 에란, 두 사람은 제롬을 천재로 만들기를 실험한다. 천재는 불가능을 가능하게 만들 수 있어야 한다는 유태인이기에 있을 수 있는 도전이다. 천재만들기 실험으로 5천만 달러와 경영학 박사만들기를 목표로 진행된다. 5천만 달러라면 500억 원을 만든다는 목표와 함께 경영학 박사를 만든다는 목표다. 하나도 어려운데 동시에 두 개의 과제를 완성한다는 엄청난 목표다. 그것도 불과 3년이 주어진 시간이다.

한 번 더 속는 셈치고 따라가 보자. 제롬은 리사라는 여인을 만난다. 리사에게서 기억의 법칙을 배운다. 기억의 법칙1, 기억에 의존하고 동기 부여를 하라. 지금까지 습득한 지식에 새로운 동기를 주는 것이다. 다음으로 랍비 다하리를 만나러 간다. 다하리는 유태인으로 필사가筆寫家다. 다하리에게서 기억에 도움이 되는 필기법칙에 대해 배운다.

기억의 법칙2, 흰 바탕에 검은 글씨로 써라, 띄어쓰기를 하라, 한 눈에 볼 수 있도록 단을 나누어라. 다하리가 권하는 종교학교인 예시바에 간다. 예시바는 유태인 전통학교다. 그곳에서 만난 슈네이만에게서 본격적으로 기억의 법칙을 배운다.

기억의 법칙3, 가르치면서 배우라. 짝과 함께 한 가지 주제에 대해 질문하고 대답하는 방식으로 공부하면 책임과 더불어 강한 집중력이 생기게 된다. 제롬은 하나씩 배워간다. 공부하면서 배우고, 배우면서 성취감을 느끼고자 하는 인간의 욕망을 말하고 있다. 결과는 성공이다. 배움에도 방법이 필요하다. 유태인 교육법의 필요성이다. 교육법으로 하브루타다. 결론은 창의적인 공부가 우수한 인재를 만들고, 우수한 인재가 성공한다는 법칙이다.

하브루타는 기본적으로 공부하는 방법이지만 공부와 함께 얻어지는 큰 소득은 친구다. 친구는 인생의 동반자다. 하브루타의 짝인 친구는 학문의 동반자이기도 한다. 학문과 친구를 만나게 하는 하브루타는 인생을 책임질 수도 있는 학습법이다. 탈무드 경전에 있는 이 말로 모든 것이 종결된다.

"하브루타가 아니면 미투타를!"

"우정이 아니면 죽음을!"

유대인 교육의 핵심적인 책임자는 아버지와 랍비다.
가정에서는 아버지가, 학교에서는 랍비가 책임을 진다. 교육은 아버지와
랍비의 의무이며 권리이기도 하다. 한 아이가 제대로 자라려면
가족 구성원 모두가 필요하고, 한 아이가 바르게 자라려면
사회구성원 모두가 필요하다.

3장

하브루타 실전

하브루타 실전에 들어가 보자. 짝을 만들고, 질문하기와 대답하기에 대해 알아보자. 하브루타를 하려면 짝이 있어야 한다. 1단계로 짝 만들기, 2단계로 질문하기, 3단계로 대답하기를 알아본다.

– 짝 만들기 –

실전에 들어가려면 우선 짝을 만들어야 한다. 짝은 두 유형으로 할 수 있다. 수직관계와 수평관계로 나눌 수 있다. 수직관계로는 스승과 제자 사이, 부모와 자식 사이가 있다. 수평관계로는 친구 사이나, 동료, 또는 동급생 간의 짝이다.

수직관계의 짝의 경우다. 이스라엘에서 하브루타의 출발점은 아버지와 아들에서 출발했다. 이스라엘에서는 아버지가 권위를 가지고 아들의 교육을 담당한다. 우리로 이야기하면 밥상머리 교육과 유사하다. 내용을 들여다보면 사뭇 다른 풍경이다. 우리의 경우는 부모가 자식에게 가르치는 교육이다. 경직되어 있다. 윗사람이 아랫사람에게 가르치는 교육이다. 그리고 무엇보다 다른 것은 아랫사람에게 말할 기회가 주어지지 않는다. 아랫사람이 윗사람의 말에 토를 달거나 반대의견을 이야기하는 것이 금기시 되어 있다. 우리의 경우는 아랫사람이 윗사람에게 자신의 의견을 이야기하기가 쉽지 않다. 이스라엘 하브루타의 경우는 아랫사람이 말을 하도록 질문을 한다. 반대다. 자신의 의견을 마음껏 할 수 있다. 아랫사람이 말을 할 수 있도록 유도하는 것이 하브루타의 특별한 점이다.

수직관계에서의 짝은 권위가 있어야 한다. 권위와 권위주의는 다르다. 권위權威, authority는 가치의 우월성을 믿도록 하는 능력 또는 다른 사람을 통솔하여 이끄는 힘이다. 권력이 사회 관습, 법 등 사람의 욕망을 통제하는 정당성을 얻었을 때 이는 권위가 되어 사람들을 통솔한다. 즉 권위라는 표현 자체에는 이미 정당하다는 의미가 포함되어 있다. 거꾸로 말해 권력은 정당성을 갖추지 못한 강제적인 힘이다. 마음에서 우러나온 존경심에서 출발해서 긍정적인 의미로 쓰인다. 권위주의는 사뭇 다르다. 일반적인 사실이나 상대의 의견은 무시한 채 기존의 권위에 기대어 사람을 대하거나 사태를 바라보는 사고방식이나 행동 양식으로 부정적인 면이 강하다.

이스라엘에서는 교육의 일차적인 책임자가 아버지다. 아버지와 아들의 관계에서 이루어지는 교육이 근간이며 출발이다. 아버지의 권위는 바른 가정교육의 출발이다. 또한 전인교육의 출발지점이다. 이스라엘에서도 유대인들의 사회는 부계사회다. 한 가정의 지도자이면서 가장이며 교육의 책임자다. 아버지의 권위를 인정해 아버지의 권위와 가정의 질서를 찾는 것이 유대인 교육이다.

유대인 교육의 핵심적인 책임자는 아버지와 랍비다. 가정에서는 아버지가, 종교적으로 학교에서는 랍비가 책임을 진다. 교육은 아버지의 의무이며 권리이기도 하다. 아버지는 퇴근하면 곧바로 귀가해서 교육과 가사를 책임져야 한다. 가사는 공동으로 분담해서 한다. 이스라엘 여성들이 입대를 해서 국방의 의무도 진다. 군복무도 남성과 함께 하는 만큼 여성과 남성의 사회적인 차별이 없다. 다만 교육에서만큼은 자식을 위해서 남성 권위를 인정해준다.

여성은 자녀들 앞에서 명령하거나, 큰 소리를 내지 않으며, 싸움을 할 때도 아이들이 있을 때는 피하는 것이 불문율이다. 유대인 가정에서는 거실에서도 아버지의 자리가 정해져 있다. 아버지가 출장을 가거나 오랜 기간 자리를 비울 때에도 아버지의 자리를 비워둔다. 아버지가 사망을 할 경우에도 그 자리를 그대로 비워두어 존중한다. 아버지의 권위를 인정해야 가정교육이 살아날 수 있다는 믿음을 가지고 있다. 아버지는 육적인 관계를 넘어서 신적인 권위를 가지고 있기 때문에 가능한 일이다. 유대인 교육의 핵심인 토라를 가르치는 존재가 아버지다. 아버지는 곧 제사장이며, 교사다. 솔로몬의 스승은 아버지 다윗이었다. 그리고 교육을 담당하는 또 한 사람이 있다. 랍비다. 랍비는 스승이란 의미를 가지고 있다. 유대인의 위대함은 랍비에서 나온다. 랍비는 이스라엘 교육의 중심에 있다. 랍비의 특이한 점은 랍비들 간에 지위로 상하上下가 있거나 서열이 없다. 랍비는 토라와 탈무드를 가르치고 공동체에서 일어나는 일을 주관한다. 작은 일에서부터 중요한 일까지를 모두 주관한다. 정신적인 지주다.

랍비가 하는 일은 대소사를 막론하고 중요한 일을 주관한다. 하례식을 거행할 때에 몸에 칼을 대고 실로 꿰매는 일부터 분쟁을 해결하는 일, 유대인의 권위를 대변해주는 일은 물론 결혼식의 주례, 장례식도 주관한다. 사업을 시작하거나 상점을 열 때도 랍비를 찾아가 자문을 구한다. 랍비는 유대인에게 생활의 안내자이며 정신적인 지도자다. 유대인에게 랍비는 대표적으로 상징적인 존재다.

랍비는 대학원 과정에 있다. 대학은 당연히 나와야 가능하다. 랍비학교가 있다. 입시과목에는 성경은 기본이고 이스라엘의 역사와 유대문학을 필두로 법률, 심리, 설교, 철학, 교육학 등이 있다. 랍비자격을 얻은 후에는 봉사활동을 2년 동안 의무적으로 해야 한다.

유대인들의 교육을 담당하는 두 존재, 아버지와 랍비다. 아버지와 랍비는 유대인을 이끌어가는 축이다. 이스라엘 사람들을 이스라엘답게 만드는 것이 결국은 교육이다. 교육을 빼놓고는 이스라엘의 특수성을 설명할 수 없다. 세상에 아버지와 스승은 어디에나 있다. 하지만 이스라엘의 아버지와 이스라엘에서의 스승인 랍비는 어디에도 없다. 이들이 다른 점은 무엇인가. 한 마디로 정의하면 교육방법이다. 교육방법의 다른 점을 역시 한 마디로 정의하면 가르치지 않고 질문과 답변으로 교육을 한다는 점이다. 질문과 답변으로 교육이 가능할까. 답은 가능하다.

다음으로는 수평관계의 짝이다. 두 사람이 걸어가면 한 사람은 스승이다. 이유는 나와 다른 세계를 가진 존재이기 때문이다. 나와 다른 세계를 가진 존재를 만나는 것 자체가 하나의 사건이다. 나와 다른 세상은 거대한 미지다. 미지에서 새로운 것을 찾아내지 못한다면 어디에서 지식과 상상력을 찾을 수 있을까. 나라는 세계와 나와 다른 세계를 만나는 것에서부터 교육은 시작된다. 유대인들에게 교육을 담당하는 수직관계의 아버지와 랍비가 있었다. 수평관계의 교육담당자로서의 짝은 친구다. 친구는 가족관계에서는 형제자매, 학교에서는 동급생, 사회에서는 동료가 될 수 있다. 친구와의 생활이 인생의 절반 이상을 담당하게 된다. 친구는 나라는 존재의 성장과 확장을 책임지는 언덕이기도 하다.

– 질문하기 –

1.교육은 가르치는 것이 아니라 깨닫게 하는 것이다

하브루타에서 가장 중요한 한 가지를 꼽으라고 하면 질문이다. 하브루타는 질문으로 출발한다. 질문에 대한 대답이 전부다. 질문과 대답, 대답에 대한 질문, 다시 질문에 대한 대답이 전부다. 무섭게 질문하고, 성심껏 대답하면 하브루타의 모든 것은 마무리된다. 그리고 하브루타에서 가르치고자 하는 방법론은 무엇인가. 교육은 가르치는 것이 아니라 깨우치게 하는 것이다. 스승과 제자의 관계에서 배우는 것보다 친구와 친구, 학생과 학생, 사람과 사람의 대화에서 새로운 발상이 나오고, 창의적인 생각이 생겨난다.

하브루타의 핵심은 질문이며, 질문에 대한 대답이며, 가르치지 않고 스스로 깨우치게 한다. 탈무드 원전을 보면 보인다. 2천년을 유대인 최고의 지성들이 질문과 대답을 하며 논쟁을 펼치고, 토론을 했다. 토론방법은 질문이었다. 내가 모르고 있는 것을 묻고, 내가 궁금한 것을 묻는 것이 질문이다. 질문이 어려운 것이 아니라 궁금한 것이 바로 질문의 내용이다. 질문은 누가 하느냐, 바로 나 자신이다. 그리고 상대다. 호기심에 발이 동동 굴러질 때가 창의적인 생각이 눈을 뜰 때다. 그때 바로 질문하라. 질문을 하면 대답이 돌아온다. 대답이 진리를 알려주지 않는다. 진리에 가까워지는 방법을 깨닫게 해준다. 질문하면서 정리되고, 대답을 들으면서 다시 정리된다. 다시 질문을 하면서 새로운 발상이 떠오르게 된다. 생각에 불이 켜지도록 하는 것이 질문이다. 질문을 하는 사람에게도 질문을 받는 사람에게도 생각에 불이 켜진다. 지식에 대한 갈망이 질문으로 이어질 때 호기심을 자극한다. 머리에

쏙쏙 들어와 박힌다.

내 생각과 다른 생각이 부딪힐 때 더 많은 자극이 뇌에 생긴다. 자극이 자극을 만들고, 자극이 새로운 생각을 자극한다. 생각할 때 창의적인 사고가 생긴다. 질문을 만들고, 질문을 해서 돌아오는 대답이 나를 다시 자극하는 것을 느끼게 된다. 일차적으로는 질문이 지식과 지혜를 캐는 도구로 작동하지만 다음에는 창의적인 사고로 안내하는 창구역할을 한다. 질문은 밭에서 땅을 파는 단순한 역할로 출발하지만 감자 하나를 발견하는 순간 감자넝쿨이 땅 속에 있음을 알게 된다. 파고들면 더 많은 질문과 더 많은 지식과 지혜가 드러난다. 작은 호미 하나가 감자넝쿨을 캐내게 하는 힘이 있다. 하브루타의 힘은 질문에 있다.

하브루타의 힘은 감자를 실제로 캘 수 있게 하는데 있다. 주입식 교육은 감자를 캐서 밥상에 올려놓아 준다. 학생은 먹으면 된다. 밭에 가서 캐고, 감자를 집으로 가지고 와 물에 씻고, 불을 지펴 삶아서, 그릇에 담아 내놓는 복잡한 과정을 제거해 버린 것이 주입식 교육이다. 달랑 지식만을 전달한다. 달랑 감자를 식단에 놀려놓아 먹게 하는 것이 전부다. 감자를 심는 것부터 시작하면 더욱 복잡한 과정이 있는 것을 생략한 것이 주입식 교육이다. 주입식 교육은 사람의 뇌를 지식의 저장 창고로만 만들어버린다. 하브루타는 다르다. 묻고 답하는 과정에서 감자라는 식물성 먹거리의 정의부터 심고, 기르고, 수확하고, 밥상에 올라오기까지 전 과정을 알게 된다. 알지 못하면 질문할 수 없고, 대답할 수 없다. 질문하면서 배우고, 대답하면서 다시 공부하게 된다.

주입식 교육과 하브루타의 차이점은 크다. 질문이 날카로워야 대답도 명확하게 나온다. 질문에 의해 대답이 나온다. 반짝거리는 질문이 새로운 창의적인 생각을 열게 한다. 엉뚱한 질문이 신세계를 발견하게 한다. 생뚱맞은 질문이 창조의 세계로 안내한다. 하브루타를 하면서 잘못 질문할 것에 대한 두려움을 가질 필요가 없다. 잘못 들어선 길에서 낙원을 만날 수도 있다. 예기치 않은 질문이 도리어 더 좋은 결과를 만들어 낼 수도 있다.

2.위대한 질문이 위대한 창조의 문을 연다

질문의 힘은 당연한 것을 질문을 하거나 질문을 받았을 때 새로운 호기심이 발동한다는 점이다. 생각에 불이 켜진다는 말이 바로 여기에 있다. 너무나 당연한 것에 대한 질문, 그것에 대한 호기심이 생기게 하는 것이 하브루타다. 둥근 지구에 사람이 어떻게 붙어서 사는가, 축구공 같이 생긴 지구에 물은 어떻게 낮은 곳에 있는가, 둥근 지구에 살고 있는데 우리는 어떻게 수평의 들판과 수평의 바다만을 보게 되는가. 하늘은 무한한데 땅은 지구의 표면에 불과하다면 하늘과 땅으로 나누어진 세계관은 틀리지 않은가. 그렇다면 성경에서 말하는 하늘과 땅을 신이 창조했다는 말은 애초에 틀린 말이 아니던가. 너무나 당연한 것에 대한 의문이 이를 밝히려는 과학의 세계로 사람을 몰고 간다. 지금은 과학의 세계다. 종교는 이미 기울고 있고, 사상은 사람의 인권이 먼저라는 전제 앞에서 자신의 자리를 잃어가고 있다.

스스로 호기심을 해결하기 위해 지식을 공부하고, 찾아가는 과정 전체가 하브루타다. 하브루타에 대한 공식적인 절차나 정의가 존재하지 않는다. 상황에 따라, 시대에 따라, 사람에 따라 다르게 활용할 수 있는 것이 하브루타다. 하브루타에 대한 정의와 하브루타에 대한 공식은 존재하지 않는다. 하브루타는 지식을 찾아가고, 지혜를 탐색하고, 창의적인 상상력의 세계로 찾아가게 하는 교육방법이다. 스스로 찾아가는 호기심을 불러 깨우게 하고, 지적 욕구를 계속 일깨워주는 교육법이다. 당연한 것에 대한 의심, 무비판적인 것에 대한 비판의식을!

잠자고 있는 생각에 질문을 던짐으로써 잠든 생각을 깨우는데 있다. 질문 하나가 삶을 돌아보게 하고, 질문 하나가 생각을 움직이게 한다. 생각에는 이성과 감성이 있다. 이성과 감성이 잠을 자고 있으면 현상에 머무르고 만다. 감성이 작동하면 이성이 이어서 작동한다. 꽃을 보고 예쁘다는 생각이 드는 순간 이성은 분석한다. 정말로 예쁜가, 예쁘다면 무엇이 예쁜가를 생각하게 한다.

여기에 머물지 않고 꽃은 왜 예뻐야 하나에 대한 물었다면 꽃은 생식기라는 것을 알게 된다. 생식기는 성기다. 꽃이 핀 걸 구경하러 다니는 것은 세상에 드러내놓은 꽃의 성기를 구경하러 다니는 것이다. 꽃은 부끄러운 성기를 왜 세상에 드러내놓고 있을까. 공부하다보면 번식을 위해서 필요한 것이 수정이고, 수정은 나비와 벌이 한다는 것을 알게 된다. 또는 바람으로 수정할 수도 있다는 것을 알게 된다. 꽃의 바람기에 웃을 수도 있다. 호기심으로 공부한 것은 잊지 않는다. 산지식이 된다.

꽃가루가 많아야 좋은가, 다른 꽃의 가루가 날아오면 수정에 도움이 되는가, 방해가 되는가에 관심이 가게 된다. 논문의 주제가 될 수가 있다. 꽃마다 다른 암술과 수술이 어떻게 다르고, 다르다면 다른 이유가 무엇인가를 연구하다 보면 전문가가 될 수 있다. 사람에 대한 질문도 마찬가지다. 당연한 것에 대한 의문을 던지는 것이 호기심이고, 호기심으로 공부하게 될 때 지식 탐구 욕구는 상승한다. 사람의 눈은 왜 두 개인가. 왜 세 개면 안 되는가. 눈이 머리 뒤에도 하나 있다면 더 경계각도가 늘어날 텐데 세 개가 아니고 두 개인가. 당연한 것을 물어보면 새로운 탐구심이 자극된다. 순간 당연한 것이 당연하지 않다. 하브루타의 힘이다.

뇌가 지식의 저장창고가 되게 하지 마라. 뇌는 창고가 아니다. 뇌는 상상력이 출발하는 항구다. 넓은 바다와 미지의 세계를 찾아가기 위한 전진기지다. 뇌는 활성화되어야 상상력의 날개를 단다. 뇌를 활성화시키는데 필요한 것이 질문이다. 위대한 질문이 위대한 발견을 하게 한다. 발견과 발명 그리고 철학적인 각성이 질문에서 왔다. 질문이 교실을 깨어나게 한다. 질문이 죽어있는 교실을 살아있는 교실로 만들 수 있다. 질문을 받고 자는 아이는 없다. 질문이 계속 되는데 잘 수 있는 아이도 없다. 질문은 봄날의 새싹이 땅을 뚫고 일제히 만세 부르며 지상으로 올라오듯이 잠자고 있던 교실을 깨워놓을 것이다.

하브루타를 시작하려고 하면 먼저 부딪히는 것이 질문에 대한 두려움이다. 무엇을 질문할지, 어떻게 질문할 내용을 찾아야 할지 두려워한다. 두려워할 필요가 없다. 방법이 있다.

주입식 교육의 한계는 공부가 재미없다는 것이다. 재미없는 공부를 재미있게 하는 방법으로 하브루타가 좋다. 많은 사람들은 말한다. 할 일이 없을 때 심심하다고. 심심한 것을 해결하는 방법으로 대화가 답이었다. 외롭다는 말에는 대화할 사람이 없다는 것이다. 사는 것이 재미없다는 것도 대화를 할 사람이 없다는 것을 표현하는 경우가 많다.

대화할 수 있을 때 외로움에서 벗어날 수 있다. 심심하지 않고 재미있을 수 있다. 결국 사람은 대화가 답이다. 게임을 좋아하는 아이도 친구 없이 살 수 없고, 음악을 좋아하는 사람도 친구 없이 살 수 없다. 독서로 하루 종일 보낼 수 있지만 한 달을 사람을 만나지 않고 독서하는 사람은 없다. 사람은 사람을 필요로 한다. 사람과 사람이 만나서 공부를 하면 지루하지 않고 열기가 넘친다. 공부가 재미있다면 더 이상 바랄 것이 없다. 하브루타가 바로 공부를 재미있게 한다.

(1)질문 만들기

하브루타 교육의 중심은 질문과 대답이다. 무엇을 묻고, 무엇을 답할까, 에서 먼저 문제되는 것이 질문이다. 질문에 대해 부담을 가진다. 무엇을 물을까. 질문내용을 적으라고 하면 처음에는 10개도 힘들어 한다. 질문내용 100개를 만들어보라고 하면 정말 어렵다고 한다. 10개도 힘든데 100개라니. 하지만 방법을 알고 나면 쉽다.
하브루타에서 가장 중요한 한 가지를 들라고 하면 '질문'이다. 대답은 질문을 던지면 자연스럽게 이어져 나온다. 질문이 먼저고, 질문이 핵심이다. 좋은 질문이 좋은 대답을 나오게 한다. 질문의 종류를 살펴보자. 첫째 '주제안' 질문하기, 둘째 '주제밖' 질문하기, 셋째 '주제외' 질문하기로 나눈다. 첫째 '주제안' 질문은 주제 안에 있는 내용을 가지고 질문하는 방식이다. 주제밖 질문은 주제를 벗어나서 상상할 수 있는 질문이다. 그리고 주제외 질문은 주제를 완전히 벗어나서 사회현상이나 역사 또는 자신의 철학과 대비시켜 질문하는 방법이다. 실례를 살펴보자.

〈끝은 출발점이야〉

"생명을 키우는 힘은 끝에 있어."

농사를 평생 지은 할머니의 말씀에 긍정이와 웃음이의 귀가 번쩍 했다. 태백 상동에서 만난 할머니의 말씀이었다.

"무슨 말씀이세요?"

"생명은 끝에서 시작해. 나무의 중심이 어디야?"

"줄기요."

"뿌리요."

할머니의 질문에 긍정이와 웃음이가 번갈아가며 다른 답을 했다.

"나는 다른 곳인 것 같은데."
"어디요?"
"나무 끝이야. 끝이 자라서 키가 커. 자세히 살펴 봐. 가지 끝이 자라나지. 풀도 뿌리에서 가장 먼 곳이 자라는 거야."
정말 그랬다. 긍정이와 웃음이가 학교에서 배운 것이 있었다. 생장점이라고. 생장점은 가지나 잎의 끝에 있었다.
"꼴찌라고 힘들어할 필요 없어. 따라가지 말고, 자신이 좋아하는 방향으로 달려 봐. 일등이야."
긍정이와 웃음이가 할머니를 쳐다만 보고 말을 못하자 할머니가 다시 말씀하셨다.
"왜 따라갈 생각을 해. 자신의 길을 가면 되지."
할머니의 말씀이 옳았다. 꼴찌에서 따라가니 꼴찌지, 뒤로 돌아서서 자신만의 방향으로 가면 일등이 맞았다.

주제안 질문을 만들어보자. 이야기 안에 있는 내용으로 질문하는 방법이다. 내용에 들어있는 내용을 가지고 그대로 질문으로 만들어보자. 내용을 읽어 보았다면 알 수 있는 질문이다. 제목에서부터 살펴보자.

(1)왜 끝은 출발점일까?
(2)생명을 키우는 힘은 어디에 있을까?
(3)나무의 중심은 어디일까?
(4)긍정이와 웃음이가 생각한 중심은 어디일까?
(5)할머니가 생각한 중심은 어디일까?
(6)중심에서 가장 먼 곳은 어디일까?
(7)풀과 뿌리가 자라나는 곳은 어디일까?
(8)생장점이란 무엇일까?

(9)따라가면 왜 꼴찌가 될까?

(10)할머니가 생각한 일등 하는 방법은 무엇일까?

이번에는 직접적인 주제가 아니라 조금 벗어난 주제밖 질문을 만들어 보자. 어렵게 생각하지 말고 어린 아이의 마음으로 쉽게 풀어보는 것이 필요하다. 답이 주제 밖에 있다. 한 단계 높인 질문이다. 주제 밖에서 질문을 만들어내는 방법이다.

(1)돌아서서 달리면 정말로 일등이 될 수 있을까?

(2)역발상이 왜 필요할까?

(3)자신만의 방향을 가지려면 무엇이 필요할까?

(4)긍정이와 웃음이가 태백에서 어떻게 만났는가?

(5)진정한 일등이란 의미는 무엇일까?

(6)일등과 꼴찌는 생각을 바꾸면 정말로 가능할까?

(7)할머니는 어떻게 뒤돌아서 달릴 생각을 했을까?

(8)일등과 꼴찌는 무엇이 다를까?

(9)자신의 방향이란 무엇일까?

(10)할머니 생각은 왜 다를까?

셋째는 주제외 질문이다. 상상력과 주제에서 벗어나서 사회현상이나 자신의 인생과 연관시켜서 질문을 하는 높은 단계의 질문이다. 예상외의 엉뚱한 질문도 가능하다.

(1)할머니의 자식들은 무엇을 할까?

(2)왜 발상을 뒤집어야 하나?

(3)시대가 요구하는 인재란 무엇인가?

(4)지금까지 쌓아온 경력을 포기할 수 있는가?

(5)인생의 생장점은 무엇인가?

(6)인생에서 일등을 해야 할 이유가 있을까?

(7)일등보다 중요한 가치는 무엇일까?

(8)할머니는 왜 평생 농사를 지었을까?

(9)지혜로운 할머니가 왜 오지인 태백 상동에 살까?

(10)일등을 할 필요가 있을까?

질문 만들어보기를 했다. 주제외 질문은 생뚱맞은 질문을 해도 좋다. 질문을 하다보면 지칠 수도 있다. 주제를 벗어나서 잠시 엉뚱한 상상력과 예상치 않은 질문으로 분위기를 새롭게 만들어 분위기를 환기시킬 필요가 있다. 너무 딱딱한 분위기로 만들 필요가 없다.

주제안 질문, 둘째 주제밖 질문, 셋째 주제외 질문을 하면서 느꼈을 것이다. 질문을 만드는 것이 그리 쉽지 않다는 것을. 그렇다면 질문에 대한 두려움을 피하기 위한 방법이 있다. 질문에 대한 두려움으로부터 벗어나는 방법이다. 모든 것이 질문이 될 수 있다는 것을 확인해보자.

최선의 질문은 대답에서 질문을 찾는 방법이다

이번에는 다른 방법을 찾아보자. 단어 하나에 하나의 질문을 하는 방법이다. 문장은 단어로 만들어져 있다. 단어 자체가 질문의 용이 된다. 조금만 생각하면 단어 하나하나가 그대로 질문이 된다. 살펴보자.

"생명을 키우는 힘은 끝에 있어."
농사를 평생 지은 할머니의 말씀에 긍정이와 웃음이의 귀가 번쩍 했다. 태백 상동에서 만난 할머니의 말씀이었다.
"무슨 말씀이세요?"
"생명은 끝에서 시작해. 나무의 중심이 어디야?"

짧은 문장이지만 너무 질문이 많아서 걱정이 된다. 살펴보자. 단어로 질문하는 방법이다. 단어 하나하나로 질문을 해보자.

'생명'이란 무엇인가?
'키우는 것'은 무엇인가?
'힘'이란 무엇인가?
'생명에게 힘'이란 무엇인가?
'농사'는 무엇인가?
'할머니'는 몇 살부터인가?
왜 사람 이름이 '긍정이와 웃음이'인가?
'귀가 번쩍' 했다는 것은 어떤 상태인가?
'태백 상동'은 어디인가?
'중심'이란 무엇인가?
'나무의 중심'이란 어디인가?

정말 할머니는 몇 살부터인가에 대한 물음이 주제와 관계가 없지만 할머니라는 정의에 나이가 들어가 있는지 없는지를 알게 된다. 기초지식부터 고차원적인 질문까지 망라하게 된다. 짧은 문장에서도 질문내용이 많다. 응용하면 더 많이 나온다. 한 가지 방법을 더 알려준다. 더 많은 질문과 질문영역이 확대되게 하는 방법이다. 육하원칙을 적용하는 방법이다. 하나의 문장에 육하원칙을 적용하는 방법이다. "생명을 키우는 힘은 끝에 있어."라는 문장에서 '생명을 키우는 힘'만을 가지고 질문을 만들어보자.

누가 : 생명을 키우는 힘은 누가 만드는가?

언제 : 생명을 키우는 힘은 언제 오는가?

어디서 : 생명을 키우는 힘은 어디에서 오는가?

무엇을 : 생명을 키우는 힘이란 무엇인가?

어떻게 : 생명을 키우는 힘은 어떻게 만드는가?

왜 : 생명을 키우는 힘은 왜 필요한가?

실없는 질문 같지만 실없는 질문이란 없다. 총체적인 상황을 일깨울 수 있는 것이 질문과 대답으로 이루어진 교육이다. 실제상황에서는 이런 질문이 나올 확률은 적다. 하지만 질문을 두려워한다면 육하원칙을 적용해서 질문을 만늘 때 참고할만하다. 여기에 단어의 뜻을 물어보는 방법, 단어나 내용이 상징과 의도하고 있는 목적은 무엇인가에 대한 질문, 그리고 사회현상과 나 자신을 적용시켜 질문을 만들면 질문의 내용은 끝이 없다. 질문하기 위한 두려움이 사라진다. 질문에 대한 두려움에 대한 문제는 실전에서 길러진다. 실전인 현장에서최선의 방법은 대답에서 질문을 찾는 방법이다. 이보다 좋은 방법은 적다. 대답에서 바로 질문을 찾으면 어려울 것이 없다. 대답에는 많은 궁금함을 가지고 있다. 두려움을 없애는 방법으로는 현장에서 직접 실습을 하며 반복 훈련하는 것이 중요하다.

대화하면서 서로를 알게 된다. 큰 소득이다. 한 사람을 알게 되는 만큼 관계가 깊어진다. 인생관과 정체성을 알게 되어 성숙된 인간관계를 만들 수 있다. 일상적으로 질문과 대답을 하면서 사람을 만나는 것에 두려움이 없어진다. 어떤 질문에도 답할 수 있는 능력을 갖추게 되어 토론 시에는 절대적으로 유리하다. 또한 논리적인 사고가 배양되어 회의나 논문을 작성할 때에도 두려움 없이 참여할 수 있다. 출발은 간단한 질문에 있지만 결과는 사고영역의 확장과 사유체계의 정립에 중요한 요소가 된다.

(2)질문 방법

자신 안에 갇혀 있던 사람을 깨우는 방법의 하나로 질문이 있다. 질문은 생각을 깨어나게 한다. 잠든 뇌를 작동하게 하는 힘이 있다. 질문을 받으면 휴면하고 있던 뇌가 작동하게 된다. 질문은 잠재력을 작동시킨다. 내 안에 있던 거인이 잠에서 깨어나 활동하게 한다. 자신에 갇혀있던 생각의 경계를 벗어나게 하는 중요한 촉매역할을 한다.

또한 질문을 하는 사람의 입장에서는 새롭게 생각하는 계기가 되고, 질문을 하면서 지금까지가 가지고 있던 기존의 틀에서 벗어나게 된다. 질문을 하는 사람과 질문을 받는 사람 모두 새로운 세계로 진입하게 되는 기점이 된다. 질문의 장점으로 꼽을 수 있는 것은 자신이 질문을 하게 되면 본질적인 문제에 대해 고민하고 생각할 수 있는 계기가 주어지며, 질문을 하는 사람의 입장이 되어 적극적인 참여자로 바뀌게 된다. 교육의 방조자가 될 수가 없다. 교육의 주인이 되어 이끌어가고, 함께 만들어가는 주연이 된다. 방관 할 수가 없다. 질문을 하는 순간 대답을 떠올리게 된다. 질문할 내용을 떠올리면 대답 내용도 함께 고민하게 된다. 질문과 대답은 하나의 연쇄작용으로 만들어지며 이것을 대화라고 한다.

모든 출발은 인간관계에서 출발한다. 인간관계의 기본은 대화다. 질문과 대답 외에 다른 방법을 찾기 어렵다. 대화를 통해서 협상하고, 대화를 통해서 계약을 완성한다. 대화에서 질문이 51%라면 대답은 49%다. 질문이 더 중요하다. "안녕하십니까?" 라고 인사하는 것도 대화에서 질문형인사다. 대답을 해야 한다. 좋은 아침입니다, 라는 대답형 인사보다 "잘 지내시지요?" 라는 질문형인사가 대화를 만들어내기가 수월하다. 선제적으로 이야기를 풀어나갈 수 있는 장점이 있다. 또한 친근감이 더 든다. 그만큼 관심을 가져주는 느낌을 준다.

질문을 잘 하는 방법은 무엇일까. 질문은 아는 만큼 잘 할 수 있다. 전체를 파악해야 전체를 아우르는 질문을 할 수 있다. 질문을 잘 하기 위한 사전 준비로 첫째는 주제에 대해 공부한다. 둘째로 주제와 관계된 것들을 조사한다. 셋째는 나와 사회현상과 연관해서 공부를 한다. 질문을 만드는 방법과 유사하다.

질문하는 자세도 중요하다. 첫째 호의적인 자세가 필요하다. 부드럽고 집중하는 태도를 유지해야 한다. 질문은 짧고 간단명료한 것이 좋다. 둘째는 긍정적인 마음이어야 한다. 이야기를 이어가려면 상호 신뢰가 바탕이 되어야 한다. 긍정이 바탕이 되어야 대화가 이어진다. 셋째는 송곳 같이 구체적이어야 한다. 핵심적이 내용을 잡아서 하나로 집중해서 답할 수 있는 질문이 필요하다. 넷째는 필요한 것을 찾아낼 수 있는 확장성이 있어야 한다. 질문을 던졌을 때 미래계획이나 새로운 것 대답이 나올 수 있어야 한다. 다섯째 일상적인 것을 넘어서 독창적이어야 한다. 일상적인 것을 넘어서 특별한 질문을 해야 한다. 마지막으로 변화를 이끌어낼 수 있어야 한다. 질문에서 답이 예상되어 있다. 특별한 질문은 특별한 대답을 얻어낼 수 있다. 세상을 바꿀 수 있는 질문을 한다면 세상을 바꿀 수 있는 대답이 나올 수 있다.

하브루타에서 대화의 상대에 대한 제한이 없다. 편의상 상하관계로 아버지와 랍비, 수평관계로 친구나 동료 등으로 나누었지만 대화의 상대에 제한이 없다. 나이, 직위, 신분, 성별에 관계없이 두 명이 짝을 지어 토론을 하며 진리에 접근하는 방법이다. 궁금하면 질문하라. 성역 없는 질문과 성역 없는 대답이 필요하다. 하지만 하브루타는 유대교라는 틀 안에서의 대화방법이다. 우리에게 있어서 하브루타는 이스라엘의 하브루타보다 더 개방적일 수 있다. 우리에게는 종교와 사상적인 자유까지 열려 있기 때문이다.

위대한 스승은 답을 가르쳐주지 않는다. 제자가 스스로 답을 찾아가도록 질문을 한다. 질문은 중요하다. 좋은 질문은 하브루타의 중심이다. 좋은 질문이 좋은 대답을 이끌어낸다. 질문이 대답을 만들어낸다. 좋은 질문은 앞서 설명했지만 호기심이 발동하고, 상상력이 들어간 질문이면 더욱 좋다. 상식을 깨고, 엉뚱한 질문에서 전혀 예상치 않은 대답이 나올 수 있다. 새로움이 도전하는 진취적인 질문이 필요하다. 질문을 두려워하거나 실수를 걱정하면 좋은 대화가 아니다. 실수를 해서 서로 웃어도 좋고, 엉뚱한 내용으로 주제에서 잠시 빠져나가도 좋다. 처음부터 끝까지 집중하기 어렵다. 여담餘談이란 것도 필요하다. 주제에서 벗어난 이야기를 하면서 친밀감을 느낄 수도 있다.

하브루타는 전형적인 귀납적 교육방법Inductive method이다

하브루타는 전형적인 귀납적 교육방법Inductive method이다. 귀납적 교육법은 이스라엘 교육에서 익숙한 방법이다. 실험이나 관찰을 통한 개별적 사실에서 일반원리나 이론을 도출해내는 논리적 과정이다. 새로운 영역에 대한 조사를 할 경우나 알려진 것들이 사용하기에 적합하다. 귀납법의 특징은 결과가 어떤 규칙에 의해 전개되는 발견함으로써 관찰된 사실로부터 관찰되지 않은 사실을 이끌어낼 수 있는 장점이 있다.

귀납적 탐구방법으로 다윈의 진화론을 들 수 있다. 다윈은 갈라파고스 군도를 비롯한 세계를 돌며 생물을 관찰하고 채집했다. 중요한 단서를 제공한 것이 핀치다. 핀치는 '다윈의 방울새Darwin's finch'라고도 한다. 우리로 치면 참새 정도로 생각하면 되는 새로 흔한 유사성이 있다. 다윈은 갈라파고스 군도 섬의 다양한 핀치와 남아메리카 대륙의 핀치를 비교·분석하는 과정에서 먹이에 따라 핀치의 부리 모양이 다르다는 것을 발견했다. 핀치가 환경에 따라 변화하는 것을 찾아냈다. 생물의 진화를 설명하는 자연 선택설을 완성하는 계기가 되었다.

귀납적 탐구방법의 예다. 다윈의 경우처럼 여러 대상을 직접 관찰하고 확인해서 얻어진 사실을 종합하고 분석해 일반적인 원리나 법칙을 설명하는 과정이다.

> 자연 현상 관찰 → 관찰 주제 설정 → 관찰 방법과 절차의 고안 → 관찰 수행 → 관찰 결과의 해석 및 결론 도출

다윈이 진화설을 이끌어낸 과정이다. 귀납적 탐구 방법의 순서다. 하브루타는 처음부터 끝까지 대부분 질문과 대답으로 이루어진다. 가장 중요한 것은 질문이다. 좋은 질문이 좋은 대답을 얻어낼 수 있다고 했다. 일반적인 대화가 아니라 목적지를 향해서 가는 항해와 같다. 배는

바다로 나가면서 표류하기 위해서 바다로 나가지 않는다. 목적지를 정하고 바다로 나간다. 바다는 두려운 곳이다. 목적지까지 도달하기 위해 가려면 만나는 파도와 암초가 있다. 태풍이 있고, 기관 고장이 날 수도 있다.

하브루타를 하면서도 마찬가지다. 목적지를 생각하고 항해를 하듯 목적지를 생각하고 질문을 해야 한다. 질문내용이 정해져 있지 않다. 하브루타는 자유로운 토론이다. 주제와 방향은 있지만 나머진 자유롭게 이루어지는 특성을 가지고 있다. 목적지는 정해져 있지만 어느 경유지를 향해서 갈지는 두 사람이 정해야 한다. 질문의 수준이 자신의 수준을 결정한다. 예를 들면 “오늘 저녁에는 뭘 먹지?” 라고 생각하면 먹는 것만 생각하게 된다. "나는 오늘 어제와 무슨 차이를 만들었을까?” 라고 묻는다면 날마다의 삶이 개선될 것이다. 질문을 하는 내용에 단계가 있다.

1단계 지식을 묻는 기초적인 단계다.
2단계 부분적인 상황을 파악할 수 있는 질문 단계다.
3단계 사물을 분석할 수 있게 하는 단계다.
4단계 전체를 종합, 평가할 수 있게 하는 단계다.
5단계 상상력을 자극할 수 있는 위대한 질문 단계다.

유대인 교육에서는 아버지가 자녀교육을 이끌어가는 주도자가 된다. 아버지가 하브루타를 주도한다. 하브루타에 익숙한 생활을 하고 있는 유대인들과는 달리 우리에게는 생소한 면이 있다. 우리의 교육은 밥상머리 교육이라고 해서 부모가, 특히 아버지가 자식에게 예의와 법도를 가르쳐주는 것에서 출발한다. 일방적인 아버지의 가르침을 자식이 받는 입장이다. 밥상 앞에서는 말을 하지 못하게 되어 있다. 어른이 아이들에게만 하는 말만 허용된다. 대화가 아니라 주입식 교육이며, 하향식 교육이다. 하브루타와 공통점이라고 하면 아버지가 주도적으로 이끌어가는 것과 예의와 법도 그리고 인생에 대한 이야기를 다룬다는 점이 비슷하다. 나머지는 다르다.

하브루타는 질문을 해서 아이가 스스로 생각하고, 스스로 해결책을 찾아내고, 스스로 결정하도록 한다는 점에서 차이가 있다. 우리는 답을 알려주고 행하도록 하는 것에 중점을 두고 있지만 하브루타는 답을 알려주지 않고 스스로 찾아가도록 한다. 답도 하나가 아니라 상황에 따라서 다른 결론을 얻어낼 수도 있다. 사람에 따라서, 상황에 따라서 해결책이나 답이 달라질 수 있음을 상기시켜야 한다. 열려있는 교육방법이다. 그리고 생각하게 하는 교육방법이다.

우리의 아버지는 엄격하지만 유대인의 아버지는 유연하다. 우리의 교육은 정해진 것을 실천해야하지만 유대인의 아버지는 스스로 목적하는 바를 찾아가도록 한다. 유대인의 아버지는 아이의 의견을 충분히 받아들이고, 스스로 생각하도록 해 아버지도 아이에게 배울 수 있다. 우리는 일방적 교육이지만 유대인의 하브루타는 상호 주고 받는 교육이다. 같이 성장할 수 있고, 같이 생각할 수 있고, 서로 소통할 수 있는 교육으로 개방적인 교육이다. 역시 하브루타가 출발하는 출항지는 질문이다.

3.질문의 효과

질문의 힘은 변화를 이끌어낼 수 있는 힘이어야 한다

질문이 주는 힘이 얼마나 큰가를 대변해 주는 예다. "'너희는 나중에 어떤 사람으로 기억되고 싶니?' 50세까지 이 질문에 답을 못한다면 가치있는 인생을 살았다고 할 수가 없다." 경영학의 아버지 피터 드러커 Peter Drucker의 교훈이다.

도로시 리즈Dorothy Leeds의 〈질문의 7가지 힘〉 에서 질문이 가지고 있는 강력한 힘에 대해 설명하고 있다. 왜 질문이 중요한가를 한 눈에 읽을 수 있다.

첫 번째 힘 : 질문을 하면 답이 나온다.
두 번째 힘 : 질문은 생각을 자극한다.
세 번째 힘 : 질문을 하면 정보를 얻는다.
네 번째 힘 : 질문을 하면 통제가 된다.
다섯 번째 힘 : 질문은 마음을 열게 한다.
여섯 번째 힘 : 질문은 귀를 기울이게 한다.
일곱 번째 힘 : 질문에 답하면 스스로 설득이 된다.

도로시 리즈는 질문은 개인과 조직을 변화시킨다고 강력하게 주장한다. 질문은 호기심을 되찾을 수 있고, 질문은 사람을 살아있게 하는 힘이 있다. 인생이 지루하고 나태해지면서 무너지고 주저앉는 자신을 발견할 때 "나는 지금 무슨 일을 하며 살고 있는가." 라는 질문을 자신에게 하는 순간 깨어날 수 있다.

질문을 할 때 금기시해야 할 점이 있다. 상대의 약점을 드러내거나 모욕감을 느낄 수 있는 질문은 하지 말아야 한다. 금기시 되는 내용은 나라마다, 집단마다 특성이 있다. 가능한 문화적 특성이나 집단이 가진 고유의 특성을 이해하고 배려하는 것이 필요하다. 예를 들면 우리에게는 남성에게 "부인이 몇이십니까?" 라는 질문을 하게 되면 실례지만 이슬람국가에서는 자연스러운 질문이다. 티베트의 산악부족 중에는 한 여자가 여러 형제와 함께 산다. 그곳에서는 "남편이 몇이십니까." 라는 질문은 예의에 어긋나는 질문이 아니다. 유럽에서 나이 든 사람에게 "몇 번째 남편입니까?" 라는 물음은 자연스럽지만 우리에게는 거북한 질문이다. 공동체마다 삶의 방식이 다르고, 삶을 바라보는 태도가 달라 다른 관습과 도덕률을 가진 예가 종종 있다. 인정해줘야 산다. 같은 공동체 내에서도 다른 생각을 가지고 사는 사람들이 있음을 확인하곤 한다. 그것 또한 배려해야 한다.

질문을 할 때는 감정을 담지 않는 것이 좋다. 질문의 핵심은 내가 듣고 싶은 답을 얻는 것보다 내가 생각하지 못한 답을 얻을 수 있어야 한다. 내 생각이 깨어질 때 새로운 세계를 발견하게 된다. 내 생각을 깨주는 사람이 나를 성장시켜주는 사람임을 명심해야 한다. 내가 가진 세계에서 벗어나게 해주는 힘은 질문에서 온다. 나를 벗어내야 새로운 세계로 확장시킬 수 있다. 질문의 힘은 변화를 이끌어낼 수 있는 힘이어야 한다.

지금은 인류가 겪어온 변화의 속도 중에서 가장 빠른 속도로 변화하고 있다. 4차 산업혁명시대다. 살아남으면 신인류가 되고, 도태되면 구인류로 남게 될 것이다. 변화의 물결 앞에서 요구되는 것이 창의와 혁신이다. 한 마디로 줄이면 '창의적 혁신'이다. 창의적 인간이 되려면 현재를 그대로 인정하지 말고 질문해야 한다. 질문하면 호기심이 다시 꿈틀거리며 살아난다. '내가 지금 여기에 왜 서있는가', 라는 질문을 던지는 순간 '나의 위치와 상황 그리고 잘 살고 있는가, 잘 살고 있다면 무엇이 잘 살고 있는 것인가'에 대해 생각하게 된다. 그리고 '어떻게 살아야 잘 산다고 할 수 있는가.'로 연결된다. 질문이 새로운 의문을 낳고, 질문이 다시 새로운 세계로 안내해준다. 능력있는 사람의 특징은 질문하는 능력이다. 아인슈타인은 "가장 중요한 것은 질문을 멈추지 않는 것"이라고 했다. 창의적인 생각과 창의적인 대답은 질문에서 시작된다. 끝없이 질문하라.

질문에는 생각의 새벽을 열어주는 힘이 있다

질문의 효과에 대해 생각해 보자. 질문을 하는 순간 뇌가 작동하기 시작한다. 뇌의 활성화를 경험하게 된다. 질문하는 순간 생각하게 된다는 위대한 발견이다. 사람이란 존재가 사람일 수 있는 이유는 생각하는 존재라는 점이다. 질문은 일종의 자극이다.

〈사람의 몸〉을 저술한 이탈리아 생물학자인 바르바라 갈라보티는 질문을 받았을 때 우리 몸의 변화를 설명하고 있다. 질문에 대답을 하려면 몸은 광범위하게 작동해야 한다. 먼저 청각에서부터 작동한다. 대답을 하려면 광범위하게 기억세포를 조회해야 하고 논리적으로 답변을 하기 위해 활발한 활동을 한다. 또한 답변을 하기 위해서 여러 근육을 움직여야 한다. 뇌의 전반적인 활동과 입과 입술을 이용한 근육운동까지 작동해야 가능해진다. 반면 강의를 듣는 것은 단지 정보가 되어 일부 세포에 기록될 뿐이다. 활동영역의 범위가 현저하게 차이가 닌다. 질문과 대답을 하는 하브루타 방식과 일방적인 주입식 교육의 차이가 몸에서도 차이가 난다는 것을 증명하는 사례다. 다시 말하면 설명을 하는 것은 들을 때는 신체가 소폭 작동하지만 질문을 했을 때는 자극이 되어 깜짝 놀라게 되는 것을 발견할 수 있다. 질문의 효과는 상상 이상임을 확인하게 된다.

질문으로 인류가 새로운 길을 찾았다. 예를 들어보자. "사람들이 말하는 것처럼 태양이 움직이고 있을까. 아니면 지구가 태양의 주위를 돌고 있을까?" 니콜라우스 코페르니쿠스가 던진 질문이다. 질문 하나를 던져 우리가 살고 있는 현상세계를 파악할 수 있었다. 질문하지 않으면 과거의 지식에 머물러 살게 된다. 질문하는 자만이 새로운 세상을 열어갈 수 있다. "왜 사과는 아래로 떨어질까?" 너무나 당연한 현상에 질문을 하는 순간 숙제 하나가 생긴다. 뇌를 자극해 새로운 세계로 초대를 받게 된다. 일상적이었던 것이 궁금하고 이유를 밝혀야 할 문제로 남게 된다. "어제로부터 배우고, 오늘을 위해서 사십시오. 가장 중요한 것은 질문을 멈추지 않는 것입니다." 라고 했다. 왜 질문을 멈추지 말라고 했을까. 모든 질문에는 미래를 깨우는 위대함이 들어있다. 질문에는 생각의 새벽을 열어주는 힘이 있다. 일상적이고 지루했던 현상이 갑자기 날개를 달고 깨어난다.

자신에게 꼭 해야 할 질문이 있다. 세 가지만 적어보자.

"나는 왜 지금 왜 이 자리에 있는가?"

"내가 살아야 하는 이유는 무엇인가?"

"내 인생은 지금 어디로 가고 있는가?"

이 외에도 각자의 인생으로 자신에게 질문할 있는 것들을 찾아야 한다. 내 인생을 사용할 사람은 나다. 내 인생을 사용할 나에게 답을 주려면 나에게 물어야 한다. 그리고 대답해야 한다. 내가 내 인생에게 물어볼 말을 세 가지씩 적어보라. 다시 내 인생에 대한 답을 찾을 수 있는 대답을 적어보라. 내 인생을 다시 시작하게 해 준다. 아무 일도 하지 않으면 아무 일도 일어나지 않는다. 나에게 질문하지 않으면 나는 답하지 않는다. 길을 잃을 수가 있다.

질문이 쉬운 듯하지만 질문하며 사는 사람은 적다. 내가 나에게 질문을 할 수 있는 사람은 의외로 드물다. 남의 질문을 받고는 무시하고 사는 경우가 많다. 나를 객관화해서 내가 나에게 질문할 수 있어야 깨어있는 사람이다. 잠든 사람으로 살 것인가, 깨어있는 사람으로 살 것인가를 자신에게 물어보라.

– 대답하기 –

하브루타는 정답을 찾기 위해 생각을 주고받는 것이다. 생각을 주고받기 위한 도구가 질문과 대답이다. 대답은 질문에 대해 자신의 생각을 드러내는 것이다. 대답을 하려면 질문에서 대답까지의 과정이 필요하다. 질문과 대답 사이에는 큰 교육이 자리 잡고 있다. 강의를 들을 때는 지식의 입력만 하면 가능하다. 가르치고 배우는 과정은 단순하다. 하지만 질문하고 대답하는 것에는 복잡하게 작용해야 할 것이 있다. 대답을 하기 위해서는 듣고, 생각하고, 다시 정리해서 말을 해야 하는 복잡한 과정이 있다. 강의를 듣는 것과 질문을 받는 것에는 분명한 차이가 있다. 다시 말하면 답을 스스로 깨우치게 하는 데에는 시간이 필요하다. 강의를 일방적으로 듣는 것은 차려진 밥상에서 밥을 먹는 것이라면 하브루타는 밥을 손수 짓고, 반찬을 직접 만들어, 식탁에 차리고, 먹는 것까지를 직접 하는 것이라고 할 수 있다. 설거지까지 해야 한다. 우리는 학생에게 차려진 밥을 먹도록 해주는 것에 익숙해 있다. 가르치는 사람도 배우는 사람도 당연하게 여긴다. 하지만 하브루타는 힘들고 복잡한 과정을 직접 해봄으로써 언제든지 혼자서 밥을 짓고, 반찬을 만들고, 식탁에 차리고, 먹을 수 있다. 사회는 야생이다. 약자 위에 우뚝 서야 성공이라고 한다. 우뚝 서기 위해서, 다시 말해 살아남을 수 있기 위해서 어떤 방법이 옳을까.

강의는 가르치는 것이고 하브루타는 가르치지 않는다. 가르치면 하나의 답을 얻을 수 있다. 하지만 가르치지 않고 찾으면 여러 개의 답이 나온다. 정해진 하나만 외우는 것과 스스로 찾아내다 보면 여러 개의 방안이 나오고, 짝에게서 다른 방안을 얻을 수 있는 하브루타가 창의적이고 새로운 것을 발견할 수 있는 방법임을 확인할 수 있다.

하브루타에서 교육자는 답을 가르쳐주지 않는 것이 중요하다. 이유는 설명했다. 스스로 찾아가는 교육이기 때문이다. 스스로 찾아가는 방법이 질문이고 대답이다. 먼저 대답하기 위해서는 자신의 지식을 총 동원해서 전체를 종합해야 한다. 종합하지 않으면 종합적인 방안을 찾을 수 없다. 종합한 내용을 정리해서 짧게 대답해야 한다. 대답하면서 다시 한 번 생각하게 된다. 그리고 대답한 내용을 짝에게서 반론이나 설명을 받으면서 명확하게 정리된다. 분명한 차이가 있다. 하브루타의 장점은 하나의 주제에 대해 몇 번이나 생각해야 하는 과정이 있고, 짝에게서 다시 새로운 생각을 전달받을 수 있다. 정반합의 원리가 그대로 작용하게 되어있다. 실제 생활을 하면서 하브루타 방식은 큰 효과를 가진다.

첫째 자신의 생각을 정리하게 된다.
둘째 짝에게서 다른 세계를 만날 수 있다.
셋째 나와 짝의 생각을 종합해서 새로운 방안을 찾아낼 수 있다.
넷째 짝과 소통할 수 있어 관계가 깊어진다.

직접적인 효과로 세 가지가 있고, 부수적인 효과로 한 가지가 있다. 부수적인 효과인 짝과의 소통이 사회생활을 하면서 더없이 중요하게 작용한다. 아는 만큼 친해지고, 아는 만큼 깊어진다. 인간관계가 돈독해질 수밖에 없다. 모임에서 만나는 사람의 경우 10년을 만나도 어떤 생각을 가지고 사는 사람인지 모르는 경우가 흔하다. 하브루타 한 시간만 같이 하면 금세 한 사람의 정체성을 파악할 수 있다. 대화가 필요한 이유다. 한 사람의 일방적인 이야기보다는 주고받는 상호관계로서의 대화가 중요한 이유가 여기에 있다.
다시 하브루타로 돌아가 보자. 질문에는 강제성이 숨어있다. 질문에는 대답하라는 강한 메시지가 들어있다. 질문을 받는 순간 사람은 순간 긴장한다. 질문은 일종의 공격이다. 공격을 받아 방어기제가 작동하면서 긴장된 의식이 다시 깨어난다. 잠자고 있던 의식이 일제히 일어나 질문에 대한 대답을 준비한다. 대답은 사람을 깨어있게 한다.

1.대답의 종류

질문이 요구하는 대답. 질문에 대한 대답은 하나의 쌍이다. 대답에도 방법이 있다. 대답할 때의 기본자세가 중요하다. 질문을 넘어서는 대답을 한다면 성공이다. 창의적인 대답이나 질문을 다 받아들이면서 전체를 포괄하는 대답을 한다면 더 바랄 것이 없다. 유대인들은 두 사람씩 짝을 이루어 묻고 대답한다. 한 사람이 주제의 본문을 해석하면 대화의 짝은 자신의 생각을 이야기한다. 동의할 수도 있고 보충설명도 가능하다. 생각이 다를 경우는 토론이 시작된다. 논쟁이 될 수도 있다. 하지만 묻고 대답하는 과정에서 감정을 드러내서는 안 된다. 문제에 대한 깊은 토론이 중요하다.
우리에게는 학습이란 단어가 있다. 학습學習에서 학學은 이론적인 배움을 뜻한다. 습習은 어린 새의 날갯짓을 본 딴 모습으로 반복해서 실제로 행동하는 것을 의미한다. 하브루타는 토론을 통해 배우고 익히는 과정이다. 주고받는 과정에서 생각이 다듬어지고 정리되어 상당한 량의 추가적인 정보를 가지게 된다. 들으면서 배우고, 대답하면서 배우는 이중의 효과가 있다. 뿐만 아니라 다듬어지고 정리되어서 설명할 수 있을 정도가 된다. 학습효과가 훨씬 강화된다.
물론 질문하는 방법이 필요했던 만큼 대답하는 방법도 중요하다. 대답할 때 지켜야 할 기본적인 것이 있다. 먼저 필요한 것이 경청이다. 경청은 대화의 기본자세다. 들어야 상대의 마음을 얻을 수 있고 들어야 지도자가 될 수 있다. 들으면 정보량이 늘고, 들으면 상대의 마음을 얻을 수 있다.
질문에 대해 제대로 듣지 않고 제대로 된 대답을 할 수 없다. 들을 때의 자세는 중요하다. 말하는 사람은 상대의 얼굴표정과 손짓 그리고 행동까지를 꿰뚫어보고 있다. 자신의 이야기를 마음을 기울여 듣지 않고 딴 짓을 하게 되면 마음을 주지 않는다. 오히려 대화 자리를 갖지 않은 것만 못하다. 대화를 할 때의 자세를 살펴보자.

첫째 대화를 할 때는 상대와 눈을 맞춰야 한다. 눈썹과 눈썹 사이를 바라보는 것이 자연스럽다. 너무 뚫어지게 바라보는 것보다는 잠깐씩 시선을 돌리거나 다른 곳을 바라보는 것도 필요하다. 셋째 적당하게 공감을 해준다. 추임새가 필요하다. "아, 예."라든가 "맞아요." "그랬군요." 라는 추임새로 말하는 사람이 즐겁게 이야기할 수 있도록 해주면 신이 나서 이야기를 지속할 수 있다. 물론 이야기에는 전략적인 면이 필요하다. 상황에 따라 이야기의 내용은 달라질 수 있다. 친구와의 편한 대화에서는 다르다. 주제 없이 할 수도 있지만 목적이 있는 경우의 대화에서는 상대의 마음을 읽고 우리한 국면으로 이끌어갈 수 있도록 해야 한다. 넷째 궁금하거나 부족한 면을 질문해준다. 이야기를 듣는 중간에 궁금한 것이 있을 때 바로 짧게 질문을 하는 것도 좋다. 보충설명이 필요하거나 추가로 알고 싶은 부분이 있을 경우 질문하는 것도 좋다. 필요한 것을 유효하게 들을 수 있는 방법이다.
다섯째 짧게 묻고 길게 듣는 것이 중요하다. 많은 사람들이 설득을 하려고 하고, 가르쳐주려고 한다. 대화에서 성공하는 비결은 설명해주는 것보다 들어주는 것에 있다. 상대가 알고 있는 것이나 하고 싶은 이야기를 하도록 하는 것이 더 설득할 수 방법임을 잊고 있다. 평생 동안 자동차 판매를 한 친구를 만나 이야기를 했다. 자동차 판매왕 자리를 차지한 사람들의 경우 말을 잘하는 사람이 드물다고 했다. 말을 잘 하는 것이 아니라 듣기를 잘하는 사람들이라는 공통점을 가지고 있었다. 자동차에 대한 상품을 설명할 필요가 없다고 한다. 이미 상당 부분 구매자는 상당한 정보를 가지고 있다. 오히려 구매자가 가지고 있는 정보를 이야기할 기회를 만들어주는 것이 효과적이다. 궁금한 것이나 전문적인 것을 구매자가 궁금해 하고 질문을 할 때 대답해주는 판매기법이 훨씬 판매 성적이 높다고 한다. 구매자가 설득 당한다는 생각을 가지게 하는 순간 효과는 줄어든다는 점을 명심해라. 여섯째 주제를 벗어나지 않도록 배려한다. 주제에서 벗어난 이야기로 흘러갈 때에는 주제에서 벗어난 것을 지적하기보다는 주제와 관계된 질문을 짧게 하면 자연스럽게 주제 안으로 다시 들어오게 된다. 상대방은 지적하지 않고 다시 주제 안으로 끌어들인 것에 오히려 고마워한다. 잘못을 지적하기보다 잘못된 것을 상대방이 모르게 주제 안으로 끌어들이는 기법이 필요하다.
하브루타의 장점은 배움의 즐거움을 극대화하는 하는 것이다. 일방적으로 듣는 것이 아닌 질문에 대답하고, 다시 정리해서 질문을 하는 상황에서 머리 회전이 빨라지고 지식습득이 저절로 된다. 다시 설명하지만 질문하면서 내부에서는 정리되고, 다시 정리해서 대답해야 하는 대화식 교육은 시간 가는 줄 모른다. 질문과 대답을 주고받는 받는 과정에서 지식을 터득하고, 정리할 수 있다. 외우는 것이 아니라 대화 속에서 각인되는 효과를 가질 수 있다. 인간관계는 대화 이상도 이하도 아니다. 인간관계를 가만히 살펴보라. 대화 외에 무엇이 있는가. 대화 자체가 인간관계의 시작이고 끝이다. 결국 성공과 실패는 대화에 있다. 인간관계를 떠나 사회생활을 할 수 있는 방법은 없다. 대화법이 한 사람의 인생을 좌우한다.

하브루타는 가장 인간적이고, 가장 일상적인 방법을 교육에 접목시켰다. 질문이 출발이라면 대답은 종착이다. 대답은 다시 질문이라는 출발점이 된다.

2.대답의 방법

질문에는 비슷한 수준의 대답을 전제로 한다. 수준이 비슷하지 않으면 대화가 이루어지기 어렵다. 지적 수준이 한 사람이 높고 한 사람이 낮으면 높은 사람이 낮은 사람에게 맞추어야 대화가 이루어진다. 스승과 제자가 지혜의 정도와 지식의 정도가 다르지만 대화가 가능한 것은 스승이 제자에게 지식의 키높이를 맞추어주기 때문에 가능한 것이다. 마찬가지로 아버지와 아들이 짝을 이루는 하브루타도 마찬가지로 아버지가 아들의 지적인 키높이를 맞추어주기 때문에 가능한 것이다. 질문에 대한 대답을 할 때에는 기본적인 것을 지켜야 순조롭게 대화가 이루어진다.

첫째 솔직하게 대답하라.

둘째 간단하게 대답하라.

셋째 변명하지 하지 말라.
넷째 실수를 두려워 말라.
다섯째 수평관계를 유지하라.
여섯째 주장하지 말라.
일곱째 전체를 아울러라.

첫째 솔직하게 대답하는 것이 필요하다. 상대를 배려해서 속엣말을 하지 않을 경우, 주제를 정해놓고 대화를 하는 경우 자신의 생각과 다른 방향으로 흘러 갈 수 있다. 하브루타는 주제를 놓고 하는 토론이다. 둘째는 간단하게 대답해야 한다. 정리해서 짧게 대답해야 한다. 예를 들 때에도 주제가 선명하게 드러나도록 핵심 내용만을 이야기해야 한다. 길게 이야기를 할 경우 주제에서 벗어날 가능성이 높고, 지루해진다. 셋째 변명하지 말아야한다. 자신의 생각이 명확하게 어긋난 경우가 있다. 어긋난 논리를 해명하려고 하지 말아야 한다. 그대로 인정하고 들어가야 선명한 결론을 이끌어낼 수 있다. 자신의 입장을 변명하거나 실명하려는 마음을 자제해야 한다. 넷째 실수를 두려워할 필요가 없다. 정답을 자신이 가지고 있는 것이 아니라는 점을 명심해야 한다. 바른 방향으로 이끌어가려는 것이 대화의 목적이다. 틀린 것을 틀렸다고 인정하고 실수한 것은 실수했다고 인정하면 더욱 대화가 잘 풀린다. 신뢰가 쌓이기 때문이다. 다섯째 수평관계를 유지해야 한다. 대화에서 높낮이가 없이 대등한 관계에서 대화가 이루어져야 의견을 거침없이 내 놓을 수 있다. 한쪽에서 강압적이거나 위계를 느끼게 할 경우는 대화의 의미가 없다. 여섯째 주장하지 말아야 한다. 토론의 장점은 대화를 하면서 바람직한 방향을 탐색하는 과정이다. 주장하지 말고 자신의 의견을 내놓는 것에서 멈추어야 한다. 내 생각이 옳다고 주장하는 순간 나와 다른 의견을 가진 사람의 경우는 틀린 것이 된다. 나의 의견이 중요한 만큼 나와 다른 생각을 가지고 있는 상대의 의견도 중요함을 인정해야 한다. 토론은 같은 생각을 가진 사람들이 만나서 이야기를 하는 것이 아니라 다른 생각을 가진 사람들이 만나 더 좋은 방안을 찾아내려는 노력의 한 방법이다. 마지막으로 일곱째 전체를 아우르는 이야기를 해야 한다. 지엽적이거나 부분적인 이야기로 하게 되면 논점에서 벗어나게 된다. 큰 주제를 벗어나지 않도록 해야 한다.

열거한 대답하는 방법에서 주의할 점은 대등한 관계에서 대화를 한다는 의미가 완전한 수평관계를 의미하지 않는다. 이스라엘에서 하브루타의 중요한 대상자는 아버지와 아들이라는 점을 유의해야 한다. 아버지와 아들은 나이나 경험에서 현저한 차이가 있다. 대등할 수가 없다. 대화의 내용과 지식량에 있어서도 현격한 차이가 있다. 그럼에도 수평한 관계를 유지해야 한다는 말은 대화의 분위기를 말한다. 아들의 이야기를 들어주고 인정해야 한다는 점이다. 아들의 생각을 이는 것만으로도 소득이다. 아들이 질문한 것에 대한 바로 답을 알려주어서는 안 된다. 다양한 생각과 예상 밖의 발상을 끌어내도록 다시 질문하는 것이 하브루타다. 먼저 질문에 대한 이유를 물어보는 것이 필요하다. 왜 그런 질문을 하게 되었는가에 대한 이유를 들으면 더욱 질문을 하게 된 경우가 확연하게 드러난다. 그리고 아버지의 질문에 아들의 답을 한 경우 답을 한 이유에 대해 확인하는 과정이 필요하다. 더욱 생각을 확실하게 생각할 수 있는 기회가 마련된다. 하브루타는 생각하게 하는 교육방법이나.

하브루타에서의 대화는 분명하다. 다시 말하지만 질문하면 답을 알려주는 대화가 아니다. 대화를 통해서 답을 찾아가는 과정이 하브루타다. 질문을 했을 때 답을 알고 있다고 해도 답을 알려주지 않고 찾아가도록 하고, 찾아가면서 다양한 다른 생각과 다른 논리를 만나면서 확실하게 논리를 세울 수 있도록 하는 것이 하브루타다. 예를 들어보자.

긍정이와 웃음이가 꼬마 아이를 만났다.
꼬마 아이가 물었다.
"공룡은 왜 커?"
"글쎄. 공룡이 크면 무엇이 좋을까?"
웃음이가 되물었다.
"힘이 세니까 좋지."
"크면 다 힘이 세어질까?"
"그럼. 크면 힘이 세지. 우리 엄마도 우리 아빠도 커서 힘이 센 거야. 우리 형아도 그렇고."
꼬마 아이가 당연한 것을 모른다는 듯이 목소리에 힘이 들어갔다.
"공룡은 왜 힘이 셀까?"
"많이 먹어서야."
"많이 먹으면 다 크나?"
"그럼. 많이 먹으면 크지. 고기를 먹으면 더 큰다고 하셨어. 우리 엄마가."
너무 당연한 것을 묻는다는 모습이었다. 고기를 먹으면 더 큰다는 지식도 자랑하듯 말했다.
"그러면 코끼리는 풀만 먹는데 왜 클까?"
"그런가. 왜 그렇지?"

질문을 하면 이야기가 이어진다. 그리고 대답한 내용 중에서 질문을 찾아서 하고 대답하도록 하는 것이 중요하다. 대답에 다시 질문이 있음을 유의해야 한다. 공룡이 왜 크냐는 질문에 대답을 바로 해주면 아이는 듣고 쉽게 잊어버린다. 다시 물었을 때 대답을 하면서 다시 자신에게 질문을 던진다. 그리고는 답을 생각한다. 질문을 대화를 이끌어가는 힘이고, 대답은 대화를 연결하는 디딤돌이다.

사람은 말하는 존재다. 말은 묻고 답하는 것에서 출발한다. 특히 답하는 것은 성공으로 가는 길을 잘 알고 있다. 사람의 마음을 얻는 것은 대답에서 나온다. 이번에는 대답에 대한 전략적인 면을 생각해 보자. 하브루타에서 사용하는 대화법은 아니다 하지만 대화를 할 경우 공격적인 상대를 만나게 될 경우가 있다.

주장과 자신의 생각을 받아들일 것을 강요한 경우가 발생한다. 질문에 대답하는 것에는 고도의 전략이 숨어있다. 질문에 대한 대답의 방향을 정할 수 있다. 하브루타같이 선의적이고, 공부방법의 하나로 사용하는 도구이기도 하지만 협상이나 서로 다른 의견으로 대치상태에 있을 때 상대의 허를 찌르는 답을 할 수가 있다. 질문에 대한 전략적인 공격이다. 최선의 방어는 공격이 최선의 방법이라는 말이 있다. 대답은 수동적으로 보이지만 공격의 기반을 마련하는 계기로 만드는 전략이다. 예를 들어보자.

〈인생도 화재현장처럼 불질러야 돼〉

어느 나라, 어느 공간이든 시인과의 대화는 전혀 다른 세상을 안내하곤 했다. 이번에도 긍정이와 웃음이는 기대하고 있었다. 우즈베키스탄의 시골마을이었다.

시인의 한 마디에 귀가 따라갔다.

"인생도 한 번은 화재현장처럼 불질러야 되는 거야."

'인생을 불질러야 되는 거'라는 놀라운 발언에 귀가 번쩍했다.

시인의 말은 이어졌다.

"가장 가련한 사람이 누군 줄 알아. 평생을 망설이다 죽는 사람이야."

"!"

"도전하지 않는 사람에겐 아무 일도 일어나지 않지. 살았으나 죽어서 사는 사람이지. 코끼리만한 생각보다 개미의 작은 실천이 세상을 바꾸는 거야"

〈긍정이와 웃음이〉

전혀 뜻밖의 말로 분위기를 만드는 방법이다. 평범한 이야기가 진행될 때 예기치 않은 말로 분위기를 주도하는 방법이다. "인생도 한 번은 화재현장처럼 불질러야 되는 거야."라는 뜻밖의 말로 시선을 이끄는 방법이다. 쉽지 않은 방법이다. 한 차원 높은 위치에서 분위기를 주도할 수 있는 능력이 있을 때 구사하는 방법이다. 대답을 하지만 대답 속에 마음을 울리는 말이 들어있어 질문을 하는 듯이 들릴 수 있다.

이번에는 국면을 바꾸는 대화방법이다.

〈막차를 놓치면 첫 차를 탈 수 있어〉

러시아에서 대륙을 가로질러가는 열차를 타기 위해 긍정이와 웃음이는 달렸다. 시간이 촉박했다. 아쉽게도 열차시간을 맞추지 못해 기차를 놓치고 대합실에서 낙담하고 있었다.

"무엇 때문에 그리 낙담하나?"

옆에 있던 지팡이에 의지한 노인이 넌지시 물었다.

"기차를 놓쳤습니다."

"긴히 타야 할 일이 있는가?"

"그렇지는 않지만 내일 도착해야 하는 일정이 있습니다."

"그렇겠지. 하지만 여행 중인 걸로 보이는데 여행에 늦은 시간이란 없는 거야."

'여행에 늦은 시간이란 없다'는 말에 노인을 다시 쳐다봤다.

"인생에서 하루나, 한 달을 빼버린다고 해서 달라지는 게 별로 없어."

"계획했던 것에서 늦어진 그만큼 늦은 게 아닌가요?"

"여행에서 늦은 시간이란 없듯이 인생에서 늦은 계획도 없어."

"!"

"일찍 출발하는 여유도 있지만 서두르지 않고 늦게 출발하는 여유도 있는 거야. 늦어진 인연으로 다른 상황을 만나는 것을 즐겨야 해. 그리고 오늘 인연에 감사해야 하는 거야."

"!"

"오늘 막차를 놓치면 내일 첫 차를 탈 수 있어."

〈긍정이와 웃음이〉

기차를 놓쳤다는 말에 대해서 이어갈 수 있는 일반적인 대화내용은 다음 열차를 알아보거나 놓친 것에 대한 안타까움을 동의해주는 내용이 일반적이다. 여기에서 노인이 구사한 대화는 다르다. 내일 도착해야 하는 일정이 있다는 말에 대한 답변이 파격적이다. "여행에 늦은 시간이란 없는 거야."라며 단정적으로 늦었다는 것에 대한 답변내용이 파격적이다. 반대로 이야기하면서 상대를 제압하는 방법이다. 답변이 수동적인 것이 아니라 오히려 공격으로 전환할 수 있는 답변 방법이다. 마지막으로 직접적인 공격방법이다. 답변을 할 경황이 없이 대화에서 논리적으로 밀릴 경우가 있다. 궁지에 몰렸을 경우 생각할 시간을 벌면서 동시에 상대를 공격할 수 있는 방법이다. 상대가 대답해야 할 내용을 예상하면서 질문하는 경우다. 답변에 대한 이야기를 하면서 물음에 대한 이야기를 하는 것은 답변을 질문으로 전환해서 위기를 벗어나기 위한 방법을 설명하기 위해서다. 예를 들어보자.

〈삶을 응원하는 심장의 북소리〉

"인생의 짐을 벗어 버리면 마지막에 남는 것이 무엇이지?"

"…?"

긍정이와 웃음이는 대답하지 못했다.

답을 못 하자 노인이 말했다.

"사는 것만 남지. 인생의 짐들을 다 내려놔도 그대로 인생이 남지."

"다 벗어버리고 나도 마지막에 남는 것이 인생이란 무게네요?"

"그렇지. 결국 무겁고도 가벼운 것이 인생무게야. 그래서 힘든 세상을 살아가면서 주저앉지 말라고 우리 몸에는 삶을 응원하는 기관이 있지."

"뭔데요?"

웃음이의 눈이 순간 커졌다.

"쿵쿵, 심장박동이 지금도 울리고 있잖아. 인생을 깨우는 응원의 북소리야."

〈긍정이와 웃음이〉

한 단계 높은 차원에서 질문하는 경우다. "인생의 짐을 벗어 버리면 마지막에 남는 것이 무엇이지?" 라고 내가 이끌어갈 답변을 준비하고 하는 질문이다. 알아보려고 질문하는 것이 아니라 내가 가지고 있는 생각을 전달하기 위한 고도의 전략이다.

이번에는 또 다른 방법에 대해 알아보자.

〈가난이 부끄러운 일인가〉

노인과 부자가 만나고 있었다. 부자가 노인을 가볍게 보고 하대하듯 거칠게 대했다. 그리고 가난한 사람들에 대해 비난을 강하게 했다. 노인은 편안한 얼굴로 부자의 이야기를 듣고 있었다. 노인이 입을 열었다.

"세상에 돈의 양은 정해져 있나요, 무한정 찍어낼 수 있나요?"

"당연히 적정 통화량이 정해져 있지요."

"그러면 돈의 양은 정해져 있는데 혼자 많이 가지고 있는 것이 자랑인가요, 부끄러운 일인가요?"

"…"

"부자는 가난한 사람이 가져야 할 몫을 가진 것과 별반 다르지 않지요."

〈긍정이와 웃음이〉

질문에 대한 대답을 예상하고 몰아가는 방법이다. 가난한 것에 대해 비난하는 사람을 논리적으로 굴복시키기 위한 방법이다. 좀처럼 사용해서는 안 될 방법이다. 극단적으로 자신의 주장을 주장하거나, 상대를 무시하는 발언을 하는 사람을 만났을 경우 상대의 질문에 답변하는 대신 상대에게 답변을 요구하는 방법이다. 권장하고 싶지 않은 방법이다. 잘못하면 감정적으로 대립할 수 있다. 논리적으로 승리할 것 같으나 사람을 잃을 수 있다. 대화는 인간관계를 만들어가기 위한 방법이다. 사람을 잃는 대화는 옳은 대화가 아니다. 그럼에도 대화가 전혀 통하지 않고 무시할 경우에 한 번은 사용할 수 있는 방법이다.

지식은 과거의 정보고, 지혜는 미래의 정보다.
지식은 이미 논리적으로, 실험적으로 확정이 되어 있는 것을 아는 것이고,
지혜는 아직 밝혀지지 않은 것을 찾아가는 것이다.
지식은 과거의 영역이고 미래는 현재와 미래의 영역이다.

4장

하브루타 실행

– 하브루타 실행하기 –

인생의 결과는 무엇이 되는가에 있지 않고 도달하는 과정을 몸과 마음으로 경험하는 것에 있다. 과정이 결과보다 중요하다. 과정에서 상대를 알 수 있다. 과정에서 설득하는 방법도 배운다. 과정에서 좋은 결론을 찾아낸다. 과정에서 스스로 알아가는 것을 배운다. 우리가 배워야 할 것은 지식이 아니라 지혜다. 지식을 얻는 과정에서 지혜를 얻을 수 있는 것이 하브루타다. 이미 답이 나와 있는 것을 알게 되는 것이 지식이다. 지혜는 사물의 이치나 상황을 깨닫고 현명하게 대처할 방도를 생각해 내는 정신적인 능력이다. 더 확실하게 표현하면 지식은 과거의 정보고, 지혜는 미래의 정보다. 지식은 이미 논리적으로, 실험적으로 확정이 되어 있는 것을 아는 것이고, 지혜는 아직 밝혀지지 않은 것을 찾아가는 것이다. 지식은 과거의 영역이고 미래는 현재와 미래의 영역이다.

토론은 미래를 위해 필요한 대화방법론이다. 확정되지 않은 것을 확정하기 위해 토론이 필요하다. 새로운 상황에 맞는 결론을 찾아가는 과정이 토론이다. 지식을 기반으로 해서 가장 옳은 답을 찾아내고자 다른 생각을 가진 사람들이 대화하는 것이 토론이다. 토론討論이라는 말을 풀면 칠토討에, 논할 논論으로 구성되어 있다. 토討를 풀면 '말의 마디나 부분'이다. 전체가 아니라 부분이라는 점을 명심해야 한다. 그리고 논論에는 '말하다, 언급하다, 따지다, 문제 삼다.' 라는 의미가 있다. 정리하면 각자가 가진 부분적인 생각을 드러내놓고 말로, 옳고 그름을 따지는 것을 말한다. 내가 옳은 것이 아니라 생각의 한 부분으로 출발한다는 점을 명심해야 한다. 토론하다보면 자신의 말을 정당화거나 주장하는 경우를 종종 보곤 한다. 자신의 생각이 전체를 아우르는 정론으로 태어나기 위해서는 부분이 전체를 끌어안을 수 있는 정당성을 가져야 한다. 정당성은 자신이 인정하는 것이 아니라 자신과 다른 부분을 가진 사람이 인정해야 가능하다.

하브루타는 예시바에서 하는 학습방법이다. 유대인들 중에서도 유대교 전통학교인 예시바에서 하는 학습방법이다. 토라와 탈무드를 공부하는 이스라엘 전통 학습법이다. 하브루타를 잘 하는 것은 자신의 생각을 발전시키고, 반대논리에 대처하고, 자신의 생각을 확실하게 설명할 수 있다는 것은 큰 과제다. 예시바에서 학생들은 하루 10시간 정도 하브루타를 통해 공부한다. 예시바에서 하브루타를 잘 하는 것이 절대적으로 중요해서 랍비는 학생에게 알맞은 짝을 맞춰둔다. 짝을 하루에 8, 9번 짝을 바꾸어준다. 하브루타를 하다 막히거나 더 명확하게 확인할 내용이 있으면 랍비를 찾아가 물어볼 수 있다. 부족한 점을 해결해주는 랍비가 중요한 역할을 수행한다.

1.하브루타 방법

하브루타는 생각의 힘을 길러주는 데 있다

하브루타의 최대 장점은 생각의 힘을 길러주는 데 있다. 하브루타는 생각의 힘을 길러주는 방법으로 짝을 이루어 주고받는 질문과 대답에 있다. 우리의 학부모나 팀의 책임자 그리고 경영자들은 이런 질문을 할 수 있다. 같은 수준의 사람들끼리 질문과 대답을 주고받으면 정답은 누가 알려주느냐고 물을 수 있다. 우리는 정답을 찾고, 제자는 모르는 것을 물어보고, 스승은 정답을 알려주는 것이 우리의 사고체계에서 일반화되어 있다. 하브루타는 정답을 알려주지 않는다. 일상생활에서의 하브루타를 살펴보자.

가르치지 말고, 지시하지 말고, 질문으로 묻고 답하는 것에 익숙해지는 것이 하브루타에 들어가는 기본 과정이다. 강제가 아닌 스스로 판단하게 하는 것이 부모의 몫이다. 지식을 깨우쳐가는 과정을 부모가 자식에게 하는 교육방법이다. 아이가 떼를 쓸 때도 질문해야 한다. 아이들은 지각이 깨어나기 시작할 때 자신이 원하는 것을 떼를 써서 이루려하는 경우를 종종 본다.

떼를 쓸 때 부모가 받아주는 경우 흔하게 발견하는 특별한 면이 있다. 공부를 하는 것이 부모에게 자랑할 일이라는 생각을 갖게 한 것은 잘못이다. 밥을 잘 먹는 것이 큰일이라도 한 것처럼 생각하게 한 것은 더 큰 잘못이다. 사소해 보이는 문제를 바로 잡지 못하면 아이가 자신의 길을 찾아가는데 오래 걸린다. 감사해야 할 것을 오히려 안하겠다고 떼를 쓰는 상황을 만든 책임은 부모가 고스란히 받아야 한다. 평생의 짐이 된다. 이미 나이 들어 사회에서 미성숙아로 낙인찍힐 수 있다. 부모는 단호해야 한다. 그리고 자식은 자신이 잘못된 것을 자각하는 순간 자신을 방치한 부모를 원망할 수도 있다. 바르게 가르쳐주지 않은 것에 대한 원망이다. 자식이 바른 길을 가도록하는 것이 부모의 몫이다. 끝까지 집요하게 파고들어야 한다.

좀 더 자세히 살펴보자. 아이가 밥을 먹는 것이 벼슬이라도 하는 것처럼 만든 것은 분명 부모의 책임이다. 먹기 싫다는 것을 쫓아다니며 떠먹이는 행위에서 비롯된다. 아이에게 밥을 쫓아다니며 주는 부모는 자신이 밥이 먹고 싶지 않을 때 밥을 먹으라고 강제로 권하면 기분이 좋은가. 아이도 마찬가지다. 먹고 싶을 때 먹을 수 있게 해주어야 한다. 그것도 정확하게 식사시간에. 식사시간이 아닐 때 밥을 달라고 하면 식사시간이 될 때까지 기다리게 하면 된다. 절대로 아이에게 문제가 생기지 않는다. 꼭 지켜야 할 것은 부모가 감정을 드러내면 안 된다. 자연스럽게 밥을 먹도록 하고, 싫다고 할 때는 밥을 주지 않고, 식사시간이 될 때까지 그냥 두면 된다. 쉬운 것을 어렵게 만드는 것이 우리의 부모다.

한국의 부모는, 특히 한국의 엄마는 지나친 애정으로 아이들이 독립할 수 있는 기회를 빼앗아버린다. 아침마다 아이들을 깨우느라 고생하고, 아이들에게 엄마는 귀찮은 존재로 전락하는 것을 종종 본다. 아이가 일어나지 않으면 그대로 두어서 지각하도록 서너 번만 하면 자신이 알아서 일어난다. 그래도 안 일어나면 학교를 쉬게 하면 된다. 그토록 싫어하는 학교라면 학교에 가도 아무 소용이 없다. 하지만 아이는 친구가 없는 세상을 잠시만 살아보면 바로 깨닫는다. 아이가 어른보다 더 적응력이 뛰어나다. 한두 달 쉬면 학교에 가고 싶어 안달이 나는 것은 아이다. 아이가 원할 때에 하도록 도와주는 것이 아이에게도 좋다. 열정도 생기고, 성취감도 느끼게 된다. 아이에게 결핍을 느끼도록 가르쳐 주는 것이 필요하다. 결핍을 스스로 해결하도록 하는 것이 아이의 독립에 필요하고 성장하는 계기가 된다. 인생에서 공부 한두 달 쉰다고 낙오자가 되지 않는다.

공부문제도 마찬가지다. 자신이 스스로 공부하도록 하고, 게임만 할 경우는 그대로 놔두고 게임을 한 책임을 지도록 하면 된다. 중요한 것은 앞에서 언급했지만 감정을 드러내지 않고 이성적으로 부모가 조정해주어야 한다. 초등학교에 들어갈 나이면 다 안다. 엄마가 아이를 너무 아기취급해서 문제가 된다. 초등학교 때 아이가 공부를 잘해서 인생에 별 이익이 될 것이 없다.

분명하게 밥을 먹을 수 있다는 것이 고마운 일이고, 엄마가 밥을 차려주는 것이 배려고 사랑이라는 것을 알게 해야 한다. 넘치면 아이는 결핍을 몰라 자기 멋대로 행동하게 된다. 마찬가지로 공부도 마찬가지다. 학교를 갈 수 있는 것이 고마운 것이라는 것을 깨우쳐주는 것이 부모의 몫이다. 학교가기 싫다는 아이를 학교에 보내지 않을 수 있는 용기가 부모에게 있어야 아이가 스스로 일어선다.

정답은 누가 알려주지요?

밥과 공부하는 것이 감사한 일이라는 것을 깨닫게 하는 것과 토론의 방법과 관계도 없는 것을 길게 이야기 한다고 불만일 수 있다. 하지만 토론의 원리도 비슷하다. 특히 하브루타는 스스로 정답을 찾아가는 교육이다. 부모가 밥을 쫓아다니며 떠먹이는 것이 아니라 스스로 챙겨서 찾아먹어야 하는 교육방법이다. 그러면 다시 물을 것이다.

"정답은 누가 알려주지요?"

정답은 누구도 알려주지 않는다. 스스로 찾아야 한다. 한국의 엄마들이 가진 생각을 무너뜨리기는 쉽지 않다. 한 번에 고정관념을 깨트리기 쉽지 않다. 우리에겐 우리의 교육방법이 있었다. 밥상머리에서부터 학교라는 교육현장까지 스승이라는 한 단계 위에 있는 사람이 부족한 아랫사람에게 삶의 지식을 알려주는 것이었다. 스승과 제자, 선생과 학생, 부모와 자식이라는 등식이 만들어져 있었다. 먼저 알고 있는 선지자先知者에 의해서 후학이 배우는 것이었다.

물론 우리의 경우 지혜의 영역인 선문답에서는 스승이 답을 알려주지 않는다. 우리의 방법은 더 혹독해서 스스로 깨우치는 영역으로 이해했다. 그래서 스승은 길만 알려줄 뿐 길을 찾아가는 것은 본인이었다. 그리고 스승이 깨달은 것은 스승의 길이지 제자의 길이 아님을 알려주었다. 사람마다 다른 정답을 가지고 있고, 다른 인생을 가는 존재로 보았다.

〈생긴 대로 사는 게 잘 사는 거야〉

"잘 사는 방법을 알려주시지요."

"그걸 내가 알면 이렇게 살겠는가. 삶은 각자 독립적이어서 자신의 방법으로 살아야 하는 것이지. 그래서 끝없이 깨달으려하고, 수행하는 것 아니겠나."

제자의 질문에 스승이 호탕하게 웃으며 답했다.

"그래도 공부를 하셨으니 해 줄 말씀이 있으실 듯합니다."

"내 길은 나만의 길이라는데. 태어난 대로, 생긴 대로 살아야 하네."

스승의 대답이 마음에 닿지 않자 제자가 직접적인 질문을 던졌다.

"불만은 어디에서 오는 것입니까?"

"남과 비교할 때 오지. 나는 나여서 아름답고, 너는 너여서 아름다운 것이거든. 나에게 충실해야 하는데 너와 비교하는 순간 나를 잃고 너가 되려 하는 것이지."

"그것도 발전이라고 할 수 있지 않나요?"

"같은 발전을 위한 것이라도 비교에는 불만이 있고, 성찰에는 순수한 각성이 있어."

〈긍정이와 웃음이〉

스승이 가르쳐주는 길은 스승의 길이라는 말에는 사람마다 다른 깨달음이 있음을 보여준다. 결국 내가 독립적인 지성으로써 지금까지 없었던 독립적인 길을 찾아내야 한다는 말이다. 사람마다 본성이 다르니 다른 삶의 길이 있다고 본다. 우리 한국의 전통에서는 독각獨覺, 자각自覺을 권한다. 스스로 깨우쳐야 한다. 가르침을 받던 순산에서 기르침을 주는 존재로 전환되는 단계가 있다. 깨달은 존재다. 하브루타에서는 다른 방식을 선택한다. 하브루타에서는 독립적인 수행보다는 상호관계 속에서 진전되는 지성을 선택한다. 집단지성을 선택한다. 집단지성에도 한계가 있다. 하지만 일반적인 방법에서 혼자의 판단보다는 다수가 생각해서 만들어낸 판단이 나을 것으로 보는 것이 하브루타의 교육방식이다. 그리고 일방적인 주입보다는 짝을 이루어 주고받는 교육방법이 유리하다고 본다.

정답이 있는 곳은 지식의 창고다. 사전에 있고, 인터넷에 있고, 역사에 있다. 그것을 찾아보면 된다. 하브루타는 현재까지의 지식을 이용해서 미래를 밝히는 전략적인 도구다. 이미 과거에 밝혀진, 과거에 일어난 확정된 사실들을 가지고, 새로운 세계를 찾아가는 것이 하브루타다. 하브루타는 지혜의 영역이다. 지혜는 지식을 이용해서 창의의 세계를 열어가는 것이다. 이미 밝혀진 지식을 물어볼 수도 있다. 지식이 없이 지혜가 나오기는 어렵다. 언어를 구사할 줄 모르면서 대화를 할 수 없고, 지식이 없이 대화를 나눌 수 없다. 지식이 기반이 되어야 지혜의 영역에 들어갈 수 있다.

하브루타가 짝을 지어 하는 일대일의 관계라면 일반적인 토론은 일대일은 물론 다수의 토론까지를 망라한다. 우리에게 토론은 고등학교까지의 교육에서는 찾아보기 힘들다. 하브루타에서 토론 방법을 생각해보자.

하브루타 토론 방법을 살펴보자. 짝을 만든 다음에 토론에 들어가기 위해서 꼭 있어야 할 것이 있다. 토론내용을 다룬 내용물이 있어야 한다. 토론주제와 내용, 즉 토론 과제가 있어야 한다. 이스라엘의 하브루타에서는 토론과제가 있다. 탈무드다. 우리에게는 토론주제와 내용이 주어져 있지 않다. 그래서 필요한 것이 대체물로 역사하브루타 또는 독서토론 하브루타가 생겨난 이유다. 이스라엘의 탈무드 대신 우리는 우리의 역사나 독서를 하고 와서 책의 내용을 가지고 토론하는 방식이다. 일차적인 과제를 선정할 필요가 있다. 역사하브루타와 독서하브루타가 우선의 내용이라면 우리에게도 이스라엘의 하브루타에서 사용하는 탈무드와 같은 내용의 개발이 필요하다. 하브루타를 하기 위해서 토론과제물을 작성해야 한다. 선뜻 제안을 받았을 때 토론과제물을 만들기 쉽지 않다. 한 번 해보면 간단하고 누구나 할 수 있는 것임을 깨닫지만 처음에는 누구나 막막하기 마련이다. 실습을 해보자.

〈인생은 과정을 즐기는 예술이야〉

"흔히 성공해서 편히 쉬며 살고 싶다고 하지. 하지만 쉬고 놀려고 태어나지 않았네. 쉬는 건 일한 후에 쉬는 거라네. 쉰 후에 다시 쉬는 걸 꿈꾸는 사람에게 가장 좋은 장소가 있지."

“그런 장소가 있을까요?”

“먹여주고 재워주고 입혀주고 그리고 씻겨주기까지 하는 곳이 있네. 가격도 가장 비싸지."

여주와 이천은 강진과 더불어 도자기의 고장이다. 긍정이와 웃음이는 여주에서 도공과 의미있는 시간을 가지고 있었다.

"대단한 곳인가 봅니다."

도공이 말을 잠시 멈추고 웃었다.

"병원침대라네."

"에이."

긍정이와 웃음이가 뜻밖의 답에 실망스런 표정을 지었다. 하지만 너무나 정곡을 찌르는 말이었다. 정말로 먹여주고 재워주고 입혀주고 그리고 씻겨주기까지 하는 곳이었다. 가격도 호텔보다도 비쌌다. 모든 것을 해주기 때문이었다.
"일이 행복한 거고, 휴식은 일을 하고 나서 천국으로 만들어 주지."
"그래도 노동 없는 휴식을 꿈꾸잖아요."
긍정이가 말했다.
"그렇지. 하지만 일이 없는 인생은 목표가 없는 것과 같다네. 목표가 없으면 길을 잃은 것과 같지."
"그렇네요."
"이번에는 하고 싶은 일만 못하게 하고, 인간의 누릴 수 있는 기본적인 편의, 즉 먹고 놀고 쉬고, 다시 먹고 놀고 쉴 수 있는 공간이 있는 데 아시나?"
긍정이와 웃음이가 잠시 생각해 보고는, 대답했다.
"모르겠습니다."
"감옥이라네."
긍정이와 웃음이가 뜻밖의 답에 그건 아니라는 표정을 짓자 말을 계속 했다.
"기본적인 편의를 제공해주고 일하는 것을 제한시킨 곳이지. 욕망, 즉 꿈을 실현시키지 못하게 하는 것이 벌이라네."
도공이 너털웃음을 웃자 긍정이와 웃음이도 따라서 웃었다.
"꽃이 피지 않고 그냥 열매를 맺으면 좋을 듯하지만 아니라네. 씨가 떨어져 새싹이 나오고, 새싹이 힘들지만 자라고, 꽃을 피우고, 열매를 맺는 과정이 아름다운 것이라네. 인생 또한 과정을 즐기는 예술이라네."

위 이야기를 가지고 토론주제와 토론내용을 만들어보자. 주제는 제목에서 그대로 따오면 무리가 없다. '인생은 과정을 즐기는 예술이야'라는 주제가 자연스럽게 결정 된다. 토론내용을 결정하는 것이 무엇이어야 하는가를 살펴보자. 내용을 살펴보자. '먹여주고 재워주고 입혀주는 곳이 뜻밖에도 병원침대'라는 말에 들어있는 의미를 찾는 일이다. 다음으로 왜 사는가에 대한 물음이다. 진정으로 살아야 하는 의미를 고민해볼 수 있는 계기가 된다. 삶에 대한 정의를 내려야 주제가 선명해진다.

토론주제 : 인생은 결과인가 과정인가
토론내용
1.일의 의미는 무엇인가.
2.꿈이란 무엇인가.
3.인생의 목표란 무엇인가.
4.병원침대와 감옥의 차이는 무엇인가.
5.고난은 필요한 것인가.

이외에도 얼마든지 토론내용을 이끌어낼 수 있다. 토론내용에 일반침대와 병원침대의 차이점과 가격도 참고로 이야기할 수 있다. 사전적 정의는 단어를 인문학적으로 다시 정의를 내리는 훈련이 필요하다. 내 가치관으로 정의를 내리면 신선하다. 또한 토론의 내용으로 다시 정의할 수 있는 기본자료가 된다. 하브루타에서 토론과제물은 필요하다. 하브루타를 깊이 있게 하기 위해서 필요하다. 토론과제물이 잘 준비되어 있으면 하브루타의 심화과정으로 들어가는데 도움이 된다. 토론주제를 미리 알려주고, 토론내용을 공부해서 기본정리가 되어있어야 주제에 관련된 토론을 집중적으로 할 수 있다. 공부해 온 만큼 깊이 있는 토론이 된다.

2.하브루타 토론하기

인원별 토론방법

토론주제와 토론내용을 정리했으면 본격적으로 토론에 들어간다. 공부해온 만큼 토론을 할 수 있다. 먼저 공부해오지 않으면 심층토론이 이루어질 수 없다. 공부를 해오지 않으면 토론 상대에게 미안한 일이 발생한다. 하브루타는 선 공부, 후 토론 방식이다. 먼저 토론내용을 가지고 기본 설명을 하고, 질문을 통해 토론단계로 들어간다. 기본적인 설명이 있으면 토론으로 들어가기가 편하다.

토론은 자유토론과 결정토론으로 나눈다. 자유토론은 자유롭게 질문하고 자유롭게 답을 하는 방식으로 일정한 틀이 없이 진행한다. 결정토론은 토론내용을 가지고 찬성과 반대를 정해놓고 토론을 진행하는 방식이다. 의도적으로 찬성과 반대를 정해놓고 하는 토론이어서 전체를 파악하는데 도움이 된다. 또한 상대에 대한 반대이론을 생각해야 하기 때문에 논리적인 힘을 기르는데 힘이 된다. 진행하다 찬성과 반대 역할을 바꾸어서 진행하면 더욱 내용이 풍성해지고 논리적인 힘을 기를 수 있다.

사회적인 문제를 토론할 경우 상대의 입장을 이해하기 좋은 방법이다. 하브루타 토론의 장점은 상대의 이론을 논리적으로 반박할 수 있는 능력을 개발하는데 탁월한 역할을 한다. 반대를 위한 반대가 아니라 근거를 내어놓고서 반대이론을 전개하는 방식이어서 사회에서 바로 적용할 수 있는 방법이다. 또한 어디에서나 필요한 토론방식이다. 하브루타 토론을 할 때 유념해야 할 것은 쉽게 상대의 의견에 동의하지 않고 집요하게 반대 입장에 서서 논리적인 설명을 해야 한다. 근거 없는 반대는 없다. 반대하는 타당한 이유를 들어야 한다. 그리고 궁금한 것은 질문을 통해서 보다 깊은 토론 내용으로 들어갈수록 토론은 성숙되고, 깊어진다. 인원에 따른 하브루타는 몇 가지 방법이 있다.

첫째, 짝 하브루타
둘째, 팀team하브루타
셋째, 합습 하브루타다. 이스라엘에서는 쉬우르Shiur 하브루타

토론을 할 때 짝을 이루어하는 짝 하브루타는 두 사람이 짝을 이루어 하며, 주제에 대한 공부를 하고 질문을 미리 만들어 하면 쉽게 부드럽게 진행할 수 있다. 대화하듯이 편하게 묻고 답할 수 있어 자유롭다. 몇 명씩 모여 토론하는 팀 하브루타는 4~6명 정도가 모여 진행한다. 팀별로 나누어 찬성파와 반대파로 나누어 질행 할 수도 있다. 전체가 모여 토론하는 합 하브루타는 전체인원이 모여 발표를 하고, 질문과 답변을 들을 수 있는 하브루타다. 그리고 랍비와 제자가 질문하고 답을 하는 쉬우르Shiur가 있다. 스승과 제자, 학생과 학생의 질의응답 시간이다.
쉬우르란 '한 무리의 사람들에 의해 함께 연구되는 탈무드의 한 구절'이란 의미로 선생과 전체 학생들이 모여 주제에 대해 질문과 응답을 통해 정리하는 단계를 말한다. 랍비와 제자가 질문을 통해 수업을 정리하고 수업시간에 다루지 못한 문제를 최종 정리하는 단계다. 쉬우르는 랍비 중심의 수업이다. 스승과 제자의 시간이라 할 수 있다. 랍비가 설명과 정리를 해준다. 하브루타의 마지막 단계에서 실시한다. 창의적인 내용이나 새로운 발상에 대해서 이야기해주는 것이 필요하다. 특이점은 전체를 설명하고 정리하는 시간이지만 스승은 질문하고, 제사는

답변을 하는 방식으로 진행한다. 부모와 자녀의 경우에는 부모가 진행하면 된다. 역시 설명을 하지 말고 자녀에게 질문을 던져서 스스로 전체를 요약하고 정리할 수 있도록 하는 것이 필요하다.

쉬우르는 전체가 모여서 랍비가 마지막 정리의 시간을 가지지만 짝 하브루타, 팀 하브루타, 합습 하브루타의 경우는 짝이나 대표에게 정리의 말을 할 기회를 주어서 전체를 아우를 수 있는 시간이 필요하다. 그리고 개인적인 생각을 마지막으로 하고 싶은 경우에는 발언 기회를 주어서 개인의 생각을 정리할 수 있도록 하는 것이 좋다.

하루루타 시 주의할 점

하브루타를 진행할 때 주의할 점이 있다. 기본적인 토론할 때 또는 대화를 나눌 때에 지켜야 할 예의 내용과 비슷하다. 일반적으로 토론할 때나 대화할 경우와 다른 점은 뚜렷한 주제와 목적이 있어서 명확하게 짚고 넘어가야 하는 부분이 있다. 규칙이 없는 자유로운 토론이나 대화가 아니라 규칙이 있는 엄격한 토론이라는 점이다.

첫째, 상대의 입장을 확실하게 존중한다.

둘째, 대화를 할 자세를 가지고 시작한다. 마주 앉아 눈을 마주치고, 상대의 이야기를 들을 준비가 되어있어야 한다.

셋째, 상대가 말을 마치기 전에 말을 끊지 말아야 한다.

넷째, 상대의 논리에 가능한 동조하지 않고 자신의 입장을 고수해야 한다.

다섯째, 상대의 생각을 반박할 때는 논리적이고 근거를 들어서 분석하고 설명해야 한다.

여섯째, 자신의 생각에 동의하지 않는 이유를 확실하게 상대에게 설명할 것을 요구해야 한다.
일곱째, 끝까지 결론이 나지 않아도 좋고, 결론을 내도 좋다.

하브루타를 실제로 할 경우에 주제 내용을 교대로 상대에게 소리 내어 읽어준다. 주제를 상기시키는 의미도 있고, 토론에 들어가기 전 다시 한 번 주제를 대하면 토론할 내용으로 들어가기가 수월해진다. 토론을 할 때 한 사람은 질문만 하고, 한 사람은 답변만 하면 지루해질 수가 있다. 서로 역할을 바꾸어서 질문하고 대답을 하는 것이 자연스럽다. 하브루타는 논리의 대결이다. 논리가 충돌할 때에 상대와 다른 점을 다시 논리적으로 설명해야 하는 대화기법이다. 하나의 질문에 깊게 파고들수록 의미가 있다. 심층적인 문제와 철학과 사상적인 문제까지 서로 토론할 수 있으면 더욱 가치가 있다.
깊이 있는 하브루타가 되기 위해서는 사전에 준비해 와야 한다. 주제에 대한 공부를 하고 질문내용을 미리 만들어오면 더욱 심도 있는 하브루타가 될 수 있다. 아는 만큼 토론이 될 수 있다. 공부한 만큼 토론이 깊어질 수 있다. 상대에 대한 배려 차원에서도 하브루타 주제에 대한 공부와 질문 내용을 미리 준비하는 것이 좋다.
하브루타와 소크라테스의 대화법을 살펴보자. 대화의 기본 법칙은 다를 수 없지만 하브루타와 소크라테스 대화법에는 차이점이 있다.
첫째, 소크라테스 대화법에서의 목표는 가르침이고, 하브루타 대화법에서의 목표는 깨우침이다. 둘째, 소크라테스는 스승과 제자 사이에서 주고받는 수직관계의 대화다. 셋째, 스승이 질문을 하고 제자가 답을 하다보면 제자가 스스로 잘못된 것을 알아가도록 하는 스승 중심의 대화다. 반면 하브루타는 수평관계인 짝과 주고받는 대화다. 상대에게 질문하고 대답하고, 토론하는 것에 중점적인 면이 있다. 이끌어가는 주체가 없다. 넷째, 소크라테스 대화법에서는 스승은 가르쳐주고, 제자는 배우는 관계로 답이 정해져 있다. 하지만 하브루타는 가르침을 주고받는 관계가 없다. 하브루타에서는 토론으로 배우고 익히는 과정이다. 난상토론을 통해서 각자가 답을 찾아가는 과정이다. 다섯째, 소크라테스 대화법은 스승과 제자로 일대 일의 관계로 진행되거나 스승과 제자들로 구성된 일대 다수로 진행되지만 하브루타에서는 일대 일이나 다수와 다수로 동등한 수로 진행된다. 또한 찬성과 반대자로 구분되어 토론하기도 한다. 주제에 대해 찬성을 한 사람은 정답이 무엇이든 찬성을 하는 논리를 개발하고, 반대 입장에 선 사람은 반대 이론만 주장한다. 소크라테스는 하나의 정답을 찾아가지만 하브루타는 정답을 찾는 것이 아니라 가장 바람직한 선택을 찾아내는 대화법이다.

다시 정리하면 소크라테스 대화법은 스승과 제자의 대화로 수직적이며, 스승 중심의 일방적인 대화방법으로 뛰어난 스승이 없으면 진행하기 어려운 점이 있다. 답은 스승이 알고 있다. 하브루타 대화법은 대화를 이끌어가는 주체가 없이 짝이라는 대등한 입장의 관계에서 대화를 하며, 답이 정해져 있지 않다. 어느 상황에서나 가능한 대화법이다. 일상적인 생활을 하면서 만나는 것들은 소크라테스의 대화법이 아니라 하브루타 대화법이 일반적이다. 누구와 대화를 하든 쉽게 적용할 수 있는 대화법이 하브루타다.

달라야 달라질 수 있다는 생각이 있어야 창의적인 세계로 진입이 가능

하브루타 대화법에 익숙해지면 모임이나 조직 내에서 사람들의 의견을 모으고 이끌어 가는데 주도적인 역할을 할 수 있다. 지도자나 관리자가 가져야할 덕목 중에서 가장 필요한 것은 조직원의 마음을 읽고, 조직원의 능력을 파악해서 이끌어가는 것이다.

하브루타의 장점은 바로 여기에 있다. 마음을 읽는 방법으로 하브루타보다 뛰어난 대화법은 드물다. 소통을 위해서도 필요하고, 난상토론을 하면서 대화에 참가한 사람들은 공통의 지식과 정보를 기본적으로 터득하게 된다. 대화 중에 벌써 소통이 이루어진 것이다. 난상토론을 통해서 끝까지 파고들어 결론을 터득하게 된다. 결론에 도달하기까지에 많은 문제가 드러나고, 드러난 문제를 해결하기 위한 방법에 대해 해결방법을 찾아가면서 해결능력을 가지게 되는 장점이 있다. 문제제기부터 해결방안까지를 묻고 답을 하면서 전 과정을 거친다는 점이 강점이다. 지식과 정보는 물론 해결방법까지 이해하게 되는 점이 무엇보다 크다. 기초지식부터 결론을 도달하기까지의 과정을 이해할 수 있는 뛰어난 대화법이다. 하브루타는 비판적인 사고력과 자신의 입장을 옹호하는 논리력을 강화하는데 중요한 역할을 한다.

하브루타를 실제로 하면서 지켜야 할 것은 엉뚱한 말이나 전혀 예기치 않은 반대 논리를 펴더라도 인정해주고, 존중해주어야 한다는 점이다. 상대의 생각에 비아냥거리거나 자기 논리에 변명을 하게 되면 하브루타를 올바르게 진행할 수가 없다. 누구도 진리라고 주장할 권리가 없다. 모든 새로운 이론은 기존의 이론을 뒤집고 탄생했다. 뉴턴의 사과가 인류가 가진 생각을 뒤집었고, 코페르니쿠스가 지구가 세상의 중심이라는 생각을 뒤집었다. 다른 생각이 틀린 것이 아니라 첫 진리에 도달한 위대한 발견일 수 있다.

논쟁의 중심에서 반대자의 권리를 주장한 철학자가 있다. 존 스튜어트

밀John Stuart Mill이다.

100명 중에 99명의 의견이 같고, 단 한 명만 반대의견을 내어도 우리는 한 명의 의견을 존중해주어야 한다.

밀의 발언이다. 99명이 한 명의 반대자의 입을 막는 것만큼 한 사람이 99명의 반대자의 입을 막는 것만큼이나 부당하다고 주장한다. 독재도 마찬가지다. 한 명이 독재를 해서 99명의 반대자를 무시하는 것이나 99명이 한 사람의 반대자를 무시하는 것이나 다를 바 없다는 논리다. 무시하면 안 되는 논리를 밀은 이렇게 설명한다. 세 가지를 들었다. 첫째는 반대자의 생각이 진리일 가능성이다. 둘째는 실제로 오류인 경우다. 그리고 셋째는 부분적인 진리일 수 있다는 가정이다. 반대의견이 없으면 토론이 필요 없고, 다수가 모여 논의할 필요도 없다. 인류는 끝없이 새로운 이론과 새로운 상황을 맞는다. 새로운 상황에 맞는 새로운 논리가 필요하고, 새로운 상황에 적응할 새로운 생각이 필요하다. 당연히 새로운 대처방법이 필요하다.

반론이 없는 사회는 새로운 미래를 만들 수 없다는 공식이 성립

같은 사람이라도 다른 생각을 가지고 있고, 다른 신체를 가지고 있다. 뿐만 아니라 다른 취향과 행동양식을 가지고 있다. 같은 상황 속에서도 다른 결과가 나타날 수 있다는 것을 반증한다. 다름을 인정하는 토론방법이 바로 하브루타다. 판단의 정당성을 확보할 수 있는 것은 반대논리가 있을 때 확실해진다. 정당성의 확보는 반대논리에 의해서 더 확연히 드러난다. 반대의견이 자연스럽게 나올 수 있을 때 토론이 시작된다.

소수의견이 없는 만장일치에는 반대에 대한 두려움이 있다. 대중의 힘으로, 다수의 힘으로 밀어붙일 수 있는 부작용이 만장일치에는 있다. 너무나 일반화되어 있는 것에 대한 반기가 필요하다. 긍정적인 의미에서는 일반론에 대한 반기를 발견과 발명이라고 하고 창의적인 세계에서 만날 수 있다. 개혁도 여기에 포함된다. 부정적인 의미로는 표현도 극단적이다. 반란反亂, 반기叛旗, 또는 이단異端으로 극단적인 입장으로 몰아세운다. 우리는 역사에서 반란, 역적逆賊이라는 주홍글씨를 씌웠다. 우리는 현실에 대한 반란을 꿈꾸는 것에 족쇄를 걸었다. 어느 나라, 어느 단체도 예외가 드물었다. 종교로부터 자유롭지 못했고, 사상으로부터 자유롭지 못했고, 체제로부터 자유롭지 못했다. 부모에게 대들 수 없었고, 군주에게 대들 수 없었고, 지도자에게 대들 수가 없었다. 반대할 수 없다는 것은 현실의 지속을 의미했다. 반론이 없는 사회는 새로운 미래를 만들 수 없다는 공식이 성립되었다. 여기에 반대할 수 있는 문화를 만든 것이 하브루타다. 물론 하브루타에도 종교적 신념을 벗어날 수 없는 한계를 가졌다. 토론은 가능하지만 결과는 유대교라는 종교의 틀을 벗어날 수는 없었다. 지금도 마찬가지다. 어느 사회나, 어느 공동체나 건널 수 없는 강은 존재한다. 그럼에도 반대의견을 드러낼 수 있다는 것은 인류역사에서 혁명적인 발전이다. 시민사회가 발전하면서 평민에게 자유가 주어졌다. 법이나 관습 도덕 같은 넘을 수 없는 한계가 있지만 봉건주의시대나 왕조시대에 비해 가히 혁명적이라고 할 만큼 자유가 주어졌다.

자유가 있는 사회가 발전한다는 것을 경험적으로 깨우쳤다. 기존을 허물지 않으면 새로운 것이 나오지 않는다는 것을 알았다. 결국 새로운 세계로 가기 위한 전제조건이 자유였고, 자유의 구체적인 표현이 반대 의사를 표현할 수 있는 것이다. 반론의 일반화가 이루어질 때 대화와 토론은 살아난다. 그리고 의미가 있다. 반대의견을 가졌다는 것이 반대를 한다는 것이 아님을 명심해야 한다. 다른 생각을 가졌다는 것을 의미한다. 모든 변화는 다른 생각을 할 때만이 가능하다. 모든 창의적인 생각은 지금까지 가졌던 생각을 뒤집을 때 가능하다. 달라야 달라질 수 있다.

지식과 지혜가 다른 점이다. 지식은 지금까지의 학설과 논증되어진 것을 배우는 것이고, 지혜는 지금까지 정당화되어있는 것을 넘어서 새로운 세계로 진입하는 것이다. 지식과 지식의 융합, 또는 새로운 착상이나 발상을 할 때 가능하다. 달라야 달라질 수 있다는 생각이 있어야 창의적인 세계로 진입할 수 있다.

3.하브루타의 종류

하브루타는 시끄럽고 역동적이다. 학습 짝이 탈무드 본문과 주석을 소리 내어 읽고 분석하고, 질문한다. 토론을 하고 논쟁까지 하면서 본문에 대한 이해하게 된다. 집중하다 보면 머리를 흔들기도 하고, 자신도 모르게 소리를 지르기도 한다. 예시바의 크기에 따라 열 명 정도부터 수백 명의 하브루타들이 서로 토론을 하고, 논쟁을 한다. 처음 보는 사람에게는 거대한 소음 공간으로 느낄 수 있다. 시끄럽고 혼란스러운 중에서도 자신의 짝에게 집중해서 말을 알아듣고 답변을 하는 것도 능력이다.

하브루타를 하면서 다양한 짝을 만날 수 있다. 능력의 차이가 있을 수 있다. 나보다 능력이 뛰어난 짝이나 나와 동등한 짝 그리고 나보다 부족한 짝을 만날 수 있다. 뛰어난 짝과 만나면 상대 학생에게 배울 수 있다. 뛰어난 짝이 교사 노릇을 해준다. 동등한 짝을 만났을 때는 각자 자신의 생각을 논리적으로 풀어서 설명할 수 있다. 부족한 학생과 만났을 때는 지식을 채워주거나 교정시켜주고 상대 짝이 향상되도록 도와주어야 한다. 다양한 짝을 만나서 적응하는 것도 하나의 훈련이다. 세상을 살아가면서 다양한 사람들을 만나게 된다. 다양한 사람을 만나 이야기하고, 논리를 펼 수 있는 경험의 장이 된다. 자신의 주장을 개발하고, 논리적으로 설명할 수 있는 더없이 좋은 기회가 된다. 분석력과 비판력이 늘어나는 기회다.

같은 능력을 가진 짝과만 맞추어서 하는 것은 그리 바람직하지 않다. 차이가 나는 짝과의 경험도 중요하다. 예시바 학생들은 각기 다른 3개 수준의 하브루타 중에서 한 명씩 짝을 짓는다. 다양한 관계의 짝이 다양한 환경에 적응하도록 하는데 도움이 된다.

하브루타를 통해서 본문을 분석하고 설명한 후 상대방이 제시한 논리에 대한 모순을 찾아내고, 질문과 대답하면서 각자의 생각을 정리할 수 있다. 하브루타의 장점은 전혀 예기치 않았던 시각과 새로운 모색을 찾아낼 수 있다. 하브루타를 하다보면 자신도 모르게 화술이 발전한다. 표현력이 깊어지고, 단어 구사능력이 발달한다. 생각하고 있는 것을 정확하게 전달할 수 있는 실력이 쌓인다. 상대방의 말에 경청하는 능력도 배양된다. 대화를 나눌 때 어떻게 행동하고 반응해야 하는가를 깨닫는다. 발표력과 논리력은 물론 문제해결능력과 포용력도 함께 길러진다. 무엇보다 상대방을 이해할 수 있는 절호의 기회로 관계가 깊어지게 하는 효과가 있나.

(1)짝 하브루타

수직형 하브루타

하브루타의 기본틀은 짝 하브루타다. 아버지와 아들의 관계에서 하브루타는 출발했다. 아버지의 권위와 아버지가 책임과 의무를 동시에 가진 것이 부자간의 하브루타다. 유대인의 성경인 토라를 해석한 탈무드를 공부하는 것에서 출발했다. 종교적 관점에서 출발한 교육방법이다. 유대인에게 교육은 가정에서부터 출발한다. 유대인을 유대인이게 하는 것은 종교다. 바로 유대교다. 유대교의 성경인 구약성경으로 토라라고 한다. 토라의 틀 안에서 일화로 만들어진 탈무드를 교육을 아버지가 아들에게 하는 것이 하브루타다.

하브루타는 유대교의 교육방식이고 유대인들에게 교육법으로써 기본형이며 원형이다. 아버지의 권위로 가르치는 것이 아니라 질문해서 깨우쳐가도록 한다. 처음부터 끝까지 핵심은 질문이다. 짝 하브루타에서 지켜야 할 원칙이 있다. 부자 간의 하브루타와 랍비와 제자 간의 하브루타다. 우리의 경우는 교육의 남당자가 아버지보다 어머니다. 엄마와 아이 사이의 하브루타가 있다. 수직적인 관계에서의 하브루타는 지식과 경험의 현저한 차이가 있음을 인정하고 대화를 해야 한다. 결국 이스라엘에서는 아버지와 랍비가 주도적인 위치에서 하브루타를 한다. 우리에게 엄마와 아버지가 하브루타의 주도자가 된다. 주도자는 질문을 주도한다. 하브루타에서 핵심은 질문이라고 했다. 수직형 짝 하브루타 시 질문을 주도할 때 지켜야 할 유의사항이 있다.

①질문에 방향이 있어야 한다.

②질문에 대한 답변으로 다시 질문내용을 찾는다.

③수직적 관계지만 수평적 입장에서 질문을 한다.

④중심과제를 벗어나지 않도록 배려한다.

⑤가르치는 것이 아니라 생각하도록 하는 질문을 한다.

⑥진도보다 깊이 있는 대화가 필요하다.

지식과 경험의 현저한 차이가 있음을 인정하고 하브루타를 주도적으로 이끌어야 하는 책임과 함께 주도적인 위치에 있음에도 수평적으로 동등한 입장에서 질문을 해야 한다. 하브루타를 하는 목적은 아이에게 창의적인 생각과 스스로 생각할 수 있는 기회를 제공하는 것이 주요 목적이다. 세상을 바라보고 생각한 것을 발표하는 것이 하브루타다. 스스로 생각한 것을 발표할 때는 주장하는 내용의 이유와 근거를 대야 한다. 논리적이어야 한다. 반복교육을 통해서 생각하는 방법과 발표하는 방법을 터득하지만 주도자는 길목을 잡고서 방향을 틀어주어야 한다. 아이들이나 학생이 눈치 채지 못하도록 방향을 제시하는 것이 필요하다. 하브루타는 진도를 나가는 것보다 심도 있는 토론이 중요하다.
유대인의 사회에서의 교육은 스승과 제자의 관계인 랍비와 제자의 관계로 정리되었다. 랍비의 권위가 인정되는 교육방법이다. 랍비의 권위와 아버지의 권위가 함께 인정된다. 우리에게는 엄마와 아빠의 역할이 필요하다. 권위는 주장이나 목소리가 큰 것에 있지 않다. 지식과 정보 그리고 지혜가 있어야 한다. 권위를 인정받으려면 공부해야 한다. 그리고 생각해야 한다. 아이나 학생보다 지식의 량이나 정보의 양에서 부족하거나, 지혜가 모자란다면 하브루타의 방향을 이끌어갈 수 없다. 하브루타는 무방향이 원칙이지만 방임된 무방향은 아니다. 유대인에게는 토라라는 대전제 안에서 하브루타는 귀결되고, 우리 사회에서는 우리의 규범률 안에서 이루어질 수밖에 없다. 자유로운 주제와 자유로운 토론이 있지만 도덕률과 공동체의 목표가 있음을 감안해야 한다. 우리 한국사회에서는 부모와 자식, 스승과 제자, 선생과 학생 사이의 교육에서는 가르침이 중심을 이루고 있다. 가르치려고 하는 것에서 아이들의 반감이 생긴다. 질문을 통해서 스스로 생각할 수 있는 기회를 제공하면 스스로 깨우치게 된다. 자각의 기회를 제공해서 깨우치도록 한다는 점에서 일방적 교육의 한계를 벗어날 수 있다. 소통이 없는 사회를 벗어나는 계기가 될 수 있다.

예쉬바yeshivah형 하브루타

우리에게 익숙한 선생과 학생이 만나는 장소인 학교의 교실에서는 한 사람의 목소리만 들린다. 선생님의 강의가 전부다. 말하는 사람과 듣는 사람이 명확하게 갈린다. 질문이 없다. 가르침만 있다. 질문을 부끄러워하거나 질문을 두려워한다. 특히 반론을 할 경우에는 권위에 대한 도전으로 간주하기도 한다. 선생님의 생각에 반하는 것이 금기시되어 있는 것이 한국의 교육현장이다. 맘껏 질문하고 맘껏 토론하는 문화가 없다. 공부는 강의를 듣는 것이고, 공부는 혼자 하는 것이라는 것이 우리에게는 공식화되어 있다.

다음으로 이스라엘 전통교육의 산실인 예시바yeshivah에서의 하브루타를 보자. 예시바에서도 우리의 선생격인 랍비가 있다. 예시바의 중심은 랍비가 아니라 짝을 이루어 대화를 하는 하브루타 방식의 토론이다. 유대인에게 예시바는 학교이자 도서관이자 종교 교육기관이다. 하브루타의 고향인 이스라엘의 경우를 살펴보자. 하브루타의 산실인 예시바는 시끄럽다. 시끄러워야 정상이다. 우리에게는 너무도 낯선 풍경이다. 우리는 도서관을 갈 때 혼자 간다. 혼자 공부해야 하기 때문이다. 예시바에서는 혼자 입장이 허용되지 않는다. 두 명 이상 입장한다. 우리의 도서관 책상은 옆으로 앉아서 혼자 공부하기에 적합하게 되어있다. 심지어 칸막이가 쳐져 있는 곳이 많다. 독립된 공간을 중요하게 여긴다. 혼자서 공부하는 것에 익숙한 우리의 풍경이다. 하지만 예시바에서는 마주보고 앉게 되어있다. 그것도 가깝게 붙어 앉아서 마주보게 배치되어 있다. 짝을 이루어야 한다. 토론과 논쟁의 공간이다. 당연히 시끄러울 수밖에 없다. 생각의 전환이 일어나는 공간이다. 내 생각이 옳은 것인가 토론을 통해서 확인하는 자리가 된다. 검증받는 자리이기도 하다. 예시바에서 지켜야할 것들이 있다. 아버지와 아들의 관계, 랍비와 제자 간의 하브루타와는 차이가 있다.

①상대가 누가 되든 대등한 관계다.
②나이와 신분과 소속과 관계가 없다.
③상대를 바꾸어도 된다.
④반대의견이 자유롭다.
⑤주장할 수 있지만 논거를 대야한다.

상대가 누가 되든 상관이 없다. 누가 상대가 되더라도 토론의 대상이 될 수 있다. 토론으로 진검승부를 견줄 수 있는 기회의 장이다. 나이와 신분에도 관계가 없고, 어느 공동체 소속이어도 무관하게 토론할 수 있다. 열려있는 공간이다. 대화상대로 잘 맞지 않을 경우 바꾸어도 상관없다. 토론 상대를 바꾸는 것도 자유롭게 열려있다. 또한 반대 입장을 취해서 치열한 논쟁을 벌이는 것이 자연스러운 공간이 예시바다.

다만 확실한 것은 반대의견이나 자신의 주장을 말할 때 논거가 뒷받침이 되어야 한다.

전혀 알지 못하는 사람과 도서관에 입장을 해서 도서관에 토론을 할 수 있다는 것은 우리에게서는 쉽게 상상이 되지 않는다. 유대인들에게 하브루타는 하나의 문화면서 종교적 행위라고 할 수 있다. 모르는 사람과는 인사도 하지 않고 사는 우리의 환경과는 다른 모습이다. 우리는 사귀는 시간이 길다. 마음을 열어놓고 대화를 하는 데에는 더 시간이 필요하다. 더구나 우리는 친한 사람과 대화를 하는 것에는 한계가 있다. 더구나 논쟁은 하지 않는다. 논쟁은 우리와는 익숙하지 않은 모습이다. 반론을 펴면 자존심까지 무시당한다는 생각을 가지는 것이 한국인이다.

하브루타가 가진 강점인 반론을 받아들이는 문화가 필요하다. 한국인은 토론과정에서 감정을 드러내곤 한다. 토론은 이성의 산물이다. 이론을 뒷받침할 수 있는 논리가 필요하다. 한국인은 질문을 두려워하고, 질문을 받았을 때에 당황하는 경향이 있다. 질문과는 익숙하지 않은 민족이다. 그럼에도 하브루타의 힘은 반론을 받아들일 수 있음에 있다. 나와 다른 생각을 너그럽게 받아들이고 나의 생각에 반기를 들고 논리적으로 파고 들어오는 것에 대한 방어논리를 만들어 내는 것은 토론이나 논쟁에서 중요한 요소다. 자신의 논리를 펼 수 있는 능력과 세상 밖으로 나가 만날 수 있는 나를 반대하는 사람들에게 둘러싸이는 상황을 맞을 수 있다. 세상은 총과 칼로 싸우거나 물리적인 힘으로 싸운다. 우리가 세상에 더 자주 만날 수 있는 싸움은 말싸움이다. 말의 전투에서 밀리지 않는 내성을 가질 수 있는 것이 하브루타의 힘이다.

(2)팀team 하브루타

유대교에는 목사나 신부 같은 신과 인간의 중재자가 없다

하브루타는 일대일의 관계에서 시작되었지만 필요성에 따라 다수 대 다수의 하브루타가 팀 하브루타다. 방법은 정하기 마련이다. 하브루타가 형식을 벗어나서 성역 없이 토론하고자 하는 목적에 있듯이 형식도 상황에 다라 바뀌서 할 수 있다. 다수 대 다수의 토론은 난상토론보다는 주제를 정한 다음 찬반으로 나누어서 진행하는 것이 좋다. 전체가 형식을 정하지 않고 토론을 하면 많은 인원에 의해 혼란스러울 수가 있다. 주제에 대한 찬성과 반대를 정해놓고 토론에 들어가면 자신의 선택에 따라 소신껏 발언할 수 있다.

사회문제나 정치문제를 놓고 토론하기에 좋은 방법이다. 종교문제도 현안을 토론하기에 좋다. 물론 팀 하브루타는 토론의 주제와 상관없이 할 수 있는 방법이다. 다수가 참여하는 토론이어서 질서를 지키지 않으면 토론의 효과를 볼 수 없다. 팀 하브루타는 4~6명 정도가 모여 진행한다. 인원이 초과되면 통제가 어렵다. 그리고 한 사람의 발언이 적어져서 몰입에 한계가 있다. 한 사람이 발언을 하고 나서, 다른 내용으로 넘어 갈 수도 있다. 일반적으로 6명까지가 하나의 주제로 대화를 할 수 있는 한계선으로 본다. 6명을 넘으면 두 팀으로 나누어 진행하는 것이 좋다.

유대교에는 목사나 신부 같은 존재가 없다. 신과 인간의 중재자가 없다는 것을 유념해야 하브루타의 존재이유가 이해된다. 기독교에서는 신과 인간의 중재자로서 목사가 있다. 설교와 예배를 독점한다. 원래 개신교는 사제가 필요 없는 것이지만 목사 제도를 지켜오고 있다. 루터의 주장에 부합해 창시된 개신교는 원래 만인사제설로 성직자라는 특정한 존재가 없었다. 누구나 사제가 될 수 있다는 이론이다. 하지만 대부분의 개신교에서 설교와 예배를 목사가 주도한다. 결국 목사가 제사장 역할과 사제로서의 기능을 갖고 있다. 목사가 신과 인간의 중재자 역할을 수행하고 있다.

유대교에서는 사제가 없다. 신과 인간이 직접 소통한다. 랍비가 예배를 주관하기도 하지만 아무나 할 수 있다. 랍비는 엄밀하게 평신도다. 다만 학식과 지혜를 갖춘 존재로서 공동체의 지도자로서의 역할을 가질 뿐이다. 천주교와 기독교, 구교와 신교 같은 말이지만 약간의 의미 차이가 있다. 천주교와 기독교에서 사제가 있다는 것과 사제가 없는 것의 차이에 의해 하브루타의 필요성이 문제가 된다. 하브루타는 다시 이야기하지만 토라와 탈무드를 이해하기 위한 방법으로 고안된 교육방법이다. 종교교육의 차원에서 만들어졌다. 유대교를 이해시키는 방법으로 필요한 교육방법이 하브루타다.

유대교에서는 교리를 가르치는 사제가 없다. 사제가 없으니 누군가 가르쳐야 한다. 가르쳐야 하는 존재가 필요하다. 일차적으로 교육권을 아버지에게 주었다. 다음으로 랍비에게 주었다. 이스라엘의 아버지와 랍비의 권위는 여기에서 생긴다. 신의 가르침을 전달하는 역할을 하는 성스러운 존재다. 신이 준 권리를 받은 사제, 즉 신부나 수녀 그리고 목사의 권능인 신탁을 가진 존재가 없어 유대인의 아버지와 랍비에게 위탁하는 방법을 만들었다. 신탁이 아닌 평신도로서 교육을 하면서 일방적 교육을 하기가 쉽지 않았을 것이다.

동등한 평신도의 입장에서 가르치고, 배우는 것에 한계가 있었다. 결국 유대교의 교리를 스스로 깨우치는 방법을 선택했다. 스스로 깨우치게 하는 방법으로 질문이 최고의 방안이었다. 질문은 사람을 순간 생각하게 만드는 힘이 있다. 그리고 질문에는 방향이 있다. 질문에 따라 답변의 방향이 정해진다. 교리는 어길 수 없는 신의 계시다. 계시를 벗어나서 다른 결론을 낼 수 없다. 그래서 질문은 중요하다. 그리고 토론은 얼마든지 가능하다.

결국 대화가 최선의 방법이다. 수평적 관계에서 교리를 깨우치게 하는 방법으로 대화 이상의 효과를 볼 수 있는 방법이 있을까. 하브루타의 방법으로 다수 대 다수의 하브루타는 다른 종교에서는 도입하기 쉽지 않다. 사제가 있는 경우에는 사제가 교육을 담당하기 때문에 팀 하브루타의 필요성이 떨어질 수 있다. 대화가 아닌 강의나 강론으로 대체할 수 있기 때문이다.

하브루타는 각자의 결정과 선택을 존중한다

사제가 없는 유대교에서 팀 하브루타는 전체가 공동주제로 토론하거나 두 팀으로 나누어 진행한다. 두 팀으로 나누어 진행할 때는 주제를 찬성과 반대팀으로 나누어 토론을 하면 효과적이다. 중재자가 필요하다. 권위를 가진 중재자가 아니라 대등한 입장에서의 중재자가 있어야 한다. 지도나 가르침이 아닌 진행만을 위한 중재자가 필요하다. 팀 하브루타를 할 때 주의할 점을 살펴보자.

①찬성과 반대 발언은 개인이 선택한 방향으로 일관되게 한다.
②한 사람이 발언을 독점하지 않도록 한다.
③결론을 내려하지 말고 토론에 중점을 둔다.
④감정을 드러내지 않아야 한다.
⑤다른 사람의 의견을 평가하지 말아야 한다.

팀 하브루타를 할 경우 자신이 선택한 찬성이나 반대의견을 처음부터 끝까지 일관되게 밀고 나가야 한다. 자신의 소신과 선택한 것이 다르다고 해서 방향을 틀면 토론 분위기가 어색해 질 수 있다. 자신이 속한 팀의 주장을 일관되게 해야 한다. 토론을 할 때 한 사람에게 배정된 질문이나 답변 시간을 미리 정하고 시작하는 것이 필요하다.

질문은 1분에서 3분 이내로 하고, 답변은 3분에서 5분 이내로 한다는 지침을 정하고 시작해야 한다. 사안에 따라 길어질 수도 있지만 특별한 예외사항이 없을 때는 시간을 지켜야 한다. 6명이 한 시간 동안 토론을 한다고 가정하면 질문을 하는데 3분으로 하고, 답변을 하는데 5분이라고 할 경우 기간을 계산해보자. 전체가 한 번씩 질문하고, 답변한다고 가정해 보자. 질문 3분*6명=18분, 5분*6명=30분이 소요된다. 한 번만 묻고 답해도 48분이 필요하다. 시간을 지키지 않으면 질의응답도 제대로 못하고 토론이 엉성하게 끝나고 말 수 있다.

하브루타 토론은 결론을 내려고 하는 것이 아니라 교육 차원에서, 공부하기 위해서 하는 토론이다. 과정에 중점을 두는 대화고, 토론이다. 결론이 필요하지만 대화와 토론을 하면서 이미 결론을 확인했다. 가르침이 아닌 스스로 터득하는 것에 역점을 두고 있는 것이 하브루타라는 것을 명심해야 한다. 그리고 대화나 토론을 할 때 상대가 반대의견을 계속 한다고 해서 감정을 드러내면 안 된다. 감정을 드러내는 순간 대화나 토론은 깨진다.

상대를 설득하려는 것보다 상대에게 내 생각을 전달하는 것에 두어야 한다. 옳고 그름의 문제가 아니라 옳고 그름을 각자 판단할 수 있도록 하는 것이 하브루타다. 내 생각으로, 누구의 생각으로 확정되는 것이 아니라 대화와 토론의 장에 오른 문제들을 자신의 정체성에 따라 결정할 수 있도록 도와주는 것이 하브루타라고 생각하면 옳다. 답이 하나가 아니라 여러 개라는 것을 생각해야 한다. 각자의 인생관에 따라 선택이 달라질 수 있음을 깨달아야 한다.
대화나 토론 시에 다른 사람의 의견에 대해 평가하는 것을 자제해야 한다. 자신의 생각만을 이야기하면 된다. 옳고 그름이나 찬성이냐 반대냐의 결정은 각자의 몫이다. 팀 하브루타의 예를 들어보자.

〈운명은 있는가〉
"만나야 할 사람은 만나야 한다고 하셨습니다."
"그렇습니다. 오는 사람을 거절하지 말고, 가는 사람을 잡지도 말아야 합니다. 오고가는 인연의 순환을 시절인연이라고 합니다."
"미운 사람일 경우 어찌해야 합니까?"
"악연도 인연입니다. 악연惡緣은 풀고, 선연善緣은 이으라고 오는 것이지요."
"또한 일어날 일은 결국 일어난다고 하셨습니다. 인생을 망치게 하는 일일 경우는 어떻게 합니까?"
"이익을 보면 마음의 짐 하나 얻어 짊어지게 되는 것이고, 손해를 보면 짊어졌던 마음의 짐 하나 내려놓는 것이 됩니다."
"일어날 일을 거부하면 어떻게 됩니까?"
여인의 질문이 당찼다.
"거부한다고 오지 않는 것이 아니지요. 선연으로 만들 것인가, 악연으로 만들 것인가만 선택사항이지요. 하지만 인연에게는 이익을 보는 게 아니지요."
합천의 작은 암자에서 즉문즉답 시간에 노 스님과 젊은 여인의 질의응답을 긍정이와 웃음이가 듣고 있었다.
〈긍정이와 웃음이〉

주제를 정해보자. 주제는 역시 제목으로 하면 쉽다. '운명은 있는가', 라는 '주제로 운명이 있다'라는 팀과 '운명은 없다' 라는 팀으로 나누어 하는 토론형식이 필요하다. 답이 나올 수 있는 내용이 아니다. 삶에 대해 논의하는 자리고, 운명관에 대해서 서로 알고, 공부할 수 있는 시간이다.
먼저 토론 내용을 살펴보자.

①운명과 인연이란 무엇인가.
②인연에게는 이익을 보는 게 아니라는 의미는 무엇인가.
③시절인연이란 무엇인가.
④운명은 거부할 수 있는가.
⑤악연과 선연은 어떻게 만드는가.

처음에는 운명과 인연 그리고 시절인연에 대한 정의를 내리는 것이 필요하다. 그리고 토의내용으로 '운명의 있고 없고'를 팀별로 나누어 토론하는 형식이다. 다음으로 운명은 거부할 수 있고 없음을 토론한다. 그리고 선연과 악연에 대해 '만들 수 있다와 없다'를 토론할 수도 있다. 사회문제를 들자면 '차도 사람도 없는 곳에서 교통신호를 지켜야 하는가'에 대한 토론도 있을 수 있고, '헌금의 70% 내지 80%가 헌금을 운영하는 단체 직원의 급여와 운영자금으로 쓰이는데 그래도 헌금을 자선단체에 내야 하는가'에 대한 토론도 있을 수 있다. 공부를 위한 주제도 있다. '뇌과학이란 무엇인가' 라는 주제로 토론할 수 있다. '인간과 동물은 약육강식의 세상에서 공존할 수 있는가' 라는 주제도 있다. 토론내용은 넘친다. 개인적인 문제부터 사회적인 문제까지 그리고 정치와 경제문제를 토론의 의제로 올릴 수 있다.

자유로운 토론과 자유로운 결정이 하브루타다. 하브루타는 각자의 결정과 선택을 존중한다. 달라서 다양해지고, 달라서 선택의 폭이 넓어진다. 하브루타는 음식의 취향과 같다. 보리밥을 좋아하는 사람과 쌀밥을 좋아하는 사람이 각자 이유가 있다. 콩밥을 좋아하는 사람도 있고, 오곡밥을 좋아하는 사람도 있다. 젊은 사람의 경우는 빵을 좋아하기도 한다. 옳고 그름의 문제가 아니라 선택의 문제다. 마찬가지로 각자 즐겨 입는 옷이 다르다. 달라서 다채로운 세상을 만들 수 있는 것이 현대의 풍속도다.

(3)합숨 하브루타

당연한 것을 당연하게 보지 않을 때 다름이 보인다

전체가 모여 토론하는 것이 합 하브루타다. 전체 인원이 모여 발표를 하고, 전체가 모인 자리에서 질문과 답변을 하는 것이 합 하브루타다. 전체가 모여 토론하는 하브루타를 이스라엘에서는 쉬우르Shiur라고 한다. 랍비와 제자가 질문하고 답을 하는 쉬우르Shiur다. 스승과 제자의 질의응답 시간이다. 짝 하브루타와 팀 하브루타를 하면서 주고받은 질문과 대답에 대해 종합하는 시간이고, 모자란 것에 대한 보충질문 시간이다.

하브루타는 다양한 생각, 특별한 관점, 엉뚱한 시각까지를 포함해서 전체를 아우를 수 있는 대화를 할 수 있다는 점이다. 전체를 이해한 후에 생기는 의문, 새로운 의문이 상상력이다. 상상력의 발화점이 의문이고, 의문에 대해 질문하는 것이 상상력의 작동이다. 상상력은 경험하지 않은 현상이나 사물에 대해 머릿속으로 그려 보는 능력이다. 전통적인 사고에서 벗어나 새롭고 독창적인 것을 생각하거나 만들어내는 능력이 상상력이다. 상상력의 세상이 열리고 있다. 상상력이 창의적인 사고를 하고, 새로운 세계를 개척해가는 동력으로 받아들이고 있기 때문이다. 지금은 누가 뭐라고 해도 창의력의 시대다. 미국의 심리학 교수인 매슬로우Maslow)는 〈존재의 심리학〉에서 창의력에 대해 이렇게 말한다.

첫째, 개인에 있어서 새로운 가치 경험을 주고, 창조의 기쁨을 주는 자기실현의 개인적 창의성
둘째, 개인뿐만 아니라 사회의 새로운 가치를 지닌 발명가와 과학자, 예술가들의 특수한 사람들에게 볼 수 있는 특수한 재능인의 사회적 창의성

창의성의 시대에 하브루타는 필요하다. 하브루타는 창의성을 개발하는 교육법이다. 창의성은 기존과 다르고, 새로워야 한다. 지금까지 생각해 보지 못한 것을 생각해 낸 것이다. 모두가 의심하지 않은 것을 의심할 때 지금까지와는 다른 생각을 하게 된다. 당연한 것을 당연하게 보지 않을 때 다름이 보인다. 다름에서 창의성이 시작된다. 탈무드에서는 신의 말까지 의심한다. 의심하는 것이 당연하다. 의심이 풀어져야 믿음이 생긴다. 의심하면서 믿을 수 있을까.
하브루타가 과거의 공부법인데 지금도 유효할까. 대답은 유효하다. 이유는 무엇일까. 부분이 아니라 전체를 이해하는데 필요한 공부법이다. 이유는 답을 알려주는 것이 아니라 답을 찾아가는 과정이 중요한 공부법이라는 것이 답이다. 기본을 알아야 다음 단계로 넘어간다. 지식을

공부하는 것이 아니라면 더구나 하브루타는 유효한 공부법이다. 하브루타가 질문과 대답에서 시작해서 질문과 대답으로 끝을 보는 공부라는 점이다. 질문과 대답이 전 과정이라고 할 수 있는 토론의 본질을 살펴보자.

내 생각이 옳을 때보다 내 생각이 틀릴 때 지식의 확장이 일어난다

토론은 나와 생각이 같은 사람과는 할 수 없는 특수성을 가지고 있다. 다른 생각이 만난다는 것에서 위대한 공부가 될 수 있음을 알 수 있다. 내가 가진 생각이, 내가 가진 세상 전체다. 내가 옳다고 생각하는 영역이 좁다는 것은 내가 가진 생각이 편협 될 수 있다는 가능성을 가지고 있다. 다른 생각에 대해서 아는 순간 지식의 영역이 두 배로 늘어난다. 내 생각이 옳을 때보다 내 생각이 틀릴 때 상대의 세계를 받아들이게 되면서 지식의 확장이 일어난다. 사고의 영역도 동시에 같이 확장된다. 하브루타가 유효한 이유다. 공부하면서 지식의 양을 늘리는 것은 기본이고, 대화를 하면서 사고의 영역이 확장된다는 점에서 권장할 공부법이다. 하브루타는 나만의 생각에서 상대의 다른 생각과 만나게 된다. 그리고 두 다른 생각이 만나서 새로운 영역을 개척할 수 있는 가능성이 높아진다. 무엇보다 예상하지 못한 질문에 생각이 반응해서 상상력을 자극한다.

당연한 것에 대해 의문을 품을 때 창의성이 열린다. 당연한 것도 의심하라. 당연히 이유를 성명할 수 있어야 한다. 강조해도 부족한 것은 하브루타를 하면서 의사소통능력이 개발되고, 경청을 해야 하는 이유를 깨닫게 된다. 무엇보다 상내를 설득하는 능력이 는다. 현대 사회에서 필요한 것은 소통능력과 관계강화다. 깊게 사귀려면 서로를 알아야 가능하다. 인사만 하는 사이로 10년을 사귀어도 깊은 관계가 될 수 없다. 하루 밤을 같이 보내도 깊이 있는 이야기를 나누면 친해질 수 있다. 아는 만큼, 속을 드러낸 만큼 관계가 강화된다.

흔히 나와 다른 생각을 주장하는 순간 적으로 간주하는 경향이 있다. 하브루타를 하다보면 알게 된다. 다른 생각이 만나 이야기를 하는 것이 하브루타의 출발이라는 것을. 짧은 일화 하나를 가지고 공부를 하면서 정말 많은 질문과 대답이 있음을 확인하게 된다. 하브루타는 얼마나 많은 과제량을 공부하느냐가 아니다. 얼마나 심도 있는 공부를 했느냐에 무게 중심이 있다. 분명한 것은 누가 옳으냐를 결정하는 것이 아니라는 것을 명심해야 한다.

하브루타는 순수학문을 하는 마음으로, 통찰력을 키우는 방법으로서 접근하는 것이 보다 하브루타정신에 접근하는 길이다. 하브루타를 이끌어간 사람들은 방향만 제시하고, 스스로 찾아가도록 유도한다. 도우미로서 역할에 만족한다. 지식은 전달할 수 있지만 스스로 찾아내는 것이 필요하고, 지혜는 전달할 수 없으니 깨우치도록 도와주는 역할이 랍비고, 선생이고, 아버지다.

다양한 생각을 할 수 있도록 하는 열린 마음이 창의적인 세계로 이끌어가는 힘이다. 비판이 필요하지 않다. 자신의 견해를 밝히고, 자신의 철학을 이야기하는 것이 필요한 것이 하브루타다. 하브루타에서 꼭 지켜야할 도덕이 있다. 하브루타를 하면서 들은 짝의 신상에 대한 이야기는 엄격하게 비밀로 지켜주어야 한다. 지식과 지혜의 나눔을 위해 개인적인 이야기를 할 수 있지만 하브루타를 벗어나서는 지식과 지혜만을 가지고 와야 한다. 그래야 마음을 열어놓고 편안하게 토론에 임할 수 있다.

랍비와 함께 하는 수업이 쉬우르다. 10명에서 200명 사이의 학생들이 모인 공간에서 학생들 사이 또는 랍비와 학생 사이에 활발한 토론이 벌어진다. 토론의 열기가 넘치는 모습을 볼 수 있다.
랍비가 스승으로서의 자리에서 수업을 진행하는 것이 아니라 진행자로서 쉬우르를 진행한다. 난상토론이 되기도 하고, 차분한 학문의 장이 되기도 한다. 상황에 따라 다양한 모습이 펼쳐진다. 주제와 관련해서 무엇이고 물을 수 있고, 새로운 생각이나 입장을 던질 수 있다. 분명한 것은 랍비가 전체를 읽고서 진행할 수 있는 학식과 견문을 가지고 있어야 한다. 정답을 내기 위한 토론이 아니지만 결론에 이르는 방향이 없다는 것을 말하지 않는다는 점을 감안해야 한다. 신에 대한 문제, 신과 인간과의 관계에 대한 문제가 뒤집어질 수 없다는 점을 미리 생각해야 한다. 아무리 결론이 없는 토론이지만 유대교라는 틀 안에서 이루어지는 것이라는 점이다.
쉬우르는 랍비나 스승이 다수가 참여하는 토론을 중재자로서 참여한다는 점에서 다른 하브루타와 다르다. 짝이 있는 하브루타와는 차이가 있다. 짝의 대상이 랍비나 스승으로 토론내용이 한 차원 높아질 수 있다. 전문적인 지식을 갖춘 랍비나 스승이 주관하기 때문이다.

이스라엘에서는 사고에 자극을 주어 학습효과를 높이는 것이 교육의 한 방법이다. 이스라엘에서는 가정 내에서 대화와 독서가 일반화되어 있다. 아이를 생각하게 하는 것이 중요한 과제다.

5장

하브루타 생활하기

논쟁은 아름다운 마음나눔이다

토론으로 공부가 가능할까. 가능하다. 한국인에게는 낯설다. 토론으로 하는 수업은 대학원 과정이나 가야 가능하다고 생각한다. 최고학부인 대학교에서도 이루어지지 않고 있는 학습법이다. 가르치고 배우는 일방적인 강의형식이 우리에게는 익숙하다.

이스라엘 부모는 구약성경에 충실하다. 이스라엘 부모는 성경에 적힌 대로 자녀에게 집에 앉아 있을 때, 길에서 걸을 때, 누웠을 때, 일어날 때 어떤 상황이든 말씀을 강론하라고 한다. 여기에서 강론이란 단어는 어떤 문제에 대해 이야기를 나누고 토론하는 것을 말한다. 이스라엘의 부모는 아이들의 호기심을 자극하여 성경에 나오는 절기의 기원과 의미 그리고 방법 등에 대한 질문을 유도한다. 질문과 대답으로 교육하는 방식은 아이가 학습의 주도자가 되도록 하는데 도움이 된다.

학습의 주도자라는 의미는 그다. 수동적인 자세에서 적극적인 자세로 바뀌는 것을 말한다. 하브루타의 최대 장점 중 하나다. 그리고 하브루타에 참가하는 학습자들은 사고에 자극을 받아 적극적으로 참여하게 한다. 이스라엘 사람들은 토라의 내용과 탈무드에 나오는 내용을 토론하고 논쟁한다. 당연하지만 꼭 필요한 것은 논쟁을 할 때 적대적인 것이 아니라 우호적으로 받아들인다.

우리의 경우 논쟁이라고 하면 부정적인 면이 강하게 포함되어 있지만 좋은 방안을 끌어내기 위한 긍정적인 면에서의 논쟁이다. 우리에게 흔한 상대를 제압하거나 상대의 기선을 제압하려는 정치적인 논쟁과는 뚜렷한 차이가 있다. 논쟁은 아름다운 마음나눔이라고 생각해야 한다.

또 하나는 우리에게 부족한 것이 가족 간의 대화고, 사회 속에서의 대화다. 또한 소통에 문제가 있다. 교육적인 문화의 차이점이다. 우리는 가르치고 배우는 스승과 제자의 관계, 선생과 학생의 관계로 수직적인 면이 강하고, 이스라엘의 경우는 부모와 자식, 랍비와 제자라고 해도 수평적인 관계에서 공부하는 것이 다르다. 이스라엘에서는 지혜를 구하는 입장에서 나이와 신분은 중요하지 않다.

이스라엘에서는 생각에 자극을 주어 학습효과를 높이는 것이 교육의 한 방법이다. 이스라엘에서는 가정 내에서 대화와 독서가 일반화되어 있다. 아이가 생각하게 하는 것이 중요한 과제다. 지식에 초점이 맞춰져 있지 않고 생각하게 하는 것에 무게 중심이 있다. 다시 말하면 지식보다 지혜에 관심을 더 가지게 하는 것이 이스라엘 교육법이다.

하브루타에 대한 실천을 자세히 살펴보자. 하나의 주제를 선정하고, 주제에 따라 짝 하브루타와 팀 하브루타, 그리고 합 하브루타인 쉬우르 하브루타를 진행한다. 하브루타에 익숙해진 이스라엘의 변호사나 학자들이 우수하고, 까다롭게 느껴지는 것은 당연한 일이다. 하브루타에 익숙해져 보다 논리적이고, 정확하다. 토론식인 하브루타에 익숙해져 있기 때문이다. 이스라엘 사람들은 논쟁을 통해 자연스럽게 분석적이고, 비평적이며, 체계적이고, 조직적이며, 논리적인 사람이 된다. 이론과 실제에 있어 탄탄한 사람이 된다. 토론과 논쟁에 단련이 되어 현실에 부딪혀서도 당당하고 확실하게 분위기를 장악하는 힘이 있다. 토론의 주도자로 자리를 확보한다.

뇌를 흔들어 깨울 수 있는 질문과 상상력을 자극하는 질문이 위대한 질문이다

이스라엘 사람들에겐 들으면서 말하고, 또한 말하면서 듣는 토론방식이 자연스럽다. 확실하게 뇌가 작동하고, 소리치면서 몸짓까지 겸했을 경우 더욱 확실하게 뇌에 각인된다. 잊을 수가 없다. 설명을 자신이 했고, 거기에 대한 반론까지 들었으니 잊기가 오히려 어렵다. 문제해결능력과 창의력 그리고 상황대처능력까지 생긴다. 토론에서는 전문가가 될 수 있다.

이스라엘 사람들이 책을 읽을 때도 눈으로만 읽지 않고 소리 내서 읽는 것은 눈뿐만이 아니라 귀까지 자극하기 위해서다. 효과를 극대화하고 확실하게 전달하고, 전달을 받기 위한 수단으로서 소리 내어서 읽는다. 소리 내서 읽는 것에 대해 익숙해져 있다. 심지어 일어나서 걸으며 외우기도 한다. 다른 사람에게 방해될까 걱정하지 않는다. 모두가 그런 것을 용인한다. 그렇게 하는 것이 일상화되어 있다. 실례로 확인할 수 있는 광경이 예루살렘 통곡의 벽이다. 통곡의 벽에서 토라를 읽으며 기도하는 유대인들은 앞뒤로 몸을 흔들기도 하고, 움직이기도 한다. 오히려 가만히 있을 때는 토라를 읽지 않을 때다. 토라를 읽고 있을 때는 몸을 움직인다. 우리의 경우도 예전에 글을 읽을 때 몸을 흔들면서 읽었다. 지금도 서당풍경을 떠올리면 이해가 된다. 몸을 앞뒤로 흔들면서 천자문이나 사서오경을 읽는 것을 볼 수 있다.

위대한 질문은 세상을 뒤바꿔놓을 생각을 하게 하는 것이다. 기존을 흔들어서 새로운 이론을 만들어낼 수 있는 것이 위대한 질문이다. 다른 생각을 떠오르게 하는 것이 위대한 질문이다. 상상력을 자극하는 질문을 말한다. 우리는 정답을 제대로 빨리 알려주고 배우는 것이 학업의 목표다 이스라엘에서는 정답을 알려주는 것을 나쁜 수업으로 간주한다. 질문을 해서 해답을 찾아가도록 하는 것이 좋은 수업방법이다. 우리의 경우 질문하는 학생이 진도를 못나게 하는 학생으로 낙인이 찍힐 수 있지만 이스라엘에서는 질문을 하는 것이 좋은 학습태도다. 우리와는 반대다.

하브루타를 실행해 보도록 하자. 뇌를 흔들어 깨울 수 있는 질문과 상상력을 자극하는 토론으로 들어갈 수 있는 하브루타 속으로 들어가 보자. 나란 존재에서 육체를 빼버리면 남는 것이 무엇인가. 정신이다. 다시 말해 생각하는 영적 존재다. 육체를 움직이게 하는 존재가 바로 영적인 존재다. 존재의 의미가 육체에 있지 않고 정신에 있음을 떠올려야 한다. 육체의 행복을 위한 것이 아니라 결국은 정신의 행복에 있다. 정신의 산실이 뇌다. 뇌를 깨어나게 하는 작업이 바로 하브루타다.

공부를 할 때 가장 중요한 것이 상상력이나 창의적인 생각이 아니라 그보다 원시적으로 보이는 암기다. 암기가 없이 이루어지는 것은 어떤 것도 없다. 일차적인 것이 바로 암기, 기억력이고 다음으로 생각하는 단계로 올라간다. 암기되어 다시 말해 기억되어 있는 것을 기본으로 해서 기억되어진 것들이 만나서 새로운 생각을 만들어낸다. 이른바 암기와 상상력의 융합이다. 기본단계에서부터 융합이 필요하다. 고차원적인 것에서 융합이 되는 것이 아니다. 기초부터 최고의 단계까지 융합은 필요하다. 지식의 축적만큼 융합도 활발하게 일어날 수 있다. 기초지식 없이 고차원의 상상력이나 창의적인 생각이 나오지 않는다. 단어를 알아야 말을 할 줄 알고, 문장을 알아야 글을 쓸 수 있는 것과 같다.

공부는 자신의 법칙대로, 자신의 방법대로 공부를 해도 제재가 없다. 누워서 하든, 앉아서 하든, 서서 하든 문제가 될 리가 없다. 상대가 있는 하브루타는 하브루타만이 가진 방법이 있다. 사회성이 부여된 방식이 하브루타다. 생활 속에서 실천하는 방식에 대해 생각해 보자.

- 하브루타를 일상에서 적용하기 -

나의 주장을 주장하기 전에 상대의 주장이 옳을 수 있음을 생각하라

이스라엘 사람에게는 이스라엘 환경에 맞는 하브루타가 필요하다. 우리 한국에서는 한국적인 상황에 맞는 하브루타가 필요하다. 우리가 지금까지 해온 학업방식이 있다. 좋은 점은 받아들이고, 나쁜 점은 버려야 한다는 일반적인 공식에서 하브루타도 예외일 수는 없다. 또한 좋아도 우리에게는 맞지 않을 수도 있다. 소리 내어 읽거나, 움직이면서 읽는 것은 받아들이기 쉽지 않을 듯 싶다.

한국인에게 부족한 것이 있다면 토론문화다. 우리의 경우는 토론을 할 때 자기주장을 하다 싸우게 되거나 얼굴을 붉히는 경우는 종종 본다. 토론에 감정을 들여놓아서다. 그리고 자기 주장이 옳다는 생각을 강하게 가지고 있어서다. 두 가지 다 토론에서 배제되어야 할 요소다. 먼저 감정적인 면을 살펴보자. 토론을 할 때는 철저하게 이성적으로 옳고 그름을 판단해야 한다. 감성적인 생각이나 감성적인 마음을 들이면 토론이 감성적으로 흘러 냉정하게 판단하고, 결정하기 어려워질 수 있다. 토론은 옳고 그름을 판단해야 할 때 필요하다. 진로를 찾아야할 때 필요하다. 여기에 감성적인 면으로 화를 내거나 짜증을 부리면 토론에 지장을 준다. 화를 내야할 이유가 없는 것이 토론이다. 이성적으로 주장하고, 이성적으로 답변을 주면 된다. 판단을 이끌어가기 위한 방법으로 토론이 필요한데 감정적으로 사안을 대하면 토론이 깨질 수 있다.

다음으로 한국인에게 종종 드러나는 자기주장이다. 자신의 생각이 옳다는 강한 주장이다. 모두는 옳고 모두는 틀릴 수 있는 것이 토론이다. 어떤 주장도 근거가 없는 것은 없다. 한 사람의 주장이라도 새겨들을 필요가 있다. 모두가 반대할 때 한 사람의 주장이 옳을 수 있기 때문이다. 한국인은 토론을 할 때 자신의 주장이 옳다는 전제 하에 시작된다. 물론 내 생각이 틀렸다는 생각으로 자신의 논리를 주장하는 사람은 없다.

최초의 진리를, 최초의 발견을, 최초의 발명을 한 사람은 기존의 정당성을 허물어야 가능한 세계이다. 나의 주장을 주장하기 전에 상대의 주장이 옳을 수 있음을 생각하라. 선각자가 혼자서 외롭게 주장하는 사람일 가능성이 언제나 있다. 문제는 다른 생각을 가진 사람들이 서로 다른 생각을 옳다고 주장하는 현장이 토론장이라는 점이다. 당연히 내 생각이 옳을 수 있지만 또한 당연하게 내 생각이 다른 사람에 의해 깨어질 수 있다는 점이다. 내 생각이 옳지 않다는 것을 발견하는 것이 부끄럽고, 실패한 것이 아니다. 내가 가진 생각보다 더 나은 방안이나 생각이 나왔다는 것은 고마운 일이다. 내 생각에 갇혀 있지 않고 더 좋은 생각과 더 넓은 생각의 세계로 확장되고 바로 들어섰다는 것을 의미한다. 내 생각이 누군가에 의해 깨어질 때 내가 성장한 것이다. 내가 타인의 생각을 깨어줄 수도 있고, 내가 타인의 생각으로 깨어질 수도 있다. 어떤 경우든 반가운 일이다.

그럼에도 내 생각이 옳다고 주장한다면 토론의 기본자세가 갖춰지지 않은 것이다. 내 생각이 옳다고 논리적으로 설명하지 못하면서 주장하는 것은 자신의 생각에 갇혀버리는 결과를 낳는다. 생각의 감옥은 무엇보다도 무서운 결과를 가져온다. 사회적인 관계를 하지 않으면 살아가기 어려운 현실에서 스스로 고립을 자초하는 결과를 만들게 된다. 한국사회에서 주장은 있고 논리는 없는 토론을 종종 본다.

우리가 교육을 받는 이유는 지식과 사고력을 쌓는 것과 지성과 감성을 제대로 조절하는 능력을 배양해서 올바른 가치관, 정체성, 인생관을 만드는데 목적이 있다. 한 순간에 만들어지지 않는다. 배우고, 고치고, 다시 쌓는 과정에서 한 사람의 인격체가 만들어진다.
하브루타는 어디에서나 적용할 수 있다. 하브루타를 할 경우에만 필요한 것이 아니라 하브루타는 현실 속에서 적용하면 보다 깊이 있게 논의할 수 있고, 생각할 수 있게 해준다. 그리고 상대를 배려하는 마음을 가지게 된다. 하브루타는 나와 다른 사람, 즉 나와 다른 생각을 가진 사람과의 만남을 기본으로 하기 때문이다. 우리 한국인이 부족한 면이 바로 이점이다. 얼굴을 붉힐 이유가 없다. 다시 이야기하지만 자신의 주장에는 논리가 있어야 한다. 무조건 내 생각이 옳은 것은 인정되지 않는다. 옳아야 하는 정당성을 인정받아야 주장으로서의 가치가 있다. 내가 왜 이러한 주장을 하는지 이유가 명백해야한다. 보다 더 좋은 방안을 찾기 위한 것이 토론이다. 언제든 나와 다른 생각이었다면, 옳은 생각이었다면 박수를 쳐줄 수 있는 아량이 있어야 한다.
그럼에도 사람은 쉽게 자신의 주장을 포기하지 않는다. 그래서 재판장에는 검사와 변호사 그리고 판사가 있다. 시비를 가리는 재판을 할 때는 변호사와 검사가 있고, 두 입장의 주장을 제 삼자적인 입장에서 판가름하는 것이 판사다. 그것도 모자라 또 다른 감시기관인 언론이 있고, 검사 변호사 판사와는 별도로 배심원제도라는 것도 도입하고 있다. 완벽할 수는 없지만 분명한 것은 토론과정에서 옳고 그름이 보이기 시작한다는 점이다. 내 주장이 다른 주장보다 논리가 부족하거나 근거가 없는 것을 알았을 때는 산뜻하게 인정하는 것이 옳다. 지는 것이 아니라 한 수 배웠다는 마음으로 임할 때 토론은 싸우는 자리가 아닌 배우는 자리가 될 수가 있다.

긍정으로 세상을 바라보면 힘든 세상도 천국이 돼

하브루타의 장점은 상대방의 말을 들으면서 동시에 논리적으로 반박할 수 있도록 생각을 정리하고, 말할 수 있다는 점이다. 공부를 주고받으며 대화식으로 하는 유익한 점이다. 세상의 사물들과 대상에 대하여 보다 더 생각할 수 있도록 해준다. 생각하는 방법을 배울 수 있고, 상대방의 논리에 대항해서 답변할 수 있는 능력을 배양해 준다. 또한 다양한 짝을 만나면서 다양한 사례를 접할 수 있다. 일상적인 내용으로 수다를 떨거나 농담으로 사람을 만날 수도 있지만 깊이 있는 대화를 나눌 수 있는 기회가 제공되는 것이 하브루타다.

하브루타는 마음을 열어야 이루어질 수 있다. 가르치는 것이 아니라 소통하는 것이 하브루타다.

〈긍정으로 세상을 바라보면 힘든 세상도 천국이 돼〉

우연히 시위현장에 다다랐다. 서로 반대되는 구호들이 현수막에 걸려있었다. 목소리가 높고 혼란스러웠다.

"긍정아. 너는 어떻게 생각되니?"

혼란스럽고 시끄러운 시위현장을 두고 웃음이가 긍정이에게 물었다.

"나는 간단해. 세상이 시끄러워도 이어폰을 꽂고 있으면 내가 좋아하는 세상이 펼쳐지듯이 세상을 긍정으로 바라보면 세상이 따뜻해져."

"긍정이 천국을 만드는구나. 나는 너의 이름처럼 긍정으로 바라보면 괜히 웃음이 나와. 하늘만 바라봐도 행복해져."

"그래. 맞아. 나는 너의 웃음만 봐도 천국인 걸."

긍정이와 웃음이가 주고받는 칭찬의 말에 세상이 따뜻해지는 느낌이었다.

〈긍정이와 웃음이〉

일상적인 대화에서도 중요한 것이 상대방의 의견을 물어보는 것이 필요하다. 이야기를 끌고 가는 사람은 나만이 아니라 상대가 있기 때문이다. 상대에 대한 배려가 없으면 대화가 잘 이루어지지 않는다.

"긍정아. 너는 어떻게 생각되니?"

상대의 마음을 알고서, 상대의 마음에 맞춰서 이야기를 풀어가는 것이 대화의 예법이다. 이야기의 주제도 내 위주로 끌고 가면 대화를 그르칠 수 있다. 상대의 관심과 취미를 배려해서 이야기를 진행해야 대화가 부드럽게 이어진다. 대화를 싸우자고 하는 경우는 없을 것이다. 친숙해지고, 가까워지려는 것이 대화다. 서로를 알고자 하는 것이 또한 대화다.

긍정이와 웃음이는 대화의 주제를 던져준다. '긍정으로 세상을 바라보면 힘든 세상도 천국이 돼'라는 주제어가 바로 대화의 제목이 되게 한다. 행복해지는 방법이 무엇일까. 세상이 힘이 들어서 행복하지 않을 수 있고, 세상에 혼란스러워서 행복하지 않을 수도 있다. 그럴 때에 나만의 행복해질 수 있는 공간을 만들면 행복이 가능해진다. 세상이 시끄러워도 이어폰을 꽂고 있으면 내가 좋아하는 세상이 펼쳐지듯이 세상을 긍정으로 바라보면 세상이 따뜻해질 수 있다. 세상을 받아들이는 따뜻한 긍정의 세계가 행복에 이르는 문을 알려준다.

대화의 공통 주제를 찾아내면 대화의 반은 성공한 셈이다. 재미있게 이야기할 수 있는 기본 문제를 해결한 셈이다. 야구를 좋아하는 사람과 야구에 흥미를 느낀 사람이 만나면 이야기에 불을 붙는다. 흥미진진해진다. 야구에 대해 보다 많이 알수록 이야기는 깊어진다. 전문가 수준까지 가면 재미는 폭발한다. 공부를 하고, 지식의 양이 많아야 하는 이유다. 지식과 지식의 교류에서 자신이 가진 계획까지도 이야기하게 되고, 살아가면서 서로가 가진 어려움도 나누게 된다. 마음을 여는 기회는 대화가 잘 이루어질 때 하게 되고, 도움을 주고받는 관계로 발전하는 계기가 된다.

하브루타의 힘은 지식의 나눔과 지혜를 깨우치는 동기부여가 되지만 하브루타를 통해서 친구를 얻게 되는 큰 기회의 자리가 된다. 평생을 통해 마음을 나눌 수 있는 친구는 어디보다도 하브루타에서 얻을 수 있다. 그만큼 마음을 이해하고, 가치관을 알게 되고, 철학을 알게 되어 동질감와 공유점을 가진 친구를 알아낼 수 있다. 많은 사람과 짝을 하면서 잘 통하는 사람이 누구인가를 확실하게 알게 된다.

하브루타를 일상생활에 적용하면 유익한 점이 있다. 짝을 이루는 것이 대화의 짝으로 간주하면 된다. 일반 대화에서도 질문은 대화에 활력을 불어넣는다.

"잘 지냈니?"

"이번에 진급했다면서?"

같은 질문이지만 느낌은 다르다. '잘 지냈니?', 라는 질문은 일반적이지만 '이번에 진급했다면서?'라는 질문에는 상대에 대한 관심도 보여주고, 즐겁게 이야기도 이끌어낼 수 있게 한다. 일반 대화에서도 질문은 중요한 요소다. 내 이야기로 시작하는 것보다도 상대에 대한 이야기로 시작하도록 하는 것이 필요하다. 그리고 대화 도중에 정확하지 않은 내용이나 잘 못 들은 부분에 대해서 질문을 해주면 관심으로 보여 더욱 분위기가 상승된다. 질문은 힘이다. 질문은 대화가 무르익게 하는 동력임을 확인하게 된다.

1.말하기

사람의 욕망 중에서 말하고 싶은 욕망은 크다. 말하고 싶어 하면서 말하는 것을 두려워하는 것이 또한 사람이다. 실수에 대한 두려움 때문이다. 말을 잘 하려면 잘 할 수 있는 노력이 필요하다. 돌을 들어 나를 수 있는 노력 없이 탑을 쌓아올릴 수 없다. 말을 잘하려면 기본적인 것을 지켜야 한다. 기본 욕망인 말하기는 중요하다. 너무 일상적이어서 오히려 중요함을 잊곤 한다. 사람에게 향기가 있다는 말이 있다. 사람의 향기는 말에서 난다. 고운 말, 따뜻한 말, 향기 나는 말은 마음에서 나온다. 말에는 마음이 그대로 들어있다. 사람이 쓰는 말의 단어도 개인욕망에 따라 다른 단어를 쓴다. 전공에 따라 자주 쓰는 단어가 있다. 말의 요소인 단어는 말하는 사람이 가지고 있는 지식을 그대로 반영한다. 생선장수는 바닷고기와 배 그리고 바다와 관련된 단어를 많이 쓴다. 공학자는 공학적인 단어를 말에 담아 쓴다. 그리고 자주 쓰는 강도만큼 성향이나 직업을 알 수 있다. 여행에 꽂혀 있는 사람은 여행 이야기로 풀어나간다. 말을 잘하려고 할 때 필요한 요건들을 살펴보자. 말을 잘하는 8가지 방법이다.

1. 지식의 양을 늘려라.
2. 보는 관점을 달리하라.
3. 상대방의 입장을 고려하라.
4. 주제를 떠나지 마라.
5. 결론부터 말하고 근거를 설명하라.
6. 일관성을 유지하라.
7. 옳고 그름을 따지지 마라.

8. 그리고 질문하라.

첫째, 우선 중요한 것이 지식의 양이다. 지식 없이 어떤 말도 할 수 없다. 선물보따리에 싸온 만큼 선물을 줄 수 있다. 내가 가지고 있지 않은 것을 상대에게 줄 수 없다. 말도 그렇다. 내가 가진 지식이 없으면 상대에게 풀어놓을 수 없다. 말을 잘하려면 필요한 것이 지식의 양이다. 지식을 늘리는 방법은 누구나 잘 알고 있다. 설명이 필요 없다. 지식은 일상생활에서 쌓을 수 있다. 고급지식도 가능하다.

문제는 마음의 갈피다. 쉽게 풀어 말하면 현대인에게 필수품인 두 가지를 바꾸면 지식의 양과 지식의 고급화에 직접 도움을 받을 수 있다. 절대적이라고 할 수 있다. 가지고 다니는 휴대폰으로 지금 무엇을 보고 있느냐가 중요하다. 휴대폰은 지식의 보고이며 정보의 창이다. 휴대폰으로 연속극을 보고 있으면 연속극의 줄거리를 알게 된다. 본인이 작가나 작가 지망생이라면 몰라도 연속극에서 얻을 수 있는 지식과 정보량은 제한적이다. 자신의 인생을 전문적인 사람이나 교양 있는 사람으로 만들려면 지금 보고 있는 휴대폰의 화면을 공부하는 휴대폰으로 바꾸어야 한다. 그리고 집에서 보고 있는 티브이의 내용을 바꾸면 인생도 바뀐다. 소비적인 내용으로 시간을 보내면 마음 안에 쌓을 수 있는 것이 없다. 다르게 살고 싶으면 두 가지를 바꿔라. 휴대폰과 티브이의 화면을. 당장 바꾸면 당장 인생이 바뀐다.

둘째, 보는 관점을 바꾸면 사람이 달라 보인다. 생각을 바꾸면 말의 내용도 바뀐다. 예를 들면 여행에 대한 주제로 이야기할 때를 가정해보자. 여행지와 여행의 낭만에 대해 이야기할 때 이런 말을 한 번 던져보라.

“자유로우려면 외로워야 한다.”

낭만과 여행에 대한 꿈에 대해 이야기할 때 던진 한 마디가 시선을 끈다. 자유롭고 싶다면 외로움을 감수해야 한다. 도보여행가 황안나 님이 있다. 그분이 자주 하는 말이다. 문지방을 넘어보라. 모든 시작은 자신 안에 있는 문지방을 넘지 못해서 아무 일도 일어나지 않는다. 황안나 님은 65세에 우리나라 국토종단을 시작했다. 남들은 집으로 들어올 때 밖으로 나갔다. 800km를 혼자 걸었다. 이듬해에는 우리나라 해안선을 따라 4,300km를 혼자 걸었다. 118일이라는 긴 여정이었다. 2,3일 여행가는 것도 두려워하는 사람들에게 경종을 울렸다. 하나를 가지는 순간 하나는 포기해야 한다. 자연인을 꿈꾸면서 안락함을 가지려는 것과 같다. 대화를 할 때 대화의 분위기를 장악하려면 뜻밖의 경험이나 생각을 던져야 한다. 이렇게 말하는 사람도 있다.
"생각을 배 밖으로 꺼내라."
화가 소엽 신정균 서필가의 말이다. 생각을 바꾸었다면 생각을 당장 행동으로 옮기라는 선언 같은 말이다.
셋째, 상대방의 입장을 고려해야 한다. 사람은 누구나 자신이 종종 빠지는 구멍이 있다. 구멍은 결점이다. 상대의 결점을 이야기하지 않는 배려가 필요하다. 배려하지 않고 아차, 하면 선을 넘게 된다. 아무리 치열하게 싸워도 상대가 가진 상처를 건드리지 말라고 한다. 이혼녀에게 '남편도 제대로 관리 못해 쫓겨났다'는 말을 했다면 다시 치유되지 않는다. 몸이 불편한 사람에게 '병신주제에'라는 말을 했다면 다시 친해질 수 없다. 상대가 가진 약점이나 상대가 꺼려하는 부분에 대한 말을 하지 않는 배려가 필요하다. 직업마다, 상황마다 그리고 각자의 입장에 따라 생각해주어야 할 배려의 공간이 있다.
다섯째, 결론부터 말하고 근거를 설명해야 한다. 말은 짧고 핵심만 말하는 연습이 필요하다. 설명이 필요할 때만 하면 된다. 서론, 본론, 결론으로 이어지는 사설은 금물이다. 간결하게 말하고 분위기에 따라 조금 더 설명하면 된다. 상대가 질문을 하거나 궁금해 할 때 마음 놓고 전체를 설명해야 한다.

여섯째, 일관성을 유지하라. 주제에 대한 이야기에서 벗어나 다른 이야기로 끌고 가거나 한 번 주장한 내용을 쉽게 번복하는 것을 주의해야 한다. 일관성을 잃으면 가벼워보인다. 자신의 주장을 바꾸게 되면 자신의 주장을 바꾸게 된 이유를 설명하고 상대를 납득시켜야 한다. 주장을 자주 바꾸면 이야기가 정상적인 진행이 될 수 없다. 하브루타를 할 경우에는 끝까지 자신이 맡은 역할을 고수해야 한다. 예를 들면 일을 할 때, 기도가 더 중요하다와 행동이 더 중요하다, 라는 주제로 토론을 할 경우 자신이 맡은 역할을 바꾸면 토론이 진행될 수 없다. 일관되게 자신이 맡은 역할을 수행해야 한다. 그리고 마찬가지로 일반 대화에서도 자신의 논리를 바꾸지 말고 가야 한다.

일곱째, 옳고 그름을 따지지 마라. 시시비비是是非非를 가리다 보면 결국 시비是非가 된다. 시비는 옳고 그름을 가지고 말다툼을 하는 것이다. 옳고 그름을 따지다 싸움을 하게 된다. 대부분의 대화는 친분과 소소한 이야기로 이루어진다. 어떤 기자가 시골의 노인들을 취재하기 위해 산골마을을 방문했다. 세 할머니가 깔깔거리며 소녀처럼 즐겁게 이야기를 하고 있어 무슨 이야기를 하기에 저토록 재미있나 들었다. 기자는 이야기를 들으면서 놀랐다. 서로 다른 자신의 이야기를 하고 있었다. 더 놀라운 것은 이야기를 하면서 맞장구를 치거나, 웃을 때는 같이 웃고, 박수까지 치며, 즐겁게 이야기를 하고 있었다. 마찬 가지로 어린 아이들이 놀면서 이야기 하는 것을 들으면 서로 다른 이야기를 재미있게 이야기한다. 그러면서도 잘 어울려 논다. 이야기의 주제나 논리보다 함께 하는 즐거움을 먼저 생각해야 한다.
여덟째, 질문하라. 질문을 하면 대부분 좋아한다. 자신의 이야기를 잘 듣고 있다는 증거다. 거기에 관심까지 보이는 것으로 보인다. 궁금한 것을 묻고, 자세히 설명해줄 것을 요청하면 이야기를 하는 사람은 아주 흥이 나서 이야기를 한다. 질문은 대화에 활기를 불어넣는 힘이 있다.
말을 잘하는 방법에는 여러 가지가 있다. 관점에 따라 다를 수 있다. 여러 가지 중에서 단연 중요한 것은 지식의 양을 늘리는 방법이다. 어떤 주제, 어떤 내용에 대한 이야기를 하더라도 지식과 정보량이 많으면 자연스럽게 적응할 수 있다. 최선의 방책은 책을 읽고, 생각을 많이 하는 사람을 따라갈 수 없다. 말을 아나운서처럼 유창하게 하는 것이 잘하는 것이 아니다. 말을 잘하는 것에 대하여 방송PD와 이야기를 나눈 적이 있었다. 말을 잘 하는 것에 대한 이야기였다. 방송PD가 아나운서처럼 말을 잘하는 것은 오히려 집중력이나 진정성에서 떨어진다고 했다. 말을 더듬더라도 진지한 어투와 깊이 있는 내용을 말할 때 흡인력이 있다고 했다. 공감이 가는 말이었다. 말을 부드럽고 거침없이 잘하는 것을 부러워할 필요가 없다. 말은 천천히, 진정성을 가지고 진중하게 하는 것에 믿음이 간다.
말을 할 때 지켜야 할 기본자세가 있다. 상식적으로 알고 있어야 지킬 수 있는 것들이지만 가볍게 여겨 지키지 않을 수 있다. 작지만 지키지 않으면 결례가 될 수 있다. 쉬운 듯하지만 의외로 지키는 사람이 드물다. 지키면 사람이 달라 보인다.

1. 여유 있고 당당하게 하라.

2. 목소리에 힘이 들어가게 하라.
3. 상대방의 눈을 바라보라.
4. 상대방의 말을 끊지 마라.
5. 상대방을 최대한 예우하라.
6. 여유를 가지고 생각하며 말하라.
7. 무엇보다 귀 기울여 들어라.

듣기만 해도 다 이해가 가는 것들이다. 탈무드에 '세상에서 가장 현명한 사람은 배우는 사람이고, 가장 강한 사람은 자신을 이기는 사람이고, 가장 행복한 사람은 감사하는 사람이다.'라는 말이 있다. 마음을 가지면 할 수 있다. 할 수 있는 것은 해야 한다. 아는 것도 실천이 안될 때는 마음을 다잡고 배우는 마음으로 다시 행동으로 옮겨야 한다. 말을 잘하는 방법의 마지막에 '무엇보다 귀 기울여 들어라'라는 경청에 대한 이야기를 넣은 것은 듣기는 말하기의 하나라는 생각이 들만큼 중요한 덕목이라는 점이다. 말을 잘 하는 방법에도 귀 기울여 듣기는 필수다.

2.경청의 비밀

자신의 말에 경청하는 사람을 보는 순간 믿음이 간다

물론 질문을 하거나, 대화를 잘 이끌어가기 위한 전제는 경청이다. 경청은 기본자세다. 그럼에도 경청에 소홀한 경우를 흔히 본다. 기본적인 것임에도 경청을 무시하고 넘어갈 수 없다. 경청이 얼마나 중요한가에 대해서는 더할 나위 없다.

경청은 마음을 기울여서 듣는 것을 말한다. 경청傾聽 중에서 듣는다는 의미를 가진 한사, '청聽'자를 보자. '청聽' 자를 분석해보면 의미도 있지만 신기하기도 하다. 글자 하나에 이렇게 많은 의미가 숨어있었나 싶을 정도로 많은 것이 들어있다. 〈耳 + 王 + 十 +目 + 一 + 心 〉으로 구성되어 있다. 한 글자에 담긴 의미가 많고도 새록새록 하다. 우선 크게 눈에 띄는 것이 이목심耳目心이다. 듣는다는 의미를 가진 글자에 귀가 들어가는 것은 너무 당연하다. 그런데 귀와 마음이 들어가 있다. 다시 말해 눈, 귀, 마음으로 만들어진 문자다. '귀로, 눈으로, 마음으로 들어라.'라는 의미를 담고 있다. 다시 말하면 듣는다는 것은 귀가 왕이지만 열 개의 눈과 하나로 집중된 마음으로 들으라는 의미를 담고 있다. 다른 의미로 풀면 귀로만 듣지 말고 눈으로 마음으로 함께 들으라는 의미이기도 하다.

경청의 힘은 크다. 자신의 말에 경청하는 사람을 보는 순간 믿음이 간다. 자신을 믿음이 가는 사람으로 만들기 너무나 쉽지 않은가. 하지만 경청하지 못하는 이유는 무엇일까. 듣는 귀에도 몇 가지가 있다. 첫째 듣는 귀로 '듣귀'가 있다. 둘째 보는 귀로 '목目귀'가 있다 셋째는 마음으로 듣는 '심心귀'가 있다. 듣귀는 그냥 귀로 들려오는 소리를 말한다. 귀는 듣고 싶지 않아도 들리는 특성이 있다. 다음은 눈으로 보면서 듣는 목귀다. 마지막으로 마음으로 듣는 심귀가 있다. 몸을 기울여 듣는 경청과 같은 귀다. 말하는 상대가 감동할 수 있도록 하는 자세다.

성공한 사람들의 공통점으로 경청이 있다. 이청득심以聽得心이란 말이 있다. 귀 기울여 들으면 사람의 마음을 얻는다는 의미다. 사람의 마음을 얻는 것만큼 살면서 큰 일이 있을까. 상대의 마음을 얻기 위해 많은 노력이 있지만 경청이 안 되는 사람에게서 어떤 믿음도 얻기 힘들다. 자신이 말하고 있는 것도 흘려듣는 사람에게서 선물을 받는다고 해도 믿음이 생길까. 경청은 최고의 지혜다.

대표적인 인물로는 세계를 정복한 칭기즈칸이 있다. 부족과 부족이 끝없이 싸우는 전쟁터에서 태어나 글도 모르고, 배운 것도 없는 칭기즈칸은 어떻게 한 나라를 통일하는 것도 벅찬 일인데 세계를 정복할 수 있었을까. 야만과 무지했던 칭기즈칸의 힘은 경청에서 왔다. 칭기즈칸은 자신을 비웃는 사람들의 코를 납작하게 만들었다. 비문명인이 문명인을 이겼고, 유목이 정착을 이겼다. 비웃음을 받는 무리가 비웃는 무리를 박살냈다. 가소로운 존재라고 여겨졌던 무리가 가소롭게 여기는 무리를 한 번에 휩쓸어버렸다. 초원에서 일어난 거대한 사건이었다.

칭기즈칸의 위대함은 어디에서도 찾기 어려웠다. 유목민으로서 활을 잘 쐈다는 기록이 없다. 말을 잘 탔다는 기록도 없다. 그렇다고 말을 잘 잘했다는 이야기도 전해지지 않는다. 다만 죽음을 두려워하지 않고 싸워 용감했다는 기록은 있다. 용감해서 사람들을 설득하고, 무리를 결집할 수 있는 것은 아니다. 거대한 무리를 이끌 수 있으려면 주위에 사람들을 내편으로 만들어야 하고, 조직을 만들어야 한다. 용감한 것만으로는 부족하다. 칭기즈칸의 위대함은 경청이었다.

남의 말을 들을 줄 알았다. 들으면 두 가지 이점이 있다. 한 사람을 성장시킬 수 있는 중요 요소가 된다. 들으면 내가 가지지 못한 지식과 지혜를 얻을 수 있고, 또 하나는 상대의 마음을 얻을 수 있다. 배운 것이 없는 칭기즈칸에게 경청은 칭기즈칸이 가지지 못하고, 경험하지 못한 것을 주었다. 칭기즈칸은 빈손으로 출발했지만 거대한 제국을 가지게 되는데 그것은 경청의 힘이었다. 자신이 가지지 못한 것들을 끝없이 받아들였다. 심지어는 적의 기술을 받아들여 무기를 만들었다. 적의 지혜를 빌려 제국을 운영했다. 지식과 지혜를 내 것으로 만드는 힘을 경청에서 만들었다. 또 하나는 상대를 내 편으로 만들 수 있는 것이 경청이다. 마음을 기울여 상대의 말을 들어주면 상대는 마음을 준다. 경청은 자신을 믿어주는 것으로 여긴다. 경청을 해야 비로소 마음도 전할 수 있다. 자신의 말을 흘려듣는 사람의 말은 상대도 제대로 들어주지 않는다. 마음이 통할 리 없다.

"그대의 말은 정말 아름답소"

경청으로 우리나라의 대표적인 인물로 꼽을 수 있는 사람은 세종이다. 세종은 끝까지 듣고, 토론을 즐겼다. 즉위하면서 첫 말이 '의논하는 정치를 하겠다.'였다. 세종은 토론하는 군주였고, 세종은 경청하는 군주였다. 세조의 화법은 부드럽다. 상대의 말을 인정하고 들어간다. 세종은 말년에 궁내에 절을 짓고 싶었다. 하지만 중신들과 유림들이 들고 일어났다. 세종은 반대하는 신하에게 이렇게 말한다. "그대의 말은 정말 아름답소. 하지만 내가 어진 임금이 아니라 못 다르겠소." 신하들의 주장이 옳지만 내게도 간절하게 원하는 이유가 있기 때문이라는 것을 이렇게 표현하고 있다.

유교 국가인 나라에서 절을 궁내에 짓는 것이 옳지 않지만 어머니가 믿었고, 어머니를 위한 마지막 효도라고 생각하고 있었다. 세종도 옳은 결정이 아니라는 것을 알고 있었다. 하지만 세종에게는 법당을 궁내에 짓는 것은 개인적인 일이기도 했다. 궁은 국가의 행사를 치르고, 국사를 논의하는 곳이기도 하지만 세종에게는 개인적인 집이기도 했다. 개인적인 일을 국가일로 밀어붙이는 신하들이 섭섭했다. 또한 오랜 기간 불교를 믿어왔던 나라에서 단칼에 베듯 잘라버릴 수 없는 사연을 이해시키려 했다. 신하들에게 양보해줄 것을 강하게 주장하고 있다.

그리고 이렇게 말한다. "그대의 말이 아름답소. 하지만 …" 결정권을 가진 최고의 권한을 가진 사람으로서 일방적으로 지시할 수 있지만 끝끝내 설득하고, 설명한다. 세종의 화법에서 '그대의 말이 아름답소.'라는 말은 정말 아름답다. "그대 말이 옳습니다." "경의 말이 좋습니다."라는 표현을 할 수 있는 것부터 경청의 자세가 되어있음을 확인할 수 있다. 절대적인 힘을 가진, 상대의 생사권生死權마저 가진 군주가 겸손했고, 들어주는 아량을 가졌던 인물이 세종이었다. 세종이 성군聖君이라는 말을 듣는 이유의 출발점이 바로 경청이다.

말 한마디만 거슬려도 사람을 때려죽이던 아버지 태종과는 반대의 정치를 펼친다. 그리고 세종은 의논하고 결정된 된 것에 대해서도 다시 한 번 묻는다. "그대들의 생각은 어떻소."라고 묻는다. 그리고 세종은 확정되지 않은 것에 대해서는 "잘 의논해서 아뢰라" 라고 한다. 아래로부터 위로 올라오는 의견을 중시했다. 아버지와는 사뭇 다른 풍경이었다. 한 마디로 경청하는 정치를 폈다. 세종은 반대하는 신하를 배제하지 않고 참석시켜서 계속 발언하도록 했다. 반대의견에 대한 경청자세를 엿볼 수 있다. 세종이 성군이게 한 것은 단연 경청이었다.

군주가 통치하는 나라에서는 일방적인 정치가 행해질 우려가 크다. 정보가 모이는 곳이 왕에게로 집중되어 있다. 가장 많은 정보량을 가질 수 있는 곳이 왕이고, 가장 많은 힘을 가지고 있다. 거의 정보량을 독점하고 있는 것이 왕이다. 또한 절대권력을 가진 것이 왕이다. 누구도 범접할 수 있는 권위의 자리다. 당연하게 왕이 직접 결정할 수 있다. 독단으로 흐를 수 있는 자리다. 그럼에도 세종은 혼자 결정하지 않았다. 독단적으로 결정하면 문제가 생기게 된다. 독단으로 결정한 것을 깨닫는 순간 신하들은 제안을 주저하고, 심지어는 아예 제안을 하지 않을 수 있다. 새로운 방안이나, 더 좋은 방법을 말하지 않게 된다. 일부의 목소리를 들어 정치를 하게 되면 결국 한쪽의 불만이 쌓이게 된다.
아버지가 무서우면 자식들은 제일 먼저 배우는 것이 변명과 거짓이다. 잘못을 지적받을 수 있기 때문이다. 언로가 막힌다. 소통이 안 되는 대부분의 경우가 아랫사람이 윗사람에게 말문을 열지 않아서다. 전권을 가진 사람이 결정하고 집행하는 것이 단기적으로 결단력도 있고, 속도도 빨라질 수 있지만 종국에는 소통에 결정적인 문제가 생긴다. 가까운 거리에서의 일은 챙길 수 있지만 먼 곳에서 일어나는 먼 곳에 있는 사람의 일을 알고 있는 사람으로부터 들어야 가능하다. 중앙에서 먼 곳에 있는 사람은 지위도 낮고, 보잘 것 없는 경우가 많다. 하지만 먼 곳의 이야기를 들을 수 없다면 백성의 소리를 들을 수 없게 된다. 민원民願과 민성民聲을 들을 수 없게 되면 나라는 분열될 수밖에 없다.
하브루타에서 질문이 중요하지만 경청이 전제되지 않고서는 어떤 것도 의미가 없다. 경청은 대화에서 기본자세다. 그리고 예절이다. 너무나 쉬운 방법이 있다. 하지만 너무나 쉬운 것은 사실 너무 어렵다. 이유는 간단한다. 다시 바로 제자리로 돌아오기 때문이다. 지속하는 힘이 가능하면 바로 행복이 가능해진다. 하지만 성공할 확률은 높지 않다. 경청이 대표적인 경우다. 경청은 쉽다. 마음을 기울여 들으면 된다. 하지만 경청하는 사람이 의외로 적다. 남의 말을 흘려듣고 자신이 말을 할 때는 열중하는 사람을 종종 본다.
하브루타를 할 때 경청하지 않으면 들리지 않는다. 실내공간에서 많은 팀들이 모여 이야기할 대 상대의 이야기를 들으려면 귀를 기울여야 한다. 말이 뒤섞이는 상황에서도 상대의 말을 들으려면 경청해야 들을 수 있다. 내 짝의 목소리를 들을 수 있어야 한다. 그만큼 하브루타를 할 때는 몸과 마음을 기울여 듣게 된다.

경청은 사소해 보이지만 생각보다 큰 힘을 가지고 있다. 경청이 생활화되어 있으면 보다 진중해 보이고, 좋은 느낌을 상대에게 주게 된다. 경청은 상대에 대한 배려다.

3.경청의 자세

경청은 쉬운 듯 쉽지 않다고 했다. 이유는 간단하다. 기본적인 자세를 지키지 않아서다. 몇 가지에 유념해보자. 일상생활에서 누구나 관심만 가지면 할 수 있고, 알 수 있는 내용이다. 물론 행동으로 옮길 수 있는 방법이다. 할 수 있음에도 어기는 경우가 경청의 자세다. 사람에게 경청은 기본 중에서도 기본이다. 모든 의사소통이 말로 주고받는 것이 사람이기 때문이다.

경청을 할 때의 기본자세다. 물론 말할 때의 자세와 별반 다르지 않다. 신광철의 〈경청〉이란 글에 나오는 내용이다. 인용해 본다.

첫째, 눈을 맞추어라. 중요한 사항이다. 시선은 상대의 눈과 눈 사이의 미간을 맞추거나 눈썹과 눈 사이를 맞춘다. 고정된 시선도 좋지만 가끔은 다른 것을 보았다 다시 눈을 맞추는 것도 필요하다. 눈동자를 바라본다는 기분으로 상대를 주시한다. 편한 마음의 상태로 바라보는 것이 필요하다. 상대방이 여러 명일 때는 말하는 사람을 따라서 시선을 옮겨가며 집중한다. 지방방송은 금물이다.

둘째, 정중한 자세를 유지하라. 상대를 향하여 정면으로 마주 앉는다. 같은 방향을 바라보고 앉는 것이 가장 좋은 의자 배치라고 하지만 그렇게 앉을 경우는 드물다. 일반적으로 둘이서 대화를 할 경우에는 정면으로 마주 앉는 것이 원칙이다. 손과 발은 묵직하게 느껴질 만큼 정좌한 것이 좋다. 의자에 걸터앉으면 가벼워 보이고, 너무 깊숙이 앉으면 거만해 보인다. 적당한 깊이로 앉아 편안한 상태를 가진다.

셋째, 몸을 약간 앞으로 내민 자세를 유지하라. 대화가 순조로우면 저절로 몸이 앞으로 나가게 되어있다. 몸을 앞으로 약간 내민 듯한 자세는 상대의 이야기를 들을 자세가 되어있다는 표현이다. 상반신을 약간 앞으로 내민 듯 자세를 하면 호감이 가고, 자신도 대화의 자세가 되어있음을 보여준다. 필요하다면 메모를 간단하게 하면서 듣는 것도 윗사람을 만나거나 꼭 필요한 사람의 경우 방법이다.

넷째, 말을 끊지 마라. 열정을 가지고 이야기할 때 잘못된 점이 있다고 해도 지적하지 않고 끝까지 듣는다. 이야기가 끝난 후에 틀렸음을 지적하지 말고 질문형식으로 물어본다. 말을 끊는 것은 실례다. 또한 말하고 있는 동안 다른 행동을 하면 믿음이 사라진다. 말을 끊은 것과 별반 다르지 않은 행위다. 예의를 갖춘다고 “말을 끊어서 미안하지만…” 이라면서 끊고 들어간다. 부득이한 경우가 아니라면 말을 끊는 것은 실례다. 결례를 하면서까지 말을 끊을 필요는 없다. 결례를 한 사람을 사람들은 생각보다 오래 기억한다. 좋은 기억을 남겨야 한다.

다섯째, 휴대폰은 묵음이나 진동으로 해놓아라. 대화에 몰입하려면 전화를 묵음으로 하고 대화에 임한다. 대화 중에 전화가 오면 대화가 끊어지고 산만해진다. 대화 중에 전화를 받는 것은 상대에 대한 예의가 아니다. 급한 전화의 경우는 양해를 얻고 자리를 잠시 피해 통화를 짧게 해야 한다. 하지만 마주 앉아서 문자를 보내거나 전화를 받는 것은 상대를 무시하는 행동이다. 자신과의 대화에 충실하지 못한 사람에게 호감을 가질 수 없다.

여섯째, 반응을 보여라. 경청은 귀로만 하는 것이 아니다. 눈으로도 하고, 입으로도 하고, 손으로도 할 수 있다. 귀 기울이고 있음을 표현하

라. 몸짓과 눈빛으로 반응을 보인다. 맞장구를 치거나 고개를 끄덕여준다. 반응을 보이면 상대의 목소리와 열정이 보이는 것을 확인할 수 있다.

일곱째, 질문하라. 상대방을 인정하고 상대방의 관심사항에 대해 질문하면 대화가 부드러워진다. 대화 상대자가 말한 것을 요점을 정리해 짧게 반복하고 확인한 후 다음 질문을 한다. 질문은 대화상대자의 대화의욕을 끌어올리고 대화의 계속을 위해서 필요한 수단이다. 질문을 잘하면 새로운 정보와 지식뿐만이 아니라 상대방의 마음을 얻을 수 있다.

대화에서 경청은 마음을 얻는 기술이다. 말하기보다 듣기가 성공으로 가는 길을 먼저 열어준다. 말하기보다 듣기를 잘하는 사람은 전체상황을 읽을 수 있는 기회를 가질 수 있다. 주관에서 객관으로의 의식의 확대를 만들어내는 것이 경청이다. 상대의 마음을 헤아릴 줄 알아야 경청이 가능하다. 경청을 통해서 객관적으로 행동하는 사람이 되고 사회생활의 폭이 넓어진다.

4.대화 완성하기

대화의 완성은 말하기가 아니라 경청이다. 최종 승자는 말을 많이 한 사람이 아니라 경청을 잘한 사람이다. 다중이 모여 있을 때 말을 많이 한 사람은 욕을 먹지만 많이 들은 사람을 욕하는 경우는 없다. 진정한 대화의 달인은 말을 잘하기보다 들어주는 미덕을 갖춘 사람이다. 말하기를 즐기는 사람에게는 부탁이나 재미로 찾아오지만 듣기를 즐기는 사람에게는 도와 줄 사람이 모인다. 경청의 달인이 바로 최고의 대화의 달인이다. 경청은 이론적으로 쉽지만 실천이 어렵다. 상대를 배려하는 것이기 때문에 인내가 필요하고 상대에 대한 인간애가 필요하다.

인내할 줄 모르면 경청할 수 없고, 상대방에 대한 인간애를 가지지 않으면 경청이 어렵다.

경청을 할 때 몸의 자세보다는 마음의 자세가 중요하다. 경청도 결국은 마음의 문제다. 사람을 만날 때 대화의 상대자가 지상에 있는 유일한 존재라는 생각을 하면 들어줄 수 있다. 별의 별 사람을 다 만나게 된다. 상대방이 말을 하고 있는 도중에 말을 끊고 들어가서 일반적인 주장을 하는 경우부터 상대방의 말에 비아냥거리는 표정이나 말을 던지는 경우도 있다. 확실한 것은 어느 경우든 경청은 나를 상대방에게 나라는 존재를 각인시키는 방법 중에 하나라는 점이다. 나쁜 상대를 만났다고 해도, 상대가 나를 평하게 될 것이고, 평판이 모여서 한 사람의 가치와 성품을 판단하게 될 것이다. 경청은 상대방을 위해서 하는 것이 아니라 나 자신을 위한 방법임을 머리에 새길 필요가 있다. 누구의 평가를 가볍게 볼 수 없다. 나의 인격이 곧 경청에 드러난다.

하브루타에서도 경청은 필요하다. 하브루타를 하다보면 목소리가 커지기도 하고, 얼굴이 붉어지기도 한다. 유대인들은 탈무드 한 구절을 두고 몇 시간씩 논쟁하기도 한다. 유대인들에게 하브루타에서 말하는 논쟁이란 우리의 논쟁과는 판이하게 다르다. 탈무드를 한 사람이 해석하면 짝은 왜 그렇게 해석했느냐며 집요하게 물고 늘어진다. 설명을 하면 다시 설명에 대한 물음으로 이어진다. 끝까지 파고 들어 이해가 되어야 논쟁은 일단락되고 다음으로 넘어간다. 설명에 논리가 부족하거나 미진하면 다시 물음을 던지고 답을 찾아 질문과 대답이 이어지도록 한다. 어설프게 공부를 해오면 바로 무너질 수 있다. 설명이 궁색해진다. 대화가 이루어지지 않게 된다. 상대 짝에 대해서 결례가 된다.

일정 시간이 지나면 역할을 교대한다. 해석자와 질문자의 역할을 바꾸어서 한다. 공격이었던 짝이 수비가 되고. 수비를 하던 짝이 공격을 하게 된다. 역할을 바꾸어서 하면 상대방의 입장을 확실하게 이해하게 된다. 논쟁이 감정으로 이어지지 않을 수 있는 방법이다. 어떤 경우든 경청은 중요한 기본적인 예의며, 자세다.

유대인들이 논쟁하는 모습을 보면 언뜻 보면 싸우는 것이 아닌가싶다. 소리를 지르는 것을 넘어서 탁자를 치기도 한다. 자신의 논리를 주장하다보면 자신도 모르게 목소리가 커진다. 시끄러운 것에 누구도 문제 삼지 않는다. 오히려 시끄러운 것이 자연스럽다. 소리를 지르고 책상을 치며 논쟁을 했다고 해서 감정을 상하는 경우는 없다. 하브루타에서는 서로의 토론방식에 대해서 이해한다. 토론과 논쟁이 끝나고 나면 언제 그랬느냐는 듯이 조용해진다. 옳고 그름은 따지고, 절제할 때는 절제를 하는 것이 하브루타다. 토론을 위한 방법일 뿐이다.

– 내가 나를 보기 –

1.메타인지의 의미

내가 한 행동을 내가 알 수 있다. 내가 생각한 것을 내가 판단할 수 있다. 내가 한 일을 내가 아는 것이 메타인지다. 나를 인식하고 있는 또 다른 나의 등장이 메타인지의 출발이다 내가 한 일의 옳고 그름을 판단하고, 내가 해야 할 것인가 아닌가를 아는 것이 중요하다. 메타인지는 자신의 인지 과정에 대하여 한 차원 높은 시각에서 관찰, 발견, 통제하는 정신 작용이다.

1970년대 발달심리학자인 존 플라벨J. H. Flavell에 의해 만들어진 용어로 '자신의 생각에 대해 판단하는 능력'이다. "아는 것을 안다고 하고 모르는 것을 모른다고 하는 것, 그것이 곧 앎이다." 공자의 말이다. “너 자신을 알라”는 말도 같은 의미다. 소크라테스가 처음 한 말로 알려졌지만 그리스의 델포이Delphoe 신전 안의 기둥에 새겨져 있는 글귀다. 동서양에서 같은 의미의 말이 탄생했다. 모두 비슷한 시기다. 자신의 생각을 자신이 알아야 알거나 모른다고 할 수 있다. 너무 당연한 말이지만 아는 것과 모르는 것을 구분할 수 있는 것이 필요하다. 자신이 한 말이나 자신이 한 행동을 자신이 판단할 수 있는 것이 필요하다. 쉬워 보이지만 쉽지 않다.

'메타인지'가 화두로 떠오르고 있다. 학습 능력을 판가름할 때 중요한 요소로 꼽히기 때문이다. '인지 과정에 대한 인지능력'을 뜻한다. 자신이 무엇을 알고 또 무엇을 모르는지에 대해 파악하는 능력이다. 모르는 것이 무엇인지 정확히 파악하고 이를 통해 학습 계획을 세워야 효율성이 높아진다.

미국 컬럼비아대학교의 심리학과 교수인 리사 손 박사는 메타인지의 가장 중요한 부분으로 "스스로 모르는 것이 무엇인지를 알아가는 것"이라고 했다. 연구에 따르면 메타인지는 12~15세일 때 가장 높은 성장세를 보인다. 20세 이후로는 서서히 능력이 감퇴한다. 청소년기에 메타인지 능력을 잘 길러놔야 학습 능력도 함께 향상할 수 있다.

미국 조지 루카스 교육재단의 발달심리학자 마릴린 미첼 박사는 "메타인지 능력을 향상하기 위해서는 '무엇을 아는가'라는 질문 대신 '무엇을 모르는가'라는 질문을 던지는 것이 중요하다"고 설명했다. 모르는 것을 알 때 갈 방향을 깨닫게 된다. 미래로 가는 판단능력을 가지게 한다. 모르는 것을 인지하는 게 핵심이다. 만일 여행을 떠난다고 할 때 내가 모르는 것이 무엇인가를 고민해보면 된다. 내가 여행을 떠나야 하는데 모르는 것이 무엇인가를 발견하는 순간 해결방법이 나온다. 내가 지금 모르는 것을 발견하는 것, 출발점이 될 수 있다.

데이비드 디살보David DiSalvo의 말을 들어보자.

"우리는 마치 다른 사람을 생각하듯이 우리 자신을 객관화할 수 있다. 영장류 행동 연구에서, 인간과 가장 닮은 침팬지조차도 이런 능력을 가지고 있지 않다. 침팬지가 거울 속에 비친 자기 모습을 보고 다른 침팬지가 아닌 자기 자신이라고 알아본다. 자신을 투영하는 몇 가지 능력을 갖추고 있긴 하지만, 인간에 비할 바는 못 된다. 이러한 지각능력은 양날의 칼이다. 우리의 생각에 대해 생각해볼 수 있지만, 다른 면으로는 우리를 존재론적으로 혼란스럽게 만들기도 한다."

탈무드에 '내가 알고 있는 것을 설명할 수 없으면 아는 것이 아니다'라는 말이 있다. 심리학자들의 생각도 같다. 세상에는 두 가지 종류의 지식이 있다. 첫 번째는 내가 알고 있다는 알고 있는데 설명할 수 없는 지식이고, 두 번째는 내가 알고 있다는 것을 타인에게 설명할 수도 있는 지식이다. 두 번째 지식만 진짜 지식이며 내가 쓸 수 있는 지식이라는 견해다.

창의적인 것이 사용될 수 있으려면 설명할 수 있어야 한다는 것이다. 설명할 수 있다는 의미는 논리적으로 완성되었다는 의미한다. 논리적이지 않은 것은 미완성이다. 사과가 사과나무에서 떨어졌다. 떨어지는 것은 알겠는데 떨어지는 이유를 설명해야 한다. 설명할 수 없다면 일어나고 있는 현상만을 아는 것에서 머무른다. 설명이 되는 순간이 위대한 과학자 아이작 뉴턴Isaac Newton이 탄생하는 순간이다. 뉴턴의 법칙은 설명되어졌을 때 완성되는 것임을 깨달아야 한다. 그래서 설명할 수 없는 것은 확실하게 모르는 것이다.

물체의 운동과 그 운동을 일으키는 힘과의 상호작용을 다루는 분야인 동역학dynamics을 세 가지 법칙으로 간단하게 요약했다. 세 가지 동역학적 원리를 우리는 뉴턴의 운동법칙Newton's laws of motion이라 한다. 그리고 힘의 특성을 정의했다. 첫째, 힘은 두 물체 사이의 상호작용이다. 한 물체만 존재할 경우 힘의 존재는 성립하지 않는다. 둘째, 힘은 크기와 방향을 갖는 벡터량이다. 셋째, 힘은 미는 것 또는 당기는 것이다. 설명할 수 있어야 내 것이고, 설명할 수 있어야 진정으로 알고 있는 것이다. 뉴턴이 설명했다. 알았기 때문에 설명이 가능해진 것이다. 그래서 설명은 필요하다. 그리고 과학으로, 논리적으로 이해되고 확정될 수 있다. 결국은 다시 과학이 되고 논리로 완성되어 실용의 단계로 들어가게 된다. 어설프게 알면 사용할 수 없다.

2.메타인지를 해야 하는 이유

내가 나를 아는 것, 내가 나를 바라보는 것은 가장 근원적인 생각의 출발이다

메타인지의 힘이 공부 잘하게 하는 힘이라고 주장한다. 메타인지의 완성이 설명이다. 하브루타의 장점이 바로 자신이 알고 있는 것을 설명하고, 자신과 다른 생각에 대해 질문하는 것이다. 질문과 대답 모두 메타인지의 결론이라고 할 수 있다. 설명하는 순간 정리되고, 논리적으로 완성된다. 내가 알고 있는 것을 확실하게 완성단계로 끌어올리는 것이 설명이다.

외워서 답을 아는 것과 확실하게 파고들어서 궁금한 것을 제거하고, 설명하면서 확정되도록 할 때 지식으로서의 완결이다. 새로운 것을 발견하거나 발명했을 때도 마찬가지로 설명될 수 있어야 한다. 과학적으로 입증이 바로 설명이다.

우선 집안에서 할 수 있는 메타인지를 살펴보자. 생각하는 아이로 키우려면 메타인지가 필요하다. 메타인지는 한 마디로 설명하면 내가 알고 있는가를 아는 것이다. 내가 나를 모르는데 무엇을 알 수 있겠는가. 내가 나를 아는 것, 내가 나를 바라보는 것은 가장 근원적인 생각의 출발을 하게 하는 힘이다. 내가 알고 있는 것을 알 때 확연하게 세상을 바라보는 힘이 강화된다. 아는 것과 모르는 것의 구분은 기본이지만 무시하면 결코 다음으로 나아갈 수 없다. 출발이자 새로운 지식으로 진행할 수 있게 하는 힘이다.

아이들이나 어른이나 다를 것이 없지만 하나 주의할 점은 아이들의 경우는 천천히 메타인지가 진행하는 것을 유의할 필요가 있다. 메타인지는 일반적으로 실수를 수정하는 과정에서 작동이 된다. 깊이 받

아들여야 할 점이다. 아이에게 메타인지를 심어주어 실수를 스스로 고치게 하기 위해서는 유념해야 할 것이 있다. 먼저 어른이 솔선수범해야 한다는 점이다. 결코 사소하지 않은 점이다. 아이의 눈은 예리하다. 어른의 행동에도 실수나 예의와 범절에 어긋난 행동을 하곤 한다. 어른의 잘못된 행동을 고치지 않으면서 아이에게 권하면 아이가 삐틀어질 수 있다. 메타인지로 바르게 키우려는 노력에 반대효과를 가져올 수 있다. 아이가 "엄마는 왜 그래?"라고 지적했을 때 잘못을 인정하고 다음부터 잘못된 것을 고치는 모습을 보여주어야 아이도 고치려는 노력을 한다. 어른이 말과 행동이 반대일 때 아이들은 반감을 갖는다.

아이에게 자신의 잘못을 인식시키는 것은 쉽지 않다. 자세히 그리고 일관되게 설명해주어야 한다. 자신의 잘못을 인정할 때까지 인내심을 가지고 설명해야 한다. 아이들의 메타인지는 느리다. 사물을 보고, 행동을 판단하는 것이 서툴다. 조금씩, 조금씩 진행해야 한다. 아이들에게 자신의 행동에 대해, 또한 자신의 생각에 대해 옳고 그름을 논리적으로 설명해줘야 한다. 아이들은 경험이 없어서 왜 그래야 하는지를 알지 못한다.

어른도 마찬가지다. 내가 내를 바라보는 것은 쉬운 듯 쉽지 않다. 사물을 논리적으로 바라보고, 행동의 잘잘못을 판단하는 것이 익숙하지 않은 어른들이 있다. 상황을 정확하게 바라보고, 사태를 정확하게 인지해서 다음 행동을 결정하는 것이 미숙한 사람은 지도자가 될 수 없다.

실수에 대한 평가를 다시 할 필요가 있다. 실수에 대한 가치를 인정해야 한다. 실수가 없이 답을 알게 된 경우는 사탕수수에서 짜낸 즙을 먹는 것이 아니라 정제된 백설탕을 먹는 것과 같다. 불편을 감수하면, 다시 말해 사탕수수에서 즙을 자서 먹으면 몸에 해가 없다. 하지만 설탕 성분만 빼낸 백설탕을 먹으면 부작용이 생긴다. 과정을 생략했기 때문이다.

하브루타의 장점은 실수를 통해서 스스로 정답을 찾아내는 것에 있다. 실수를 해야 과정을 확실하게 이해할 수 있다. 정답이 나오게 된 경과를 확인할 수 있다. 흔히 내 아이는 실수를 하지 않았으면 좋겠다는 생각을 하게 된다. 하지만 생각의 전환이 필요하다. 우리아이는 실수를 해야 보다 확실하게 세상을 인식하고, 해법을 찾아가는 방법을 스스로 깨우치게 된다는 점이다. 실수에 대한 부정적인 인식에서 긍정적인 인식으로 바뀌어야 한다. 메타인지의 핵심은 실수다. 실수가 세상을 깨우쳐준다.

부모가 어려운 점은 아이들에게 실수가 중요한 요소라면 실수를 어떻게 처리해야 하는가에 대한 어려움이다. 실수에 대한 대처방법이 중요하다. 첫 번째 단계가 인식하는 단계다. 스스로 자신이 한 행동에 대해서 바라보도록 유도한다. 두 번째가 확인단계다. 내가 무엇을 알고 무엇을 모르는가를 확인하게 하는 단계다. 무엇을 알고 무엇을 모른가에 대한 것을 드러내놓고 스스로 확인하도록 유도한다. 세 번째는 판단을 한 후 결정하는 단계다. 상황을 인식했으면 알고 모르고를 결정해서 판단했으면 방향을 설정해야 한다. 네 번째는 결심단계다. 정리하면 실수를 했을 때 상황을 인식하고, 옳고 그른 것을 확인하고, 방향을 설정해서 마지막으로 결심을 하는 단계다. 옳은 방법을 실천힐 것을 결심하고 행동하는 단계다. 네 단계를 거쳐야 메타인지가 확정된다.

다시 한 번 강조하는 것이 실수를 즐겨라. 부모로서 힘이 들지만 즐겨야 한다. 아이가 보다 당당하고 스스로 세상을 읽을 수 있게 하는 중요한 요소라는 점을 인정해야 한다. 목적지를 헬기를 타고 이동하는 것과 걸어서 도달하는 것은 확연히 다르다. 과정을 무시하고 도착한 목적지에서는 중간단계를 확인할 수가 없다. 길이 구부러지고, 오르내리고, 나무와 풀이 자라고, 꽃이 피고 지는 것을 볼 수가 없다. 과정을 빼버리면 공부하는 의미가 줄어든다. 다시 설명하면 조리한 것을 먹는 것과 조리를 해서 먹는 것은 분명 다르다. 완성된 식품을 먹는 사람은 농사를 모르고, 들어간 재료와 조리과정을 알 수가 없다. 혼자 먹을 것을 해결하는 경우가 생겼을 때 어떻게 해야 할지를 모른다. 음식을 만들면서 실수하고, 실수를 통해서 개선할 때 맛있는 요리가 탄생한다. 아이는 끝까지 내가 데리고 살 수 없다. 그리고 아이에게 다 갖춰진 세상을 줄 수 없다. 부모는 떠나야 하고, 아이는 세상에 남는다. 하지만 세상은 그리 너그럽지 못하다. 부모 곁을 떠난 아이를 생각해야 한다. 메타인지가 필요한 이유다.

내가 나를 바라보는 훈련, 자신의 생각에 대한 출발이자 마지막 점검이다

아이가 메타인지를 하는데 방해되는 것이 있다. 첫째는 부모가 아이의 메타인지를 깨달아가는 속도를 기다려주지 못할 때다. 둘째는 아이가 실수한 것을 아이가 모를 때다. 실험결과 실수를 통해서 인지되지 않고 정답을 배운 아이는 답을 다 안다고 생각해서 더 이상 생각하지 않는다. 바로 정답을 떠올려서 다른 생각, 즉 창의적인 생각을 할 수가 없다.

다시 음식을 만드는 방법으로 들어가 보자. 된장을 담구기 위해 콩을 삶을 때 흘러넘치거나 거품이 많이 생긴다. 넘쳐서 불편하기도 하고, 손실이 생기기도 한다. 직접 끓여본 사람만이 알 수 있는 겪을 수 있는 일이다. 혹시나 하고 실험을 한 사람이 있다. 콩을 삶을 때 된장을 물에 풀어서 끓는 솥에 둘러서 부으면 콩이 넘치지도 않고 거품도 안 생긴다. 과정, 즉 실수를 겪은 사람만이 깨달을 수 있다. 콩을 삶을 때 필요한 불의 크기와 시간 그리고 조리시간과 어떤 콩이 메주콩으로 좋은지를 알 수 있다. 된장을 사서 먹은 사람은 알 수가 없다. 인생에서 만나는 경험도 마찬가지다. 실수를 통해서 알게 되고, 실수가 완성된 인간으로 성장하게 된다. 정답을 알려주는 것이 아니라 정답을 깨달아가는 과정이 필요하다. 실수를 인정해 줄 때 아이도 당당하고 생각할 줄 아는 아이로 자라게 된다.

아이가 모른다고 할 때 바로 알려주는 것은 금물이다. 바로 답을 알려주는 순간 생각을 멈추어버린다. 아이만의 문제가 아니라 회사에서도 마찬가지다. 직원이 스스로 깨우치게 하고, 문제의식을 갖도록 하는 것이 필요하다. 이런 엄마들이 있다.

"실수하고, 오답이 정답인 줄 알면 어떡해요?"

"실수를 피하고 빨리 정답을 알려주는 것이 좋아요!"

"실수를 계속 만족하면 어떻게 하지요?"

한국의 교육현장에서 일어나고 있는 일반적인 사례다. 대부분이 공부는 배우는 것이라고 생각하고, 가르치는 것이라고 생각한다. 가르치고 배우는 것이라는 인식을 벗어나지 못하고 있다. 대화와 토론이 없는 교육현장을 만난다. 그리고 생각할 시간을 주지 않는다. 보다 직설적으로 말하면 정답을 바로 알려주어 외우게 하려고 한다. 생각할 시간을 박탈하는 것이 한국의 교육현장이다.

기다려라. 생각하도록 기다려라. 생각할 시간을 주고 기다리면 창의력이 살아난다. 그리고 새로운 발상을 떠올린다. 창의력은 실수를 통해서 나온다. 공부는 혼자 깨달아가는 과정이다. 이유는 간단하다. 창의력은 경험해 보지 못한 세계이기 때문에 한 번에 찾을 수 없다. 실수를 통해서 얻을 수 있는 세계다. 엉뚱한 질문에서 창의력이 나온다. 남들과 같은 생각을 하면 남들과 같은 생각에 머무른다. 남들과 다른 생각을 해야 새로운 창의력이 생긴다. 당연한 것을 당연하게 보지 말고 당연한 것을 당연하게 보지 않는 것이 필요하다. "왜?"라는 의문점을 가지는 순간 다른 세계에 다다른다. "어떻게 해서?"라는 생각을 가지는 순간 해결방법이 나온다. 너무나 당연한 것을 "어떻게 해서?"라는 생각을 가지는 순간 설명해야 한다. 설명이 해명되는 순간 또 하나의 시계가 내 안으로 들어온다.

분명한 것은 '왜'를 해결하고, '어떻게'를 해명하는 순간은 쉽게 오지 않는다. 반복적인 실수를 통해서 설명되고 해명된다. 아이에게는 기다려주어야 한다. 아이에게 '학습하는 시간은 실수를 연습하는 시간'이라는 점을 확고하게 가져야 기다려 줄 수 있다. 사람은 기본적으로 실수를 반복하지 않으려는 본능적인 자기방어를 한다. 두 번 실수하지 않으려는 것이 기본적인 특성이다. 실수하지 않고 다다른 해답은 결국 나이가 들어 실수를 경험하게 된다. 더 큰 위험이 따른다. 아이의 실수는 실수일 수 있지만 어른의 실수는 걷잡을 수 없는 어려움을 겪을 수도 있다. 실수는 어렸을 때 경험하게 하라.

다시 원점으로 돌아가 내가 나를 바라보는 훈련, 내가 아는 것을 설명할 수 있는 훈련이 필요하다. 내가 나를 바라보는 것을 생각의 첫 출발로 삼고 일상화하면 많은 변화가 온다. 인간관계로는 실수가 줄어들고, 자신의 실수를 빨리 깨달아서 사과할 수 있다. 사과는 껄끄러웠던 관계를 한 번에 개선시켜줄 수 있다. 주위로부터 현명하다는 평가를 받게 되고, 지혜로운 판단을 하는 사람으로 인정받을 수 있다. 내가 나를 바라보는 훈련, 자신의 생각에 대한 출발이자 마지막 점검이다.

과학의 시대에서는 지혜가 필요하다. 새로운 것의 발명이 필요한 시기다.
지식을 넘어서 지혜로 가는 방법을 터득하는 것이 하브루타다.

6장

하브루타로 세상 보기

- 하브루타 교육의 출발지, 가정 -

1.생각의 키가 크는 사람들

진리는 단순하다. 단순하지 않고 복잡하면 진리가 아닐 가능성이 많다. 진리는 간결하고 투명하다. 오류가 없으려면 전체를 하나의 원리로 설명해야 한다. 설명되지 않은 것들을 설명하려면 복잡해지고, 두루뭉술해진다. 정의내리지 못할 때 복잡하다. 강물이 바다로 흘러가듯 진리는 하나로 꿰뚫어 명쾌하다. 하나의 줄기로 낙차를 이용해 흘러간다. 아무리 복잡한 지류가 있어도 품어 안고 흘러간다. 강물이 흘러가며 작은 작은 시내를 품으며 흘러가듯 진리는 다른 원리를 품어 안고 흘러갈 수 있어야 한다. 작은 지류가 들어와도 하나의 강물에 통합된다. 더 확실해지고 커진다. 그래야 진리다.

하브루타는 수많은 지류를 큰 강물로 통합하는 과정이다. 다름을 흡수하고, 다름을 통합하기 위해 부딪히고, 설명하고, 반박하고, 다시 설명한다. 그러는 과정에서 점점 더 확실한 것을 찾을 수 있게 된다. 결국은 확실한 것들만 남는다.

아이에게 가장 중요한 장소는 엄마란 장소다. 아이에게 가장 중요한 장소는 아버지란 장소다. 엄마에게 가장 중요한 장소의 역할은 내부의 평화다. 아버지에게 가장 중요한 장소로서의 역할은 외부와의 경쟁이란 장소다. 설명을 하면 이렇다. 엄마는 아이가 기대고 의지할 수 있는 편한 장소다. 무엇이든 받아주는 장소다. 잘못도 받아주고 응석도 받아준다. 감성의 장소다. 힘든 세상에서 돌아와 쉴 수 있는 장소다. 가정 내에 안락한 장소다. 아버지는 다르다. 아버지는 세상을 알려주는 등대와 같은 역할을 한다. 옳고 그름을 알려주고, 세상 살아가는 방법을 알려준다. 이성의 장소다. 살아남을 수 있는 장소다. 경쟁하고, 성공을 가르치는 외부의 장소다. 우리에게는 전통적으로 엄마를 안사람이라고 부르고, 아버지를 바깥사람이라고 부른다. 어느 나라나 비슷한 역할을 수행한다. 엄마와 아버지의 역할이 다르다.

우리나라 엄마에 대해 비판적인 말이 있다. 엄마가 아이를 가르치면 아줌마 수준이 된다는 말이 있다. 우리나라의 엄마들의 현주소를 신랄하게 비판한 말이다. 가정 안에서는 엄마다. 가정 밖에서는 아줌마다. 우리나라 아줌마들의 이치를 설명해주는 말이다. 자신은 텔레비전으로 연속극이나 보면서 아이에게는 공부하라고 하면 아이는 자신의 방에 들어가서 공부를 할까, 게임을 할까. 아버지에 대해 비판적인 말도 물론 있다. 아버지가 아이에게 공부하라고 하면서 자신은 술만 마시고 들어온다면 아이는 공부를 할까. 술 마시는 것을 일찍 배울까. 아이들은 부모의 뒷모습을 보고 자란다고 한다. 아이들은 부모의 말을 듣고 배우는 것이 아니라 부모의 행동을 보고 배운다. 학자 집안에 학자가 나오고, 깡패 집안에서 깡패가 나오는 것은 그냥 생겨난 것이 아니다. 사업가 집안에 사업가가 나온다. 장사를 하는 사람 집안에서 자식이 대를 이어 장사를 하게 된다.

일상적으로 보고 배운 것이 아이에게 전달된다. 아버지의 말투와 아이의 말투가 닮아 있음을 종종 확인하게 된다. 듣고 보고 행동하는 것을 배울 수밖에 없다. 주위에서 영어를 사용하면 아이도 영어를 자연스럽게 한다. 주위에서 스페인어를 하면 아이도 스페인어를 그냥 배운다. 부모와 주위에서 사용하는 단어와 어법을 그대로 배울 수밖에 없다. 어른은 아이에게 절대적인 영향을 준다. 우리말에 이런 말도 있다. '아들은 아버지를 욕하면서 아버지를 닮는다'고. 아버지가 주정을 부리는 것을 보고 저렇게는 안 살겠다고 다짐하고, 그런 아버지를 욕을 하면서도 결국에는 배워서 아들도 술주정을 하게 된다는 말이다. 보고 배우는 것이 무섭다. 가르치지 않아도 배우는 것이 부모 자식 간의 관계다.

어른의 모범이 집안의 분위기를 만든다. 민주적인 집안에서 자란 아이들의 생각은 민주적이다. 자유롭고 활기차다. 부모와 자식의 대화가 부드럽고 자유롭다. 소통에 대한 별도의 생각을 할 필요가 없다. 자연스럽게 녹아들어가 서로 묻고 답하고 도움을 청하고 도와주는 관계가 형성된다. 아버지가 무서우면 아이들은 주눅이 들어 산다. 아버지를 피하게 된다. 엄마가 감성적이면 아이들도 감성적인 성격으로 닮아간다. 결국 아이는 아버지와 엄마를 닮아간다. 나보다 뛰어난 아이로 키우고 싶다면 아이를 방목해야 한다. 아버지와 엄마의 품에서 벗어나게 길러야 한다.

앞서 설명했지만 아이들을 가르치기 전에 행동으로 아이들에게 말하는 것이 중요하다. 마주한 얼굴표정을 보고 배울 것 같지만 아이들도 부모의 생각만큼 똑똑하다. 부모의 말을 들으며 배울 것 같지만 그렇지 않다. 부모가 말한 것과 행동하는 것이 다른가, 같은가를 보고 있다. 아이들의 눈이 날카롭다.

하브루타에서는 말한다. 서로가 가진 생각을 나누는 것이 필요하다고. 상대방의 말을 받아들이고 내 생각을 당당하게 말하라고. 공동체 안에서의 자유로운 대화가 소통의 세계를 열고, 자유로운 토론이 생각의 성장판을 자극하게 된다. 성장은 자유를 먹고 자란다. 제재와 통제가 있는 곳에서는 성장은 멈춘다. 자유로운 생각, 즉 상상력에 제한을 두기 때문이다.

가정은 교육으로써 최고의 현장이다. 아버지와 엄마의 다른 생각이 아이들 성장에 큰 도움을 준다. 집안에는 두 개의 가치관이 공존한다. 아버지의 가치관과 엄마의 가치관이 함께 있다. 아이들에게는 커다란 생각의 기둥이 집안에 서 있는 것과 같다. 누구의 가치관이 옳다는 것이 아니라 두 개의 가치관이 공존하는 모습을 보고 배운다. 다름을 보면서 더 넓은 세계를 만나게 된다. 다름으로 다투는 것이 아니라 다름으로 더 확장되는 세계를 만들 수 있는 기회다. 부모는 아이들에게 최고의 교육 현장이며, 실습장이다. 아버지와 엄마의 관계를 보면서 배운다.

하브루타는 싱싱한 생선을 잡아서 주는 것이 아니라 싱싱한 생선을 잡을 수 있는 방법을 깨우치는 곳이다. 싱싱한 생선을 잡는 이론적인 방법을 스스로 터득하도록 공부하고 실제로 고기를 잡는 실전방법을 스스로 해보는 곳이다. 지식은 생선가게의 죽은 생선이고, 지혜는 바다에서 살아 꿈틀거리는 물고기다. 지식은 자연과학자가 발견하고 발명한 결과물로 이미 지혜가 아니라 죽은 지식이다. 이미 확정된 진리는 지식이다. 새로운 진리를 찾아내는 것이 지혜다. 과학의 시대에서는 지혜가 필요하다. 새로운 것의 발명이 필요한 시기다. 지식을 넘어서 지혜로 가는 방법을 터득하는 것이 하브루타다.

2.생각의 키가 자라는 엄마, 생각의 키가 자라는 아빠

키가 가장 큰 사람은 아빠고 엄마여야 한다. 아이들이 자랄 때는 특히 그렇다. 집에서 백만장자를 만드는 하브루타. 집에서 노벨상을 만드는 하브루타. 하브루타는 세계를 점령했다. 과학계와 정치와 경제계, 그리고 세계의 지도자의 자리에 이스라엘 사람들이 포진하고 있다. 부자로 대를 이어가며 경제계를 잡고 있는 것도 이스라엘 사람들이다. 소수의 인구를 가진 이스라엘 사람들이, 뛰어난 머리를 갖지 않은 이스라엘 사람들이 왜 세계를 이끄는 사람으로 앞서 가고 있을까. 다른 것에서 찾을 수 없다. 과학자들이 교육자들이 한결같이 세상을 이끄는 선도자 자리를 차지하고 있는 비결로 하브루타를 꼽는다.

그렇다면 우리도 할 수 있다. 하브루타 방법을 도입하면 된다. 무엇보다 우리의 생각을 바꾸어야 가능해진다. 첫째, 가르치지 말고 스스로 깨우치도록 하라. 용기가 필요하다. 내 생각을 아이에게 주입시키려는 경향이 한국인에게는 강하다. 특히 예의와 범절을 가르치고 공자와 맹자 같이 외우는 과목을 가르쳤다. 공부는 가르치고 배우는 것이 공식화 되어 있었다. 스승이 가진 지식을 제자에게 가르치는 형식이 공부였다. 물론 지혜는 가르칠 수 없어 깨우치도록 했지만 누구도 지혜는 가르칠 수가 없다. 지혜는 가르쳐서 되는 영역이 아니다.

하브루타는 다르다. 가르치고 배우는 것이 아니라 서로가 가진 지식을 나누고 소통하면서 깨달아가는 것이다. 상하로 이루어진 교육이 아니라 수평으로 이루어진 교육현장이다. 부모와 자식, 스승과 제자의 관계를 떠나서 사람과 사람이라는 수평에서 출발한다.

둘째, 권리만큼 의무도 가르쳐라. 결핍은 아이들에게 인생의 전략으로 작용한다. 아이에게 아이의 의무가 있음을 알려주어야 한다. 어른만 의무가 있는 것이 아님을 알려주어서 아이가 할 수 있는 만큼의 의무를 이행하도록 해야 한다. 가족이라는 공동체에서 청소와 음식준비와 설거지 그리고 빨래를 분담해야 한다. 한국에서는 아이에게는 많은 혜택이 주어진다. 혜택이 아니라 거의 특권이다. 공부하는 아이에게는 아무 것도 시키지도 않고 공부만 하라고 한다. 교육에 대한 열정과 몰입을 볼 수 있다.

하지만 세상은 공부만 하는 곳이 아니다. 공부보다 사회생활을 잘 하는 것이 더 중요하다. 공부를 할 수 있는 것만으로도 부모에게 감사해야 하는 일임에도 공부하는 것이 벼슬이라도 한 것처럼 거꾸로 권리를 누린다. 잘못된 교육이다. 학비를 대주고, 뒷받침을 하는 부모에게 감사하기보다 나는 공부를 하니 공동체에서 해야 할 일인 청소와 빨래를 비롯해 집안일에서 면제를 받는다. 한국에서는 당연한 일처럼 받아들인다. 결코 그래선 안 된다. 공부하는 것보다 돈 버는 일이 더 힘들다. 자식에게 공부하는 것이 벼슬이라도 한 것처럼 권세를 누리게 하면 부모에 대한 존경심과 고마움을 모른다. 철없고 책임감이 없는 아이로 만든다. 사회성이 떨어질 뿐 아니라 가족이라는 공동체가 무너지게 하는 요인이 될 수 있다. 결코 바람직하지 않은 방법이다. 아이가 감당할 수 있을 만큼의 의무감을 실행하도록 해야 한다.

셋째, 한 번의 실수는 성공으로 가는 하나의 계단을 오른 것이다. 실수에 담대하라. 실수를 두려워하면 도전하기 어렵다. 도전할 수 있으면 실패도 인정해야 한다. 성공은 쉬운 것이 아니다. 그렇다면 실수를 받아들이는 것도 자연스러워야 한다. 또한 일상생활에서의 실수도 자연스럽게 받아들이는 것이 필요하다. 말의 실수도 인정하고, 자신의 생각이 틀릴 수 있음을 받아들이는 훈련이 필요하다. 그래야 서로 자신의 생각을 편하게 발언할 수 있고, 상대의 생각이 옳을 수 있음을 받아들일 수 있다.

내 생각은 나만의 세계다. 나만의 세계를 세상에 내놓았을 때 다른 사람들이 어떻게 받아들이는가를 공부하는 것이 대인관계의 출발이다. 내가 옳아야 하는 것이 아니라 내 생각이 다른 생각과 만나 소통하고 더 나은 생각을 만나 성장하는 도구로 삼아야 한다. 실수는 자연스럽고 성장하는 단계로 받아들이면 두려움이 줄어든다.

넷째, 생각하게 하는 교육, 생각하게 하는 힘을 길러줘라. 뇌를 깨우는 교육이 필요하다. 당연한 것을 당연하게 보지 않는 것이 필요하다. 당연한 것은 없다. 이유와 원인을 찾아내야 한다. 한국에서 문제는 규범이나 규칙을 의심하도록 교육시키지 않고 당연한 것으로 인정하도록 교육받는다. 먼저 사회적 규범이나 회사의 사규를 그대로 지키도록 암묵적인 압력을 받는다. 어길 경우 윗사람은 권위에 도전받는 것으로 생각한다. 당연한 것이지만 이유를 물을 수 있고, 이유에 대한 당위성을 확인할 수 있어야 한다. 한국에서는 어렵다.

예를 들어 회사사규가 왜 '하면 된다.'냐고 물으면 한국에서는 따지는 것이냐고 화를 낸다. 이미 정해진 것이니 따르면 되지 왜 물어보느냐는 표정을 갖는다. 이것이 한국이다. 물어볼 수 있어야 하고, 설명해주어야 한다. 납득이 되지 않는다면 설득이라도 해서 받아들이도록 해야 한다. 다수가 문제가 있다면 고쳐야 한다. 그래야 열린 공동체가 될 수 있다. 한국에서는 어렵다. 이해시키고, 이해가 안 되는 것이 있다면 문제제기를 할 수 있어야 수평관계로의 전환이 가능하다. 당연한 것을 당연하지 않게 받아들이는 공동체에서 창의적인 사고가 생긴다. 수직관계에서는 창의적인 사고가 막힌다. 수평관계를 만든 후에 창의를 고민해야 하는 이유다. 가족은 수직관계가 아니라 수평관계라는 분위기를 만들어야 따뜻한 대화가 오갈 수 있다.

다섯째, 진정한 공부는 지식이 아니라 인간관계를 만드는 것이다. 공부보다 중요한 것이 인간관계다. 하브루타는 인간관계를 만드는 계기를 만들어준다. 하브루타는 짝이라는 공식적인 관계가 생긴다. 잠깐이라도 서로의 지식과 생각을 공유할 수 있는 시간을 갖게 된다. 집에서는 아버지와 아들, 엄마와 딸 그리고 부부와 형제간에도 수평적인 관계로서 짝의 역할을 하게 되면 집 밖에서도 익숙해질 수 있다.

모든 교육의 출발은 가정 안이다. 하브루타의 장점은 짝을 통해서 세상을 배우고, 짝을 만나서 인생의 동반자로 이어질 수 있다. 한국에서 이루어지고 있는 대화는 깊이 파고들어가기 어렵다. 주제가 없고, 토론문화에 익숙하지 않아 일상생활 이야기를 넘기가 어렵다. 대화가 즐겁고 오래 유지하려면 보다 깊은 마음 안의 이야기를 나눌 수 있어야 한다. 그러면 진정한 인생의 친구를 만날 수 있다. 한 사람의 정신세계를 이해하면 보다 나은 관계를 유지할 수 있다. 또한 자신과 비슷한 정신세계를 가진 사람을 만날 수 있는 계기가 주어진다. 하브루타는 인간관계를 형성하는데 중요한 역할을 한다. 인생의 짝을 만들 수 있는 교육법이다.

여섯째, 부모와 자식의 관계부터 복원시켜라. 다음으로 사제 간의 관계를 복원하라. 부모와 스승의 권위는 필요하다. 권위주의와 권위는 다르다. 권위주의는 사라져야 하지만 권위는 필요하다. 누구나 독립적으로 자신만의 권위를 가지고 있다. 엄마는 엄마의 권위가 있어야 하고, 아버지는 아버지의 권위가 있어야 한다. 같이 어울려 웃고 이야기할 수 있지만 어른으로서 가져야 할 품격과 권위가 있어야 한다. 권위주의는 물리적인 힘이나 강압에 의해서 생기지만 권위는 타인에 의해서 나온다.

권위주의는 권위를 누리고자 하는 사람이 요구해서 생기지만 권위는 스스로 우러나서 권위를 인정하는 것으로 서로 반대 원리다. 위에서 아래로 강제하는 것이 권위주의고, 아래로부터 위로 올라가는 것이 권위다. 권위는 스스로 만들어야 한다. 공부하고, 생각하고, 모범을 보일 때 생긴다. 아버지의 말에 힘이 들어가는 것은 자녀가 인정할 때다. 인정하지 않으면 권위는 생기지 않는다. 아버지와 엄마의 권위를 복원시키면 가정에서의 일은 선순환하게 된다. 부모의 권위를 찾아야 한다. 그만큼의 노력이 필요하다. 분명한 것은 부모 자신과 자녀가 함께 사는 방법임을 깨달아야 한다.

부모와 아이 사이에 사랑을 깨우치게 되고, 부모와 대화하는 중에 서로의 어려움을 알게 된다. 가정 내에서 고민과 어려움을 해결할 수 있다. 저절로 소통이 되고, 가족 간의 유대가 강화된다. 수평관계에서는 자유로운 질문과 대답이 생기고, 소통이 되지만 수직관계에서는 말문을 닫게 되고 소통이 단절된다. 한국의 가정에서는 수평관계로의 전환이 무엇보다 필요하다.

3.가정에서 하브루타 교육 시작

하브루타는 몇 살부터 가능할까. 이스라엘에서는 하브루타를 시작할 수 있는 나이를 4세에서 5세로 본다. 호기심이 많은 나이이다. 호기심이 많은 것을 그대로 유지시켜주는 것이 하브루타 교육의 출발점이다. 어른들이 볼 때 아이들은 너무 당연하고, 너무 사소한 것을 묻는다. 호기심이 발동해서다. 호기심만큼 배운다. 호기심이 사라지면 공부는 끝이다. 아이가 자라면서 물어보는 습관을 그대로 가지도록 만드는 것이 하브루타다. 하브루타는 호기심을 유지시켜주는 교육방법이다.

아이의 호기심을 부모가 받아주고, 호기심을 자극시켜주는 역할을 해주어야 한다. 예를 들어 보자. “물레방아는 왜 돌아?”라고 물었을 때 한국의 엄마들은 이렇게 답할 것이다. “물의 힘으로 도는 거야,” 하지만 하브루타에 대해서 안다면 그렇게 답하지 않을 것이다. “너는 왜 돈다고 생각하니?” 한국의 엄마가 답을 가르쳐 주려한다. 마음이 급하다. 답을 알려주어야 제대로 가르쳐 주었다고 생각한다. 한국적 교육 사고思考다. 하브루타에서는 다르게 본다. 아이가 생각할 수 있도록 한다. 한국의 엄마가 호기심을 해결해준다면 하브루타에서는 호기심을 아이에게 다시 돌려주는 방법을 선택한다. 물어 본 호기심을 해결해주지 않고 아이가 다시 생각하게 한다.

가르쳐주는 것과 스스로 깨닫게 하는 것에는 분명 차이가 있다. 호기심으로 시작한 질문을 해결해주면 아이는 답 하나만을 기억한다. 원리를 생각할 시간이 없다. 왜라는 호기심이 어떤 원리에 의해서 작동하는지에 대해 생각할 틈이 없다. 호기심이 해결되는 순간 생각이 멈추어버린다. 창의적인 생각이 순간 멈춰버리게 한다. 하지만 "왜 돈다고 생각하니?"라고 호기심을 아이에게 돌려주면 머리가 움직이기 시작한다.

새로운 호기심이 발동해서 도는 이유를 생각하게 된다. 사실 물레방아는 다른 액체로 돌릴 수도 있고, 모래를 흘려보내 돌릴 수도 있다. 전기로 돌릴 수도 있다. 사람이 직접 돌릴 수도 있다. 다양한 방법이 있다. 하나를 해결하면 "물이 흐르면 왜 돌지?"라고 물으면 아이의 머리는 다시 반짝거리며 돌기 시작한다. 물을 이용해 돌리는 이유가 방아 역할을 하게 하기 위한 것이라는 것을 질문을 통해 스스로생각하면서 깨우치게 하는 것이 하브루타 방식의 교육이다. 질문이 질문을 이어주고, 또 다시 생각을 하게 되고, 돌게 하기 위한 장치들을 떠올리게 된다. 호기심을 불러일으키고 호기심을 책을 펼치거나, 공부를 통해서 물레방아가 도는 원리를 알게 된다. 호기심이 계속 연장되고, 아이에게는 상상력이 계속 일어난다. 가르치는 사람도 다시 배우는 계기가 된다. 그리고 아이의 생각을 읽을 수 있는 중요한 시간이 된다.

많은 차이가 있다. 호기심을 해결해주는 엄마와 호기심을 계속 유지시켜주고, 한 발 앞서서 호기심을 깨어나게 하는 엄마의 차이는 크다. 아이의 호기심을 멈추게 하는 것과 아이의 호기심이 계속 되도록 하는 엄마에 의해서 아이는 다른 세상을 만나게 된다. 지식을 전달해주어 생각이 멈추게 하는 방법과 호기심을 유지시켜 생각하게 하는 교육의 차이다. 뇌를 움직이게 해서 뇌를 계발하는 방안을 시작해야 한다.

그리고 아이에게 답을 알려주었을 때는 답을 아는 것으로 만족하지만 아이에게 질문을 던졌을 때는 아이는 먼저 생각하고, 다음으로 생각한 것을 설명하려 한다. 아이는 설명을 하면서 논리적인 아이로 변한다. 설명을 하려면 머리가 다시 작동해서 논리적이어야 하기 때문이다. 하브루타는 남과 다르게 생각하고, 새로운 생각을 유도하고, 대안을 찾을 수 있도록 하는 유용한 방법이다. 하나의 사건에 수많은 방법, 수많은 시각, 뜻밖의 세계를 만나게 할 수 있는 방법이다. 사고의 폭은 넓어지고, 다른 시선에 대해서 관대해지고 너그러워지며 열린 세계를 향하게 하는 힘이 있다. 함께 하면 문제도 쉽게 풀리고 함께 하면 관계도 풀린다. 충분한 대화로 부드러운 관계가 만들어진다. 가정의 화목에 중요한 역할을 한다.

4.동기부여를 스스로 하게 하는 가정에서의 하브루타

호기심의 지속시킬 수 있게 하는 것이 아이 성장의 중요한 요소다

아이가 궁금해 하는 것에 대해 다시 질문하는 것만으로도 효과는 크다. 하브루타를 정착시키는데 중요한 시기가 청소년 세대다. 하브루타를 평생의 친구로 받아들이도록 하느냐의 기로점이다. 사춘기의 호기심은 하늘을 뚫는다. 풀이 땅을 뚫고 나오고, 나뭇잎이 눈을 틸 때가

봄이다. 마음의 봄도 사춘기思春期다. 모든 게 궁금하다. 성적인 호기심에서부터 세상에 대한 의문과 신기함이 넘쳐난다. 정의감도 생긴다. 기성세대에 대한 반감도 이때 생긴다. 옳지 않게 사는 기성세대의 권위에 도전하려든다. 물불을 가리지 않는다.

사춘기 때에 끓어오르는 호기심을 끊느냐, 이어주느냐가 아이의 인생 성공과 실패가 달려있다. 사춘기는 한국의 아이들에게는 호기심을 거두어들이는 시기다. 한국의 아이들은 극도의 경쟁에 시달린다. 친구와의 대화가 아니라 친구와의 경쟁에 매달리기 시작하는 나이다. 호기심으로 인한 질문을 받아들이고 호기심을 자극할 시간이 없다.

아이가 질문을 하면 한국의 엄마는 귀찮아한다. 아기에게는 답을 해주지만 사춘기 정도의 아이가 질문을 할 때는 끊어버린다. 계속되는 질문을 받기가 어렵다. 아이가 물어보는 수준이 조금만 올라가도 답하기가 쉽지 않다. 질문을 하면 쓸데없는 생각하지 말고 가서 공부하라고 면박을 준다. 아이가 중학생만 되어도 아이의 질문에 대한 답을 하기 어렵다. 하브루타 식으로 질문하고 생각을 듣는 방식으로의 전환을 한국의 엄마들은 못하기 때문이다.

사춘기 때에 다양한 생각이 피어나고 있음을 생각하지 않고 주입식 교육으로 몰아간다. 책을 보고 책에 들어있는 내용을 외울 것을 강요한다. 아이는 아이가 가진 특성이 있다. 학교공부보다도 좋아하는 분야가 있다. 학교가 담당하지 못하는 것을 가정 안에서 키울 수도 있다.

부모가 아이의 질문을 귀찮아하고, 두려워하는 이유는 아이의 질문에 답을 하려하기 때문이다. 다시 말하지만 아이에게 질문을 되돌려주는 훈련을 하면 쉽게 해결된다. 그것도 어렵다면 한 단계 더 나아가서 해결해보자. 예를 들어보자. 아이가 궁금해 하는 것을 책에서 찾도록 한다. 책이 집에 없다면 검색하는 방법을 알려준다. 아이가 충족되지 않을 경우에는 함께 책방이나 도서관으로 가서 책을 찾아서 공부하도록 유도한다. 엄마도 공부하고 아이도 공부하는 시간이 된다. 자연스럽게 그림책과 익숙해지다가 조금 크면 책을 읽게 된다. 부모에게도 즐거움이 생긴다. 아이와 함께 놀면서 아이가 지식과 접하는 방법을 알려주고, 아이의 생각을 받아주어서 엄마와 아이의 사이를 가깝게 할 수 있다.

호기심에 대한 질문에 답을 하는 것보다 효과가 있다. 호기심에 대한 질문을 다시 질문하는 순간 아이의 기발한 생각을 만나게 된다. 아이의 창의력이 어른을 넘어서는 것을 깨닫게 된다. 그리고 어른의 생각에 문제가 있음을 깨닫게 되기도 한다. 한 아이에게 조선시대에 나라를 구한 이순신 장군의 인생에 대해서 설명해 주었다. 아이의 질문이 뜻밖이었다.

"엄마. 이순신 장군은 나쁜 사람이네?"

"왜?"

엄마가 화들짝 놀라 아이에게 물었다. 자신이 설명을 잘못해주었나 싶었다.

"평생 싸움만 하고 살았잖아."

놀란 엄마가 아이에게 이순신 장군이 나라를 구하기 위해서 싸웠다는 이야기를 해주었다. 아이가 다시 말했다.

"그래도 사람을 죽이는 건 나쁜 거잖아."

엄마의 설명이 더 어려워졌다. 아이는 흥미를 잃을 수 있다. 엄마의 설명이 어렵고 궁색해지기 때문이다.

생각을 바꾸어보자. 거꾸로 질문하도록 해보자. 아이가 답을 찾아가는 방법이다. 틀려도 상관없고 엄마도 새로운 견해와 만나게 될 수 있다.

앞서의 예와 마찬가지로 이순신 장군의 영웅담을 이야기해주었다.
아이가 물었다.
“엄마. 이순신 장군은 나보다도 별 거 아닌 사람이네.”
엄마는 당황했다.
“왜 그렇게 생각해?”
“나는 어린데도 엄마 말 듣고 싸우지 않는데 이순신 장군은 어른인데도 싸우니까 그렇지.”
엄마는 당황하며 어른이지만 싸울 수밖에 없는 이유를 설명했다.
아이가 다시 말했다.
“이순신 장군은 나쁜 사람이야.”
“왜?”
“일생 동안 싸움만 하고 살았잖아.”
엄마는 대답하기 더 어려워졌다. 설명이 길어지고 답답해지기 시작했다. 질문에 답을 알려주어야 하기 때문에 엄마가 모른다는 것을 부끄럽게 생각하는 경향이 있다.
이번에는 하브루타 방식으로 해보자. 아이의 질문을 아이에게 돌려주는 방법이다.
아이가 물었다.
“엄마. 이순신 장군은 나보다도 별 거 아닌 사람이네.”
엄마는 아이에게 질문을 그대로 돌려준다.
“왜 그렇게 생각해?”
“이순신 장군은 어른인데도 말 안 들었잖아.”
“무슨 말을 안 들었지?”
“나가서 싸움만 했잖아.”

"아하. 그렇구나. 이순신 장군은 왜 싸웠을까?"
아이는 순간 이순신 장군이 싸운 이유에 대해 생각하게 된다. 어른은 전쟁에 나갔으니 당연하게 싸워야 한다. 하지만 아이 입장에서 싸우는 것은 나쁘다고 알고 있는데 이순신 장군은 싸우는 사람이니 나쁜 사람이 맞다. 하지만 싸운 이유에 대해 생각을 하게 된다. 벌써 생각의 범위가 달라진다.
이번에는 엄마가 어려운 것이 아니라 아이가 어려워한다. 아이가 답을 하기 힘들어 할 때 연관되는 질문을 해준다.
"너는 집에 쳐들어오는 도둑이 있다고 하면 어떻게 할 거야."
"싸워야지."
"왜 싸워야 되지?"
"우리 집이니까."
"우리 집에 쳐들어오는 사람이 있으면 싸워야 하는 거야?"
"그럼. 우리 집이잖아."
"그렇지. 이순신 장군도 같은 거야. 우리 집을 더 크게 하면 우리나라거든. 우리나라를 쳐들어온 사람하고 싸워야 하는 거야."
아이가 이해한다. 아이는 또 궁금해 질문을 한다. 질문을 아이에게 돌려줌으로 아이에게는 생각의 불이 켜진다.
아이와 소통이 되는 방법이다. 부모가 모르는 것은 직접 책을 찾아서 보도록 유도한다. 아이에게 책을 찾아오도록 하고, 못 찾으면 함께 찾고, 찾아오면 다시 책에서 찾아보도록 한다. 이순신 장군이 어떤 사람인가에 대해 자연스럽게 공부하도록 한다. 궁금하면 책을 찾아야 한다는 생각을 갖도록 길러준다. 질문에 대한 것을 풀어줄 때 스스로 생각하도록 하고, 스스로 찾도록 유도하고, 스스로 발견하도록 한다. 아이도 성장하고 어른도 성장한다. 생각의 전환이 아이의 미래를 결정하게 된다. 생각을 바꾸면 아이는 즐겁게 공부하고, 어른은 쉽게 아이의 교육을 담당할 수 있다. 물론 한 번에 되지 않는다. 훈련이 필요하다. 질문하는 방법 그리고 생각을 바꾸는 선행 작업이 있어야 한다. 호기심의 지속시킬 수 있게 하는 것이 아이 성장의 중요한 요소다.

마음은 강자가 먼저 열어야 열린다

아이가 스스로 책이 필요하도록 이끌어주는 질문교육이 필요하다. 아이와 함께 공부하는 엄마가 필요하다. 엄마도 아이와 함께 공부하면 즐겁다. 엄마가 가르치려고 하니 어렵다. 이제는 깨어나야 한다. '가르치지 말고 질문으로 깨우치도록 하라.' 하브루타에서 중요한 대목이다.

어른은 가르치려고 공부하는 것이 아니라 토론하기 위해서 필요하다. 자식과 토론하는 집안이 한국에 있다면 더 없이 멋진 소통의 가정이다. 문제해결은 저절로 된다. 대화가 되지 않아 각자의 길로 들어서게 되면 가족이 만나는 것은 고통일 수 있다. 대화가 어색하고 함께 있는 것이 불편해진다.

유대인 부모들은 공부를 즐긴다. 아이와 함께 할 때 토론하고 대화하기 위해서다. 공부하는 부모를 본 아이들은 공부에 놀이처럼 익숙해진다. 공부만큼 흥미로운 세계도 없다. 모르는 것을 알려주는 해결방법이다. 알고 싶은 것이 많을수록 책과 가까워지고, 알아가는 재미가 있다. 호기심을 끊이지 않게 계속 유발시켜주면 공부에 취미를 갖게 된다. 하지만 호기심을 해결하는 것이 공부가 아니라 문제에 대한 답을 외우는 것이 공부로 바뀔 때 아이는 물론 어른도 흥미를 잃어버린다. 공부가 재미있어야 한다. 공부가 의무로 바뀌는 때가 바로 호기심이 사라지는 순간이다. 공부와는 담을 쌓는 순간이기도 하다.
아이와의 지속적인 소통을 원한다면 공부를 해야 가능하다. 새로운 세상이 열린다. 변화의 속도가 빠르다. 새로운 세상과 속도에 적응하기 위해서는 공부를 해야 한다. 아이와의 지식의 눈높이를 맞춰야 한다. 유대인 부모들은 자발적으로 공부를 한다. 자녀와 토론하고 남편과 아내와 대화를 원활하게 위해서다. 한국의 엄마들이 전업주부인 경우 어려움을 겪게 된다. 아이와 집안 살림 이야기를 넘어서기가 어렵다. 하루 종일 대하는 것이 아이와 살림이 전부이기 때문이다. 엄마의 시야를 넓히기 위해서는 책이나 강의를 스스로 찾아서 봐야한다. 인터넷강의도 많다. 시간이 없다는 것은 가장 쉬운 변명이다. 엄마가 공부하는 순간 집안이 달라진다.
가족 내에서 엄마의 위치는 누구보다도 중요하다. 아이와 만나는 시간이 많은 사람도 엄마고 남편과 아이의 관계를 원만하게 만들어야 할 사람도 엄마다. 엄마가 연속극만 보면서 소통할 수 있기를 바라면 안 된다. 아는 것이 드라마 줄거리인데 누구와 소통할 수 있겠는가. 옆집 아줌마밖에 없다. 가족으로부터 고립될 수 있다. 밥을 해주고 집안청소 같은 살림만 하는 존재로 전락할 수 있다. 엄마의 역할이 중요하다. 아이의 교육과 가족의 소통을 위해서.
하브루타는 아이와 성인 모두 필요하다. 한 사람만 우월한 위치에 있다면 소통에 한계가 있다. 아이들이 크면서 부모들은 새로운 지식으로부터 멀어질 수 있다. 가족을 위해 해야 할 것이 공부다. 독서와 강의를 찾아서 들어야 하는 이유다. 공동체에서도 마찬가지다. 기성세대라는 딱지를 가슴에 달지 않으려면 새로운 세계에 관심을 가지고, 발을 들여놓아야 한다. 하브루타에서 아버지의 역할이 중요한 유대인 사회가 형성된 것은 아버지가 중심을 잡고 아이들과 소통할 수 있는 소양을 갖췄기 때문이다. 한국의 아버지들이 아이와 토론을 즐긴다는 이야기를 들어보기 어렵다.

아이들은 피해할 존재로 아버지를 꼽는다. 이유는 간단하다. 아버지는 지적질을 하는 사람으로 받아들이기 때문이다. 그것도 잘못된 것을 지적하는 존재로 떨어졌다. 인생을 상의하고, 사회문제에 대해 토론해야 할 아버지가 아니라 공부하라는 말만 하는 아버지에게 누가 다가서겠는가. 아이에게 "너는 무엇이 되려고 그렇게 사냐?" 라는 말을 서슴없이 하는 아버지는 피해야 할 경계 1호다. 점점 아이와 아버지는 멀어진다. 가족이 모두 따로 놀고 모두 외롭다. 따뜻한 가족연대로 만들 수 있는 방법은 대화고, 소통이다.

서로의 입장에서 물어줄 때 가족연대는 살아난다. "힘들어 보이는데 무슨 일 있냐?"라고 마음을 기울여 물어보는 어른이 되어야 한다. 아이들도 외롭고 힘들다. 어른만 힘들고 외로운 것이 아니다. 아이에게 질문하는 부모가 되어야 한다. 그리고 들어주는 부모가 되어주어야 한다. 어른이 먼저 문을 열어야 아이도 연다. 아이에게 먼저 문을 열 것을 바라지 마라. 마음은 강자가 먼저 열어야 열린다.

5.이제는 엄마 차례

아이의 호기심을 유지하느냐, 끊느냐를 결정하는 주인공은 엄마다

이제는 진짜로 엄마 차례다. 엄마는 인내해야 한다. 엄마는 아이에게 절대적인 존재다. 호기심이 강한 아이가 끝도 없이 묻는다. 별것을 다 묻는다. 아이의 호기심을 키울 것이냐, 끊을 것이냐가 결정되는 단계다. 당연히 키울 것이라고 할 것이다. 아이의 호기심을 유지하느냐, 끊느냐를 결정하는 주인공은 엄마다. 아이는 엄마와 가장 많은 시간을 보낸다. 당연히 영향력이 크다. 시간과 접촉이 많은 만큼 아이에게 끼치는 영향이 크다. 가장 나쁜 엄마가 아이의 숙제를 해주는 엄마다. 아이의 독립심을 꺾어버리는 나쁜 엄마다. 아이에게 설탕만 주는 엄마가 숙제를 해주는 엄마다. 이를 썩게 하는 것이 아니라 아이의 독립심을 죽이고, 아이의 사회적응력을 떨어뜨리는 주범이다.

아이에게는 결핍이 필요하다. 결핍을 해결해 주는 엄마는 아이가 성장하는데 심대하게 나쁜 영향력을 끼친다. 남을 이해하는 중요한 요소 중 하나가 결핍이다. 자신의 결핍을 통해서 타인의 결핍도 이해한다. 배가 고파봐야 배고픈 사람의 마음을 이해한다. 숙제를 못해서 혼나봐야 숙제를 못한 마음을 겪는다. 겪어보지 않고 세상을 어떻게 이해할 수 있을까. 한 마디로 단언해서, 없다. 남을 이해하지 못하는 사람은 사회성이 없게 되고, 사회적응능력이 떨어진다. 배려와 봉사를 모른다. 이런 아이는 성장하면서 문제를 일으킨다. 남의 입장을 이해하지 못해 쉽게 큰일을 저지른다. 그리고 단맛에 익숙해 인내력이 떨어진다.

숙제를 못했으면 학교에 가서 혼나게 놔두어야 한다. 엄마가 나서서 아이를 변호해서는 안 된다. 자신의 할 일을 못했을 때 혼나고, 인정받지 못하는 것을 깨닫게 해주어야 한다. 사랑한다면 사회에 적응할 수 있는 아이로 키워야 한다. 숙제를 해주는 엄마가 아니라 숙제를 하는 방법을 깨우치도록 지도해주면 된다. 비가 오는데 아이가 우산을 챙기지 않으면 비를 맞도록 놔두는 것이 엄마의 할 일이다. 우산을 챙기지 않은 불편함을 겪게 하는 것이 엄마의 역할이다. 쫓아가서 우산을 주는 것이 사랑이 아니다. 사랑한다면 아이가 스스로 독립해서 살아갈 수 있도록 결핍을 가르쳐줘야 한다. 자신의 행동에 책임을 질 수 있도록 강하게 키워야 한다. 세상에 나가보라. 누가 챙겨주는가. 밀림에서 살아남아야 하는 것이 인생이다.

다시 호기심으로 돌아가 보자. 가장 큰 적은 호기심을 꺾는 것도 엄마일 가능성이 높다. 호기심은 아이가 세상에 관심을 보이는 방법이다. 아이의 취향과 성격을 파악하는데도 중요한 잣대역할을 한다. 아이가 관심이 있어 하는 것이 아이의 미래직업일 수도 있고, 나갈 꿈이 될 수도 있다. 호기심을 계속 유지시켜주면 바른 성장에 도움이 된다. 한국의 아이들이 책을 읽는 것을 싫어하는 책임은 상당 부분 엄마에게 있다. 가르쳐주는 엄마가 되다보니 찾아가는 공부를 못하게 된다. 공부는 가르치는 것이 아니라 공부는 깨우쳐 가는 것이라는 화두를 다시 한 번 걸어놓고 시작해 보자.

아이가 공룡에 관해 관심이 있으면 아이가 관심 있어 하는 공룡이 그려진 그림책을 찾도록 한다. 많은 그림책 중에서 공룡이 그려진 그림책을 찾는 것도 아이에게는 큰 공부다. 찾아주지 말고 찾아오도록 하고, 찾지 못하면 알려줄 수 있다. 책을 찾아서 가져오면 칭찬해주고, 아이가 책을 펴도록 유도한다. 책을 펴서 공룡이 있는 부분을 펼쳐주지 마라. 아이가 스스로 할 수 있도록 모든 면에서 지도해주는 선에서 머물러야 한다. 아이는 찾는 것을 좋아하는데 엄마가 좋아하는 일을 막아버리는 것일 수도 있다. 그리고 스스로 책을 보는 방법을 깨우쳐 준다. 그래야 다음에도 스스로 책을 찾아내서 찾는다.

책을 펴면 아이가 궁금한 것이 계속 이어진다. 그리고 질문한다. 질문을 그대로 받아서 알려주지 말고, 아이에게 다시 질문한 내용으로 질문을 한다. "공룡은 왜 커?"라고 물으면 "공룡이 큰 이유는 뭘까?"라고 다시 질문하라. 아니면 "공룡은 큰 것만 있니?"라고 다시 질문하라. 공룡은 작은 것도 있다. 아이는 공룡그림책을 다시 살펴보면 알게 된다. 작은 공룡도 있는 것을 스스로 알게 된다. 자신이 질문한 내용을 다시 질문으로 받았을 때 아이는 다시 생각하게 된다. 생각에 불이 켜진다. 생각하는 힘을 길러주는 방법이다. 결국 호기심만큼이 세상을 알아가게 한다.

엄마는 아이의 호기심에 답을 알려주는 백과사전이 아니다. 엄마의 능력도 한계가 있다. 한계를 극복하는 방법은 아이에게 질문을 하면서 모르면 함께 찾아보는 방법에서 찾아야 한다. 집에 그림책이 없으면 인터넷으로 검색하는 것을 알려줄 수도 있고, 인터넷으로 검색해서 보여줄 수도 있다. 더 적극적인 방법으로는 아이에게 공룡 그림책을 사러가자고 하면 아이가 관심이 있는 것이기 때문에 흔쾌히 앞서서 책방을 찾아갈 것이다. 스스로 해결하는 방법을 알려주면 공부가 재밌다. 공부가 외우는 것이 아니고, 공부가 배우는 것만이 아니고, 스스로 찾아서 자신이 관심이 있는 것을 해결해주는 것으로 알 때 질리지 않고 공부할 수 있다. 한국의 아이들은 대부분 공부를 지겨워한다. 내가 좋아하고, 내가 관심이 있는 것을 탐구하는 것이 아니라 타의에 의해 공부를 했기 때문이다.

아이에게 경쟁은 남과 하는 것이 아니라 자신과 하는 것임을 깨우쳐주어야 한다

학문의 즐거움은 크다. 히로나카 헤이스케Heisuke Hironaka는 동양인으로 수학의 노벨상이라는 필즈상을 받은 사람이다. 골치 아픈 수학에서 깨달음을 얻었다. 즐겁게 공부하다 인생 성공한 인물이다. 평범

하고 희한한 수학자로 불린다. 벽촌 장사꾼의 열다섯 남매의 일곱 번째 아들로 태어났다. 유년시절, 학교 입시에서 보기 좋게 물을 먹었다. 한 때는 피아니스트를 꿈꾸었던 곡절 많던 소년이었다. 대학입시 일주일 전까지 밭에서 거름통을 들고, 대학 3학년이 돼서야 수학의 길을 택한 늦깎이 수학자다. 끈기 하나를 유일한 밑천으로, 미국 하버드를 들어갔다. 하버드에서 박사를 땄다. 공부를 즐거워서 한 사람이다.

즐거워서 하는 사람을 따라가기 어렵다. 사실 공부는 즐거워야 한다. 알고 싶고, 하고 싶은 것을 해결해주는 공부만큼 즐거운 일이 어디 있겠는가. 다만 억지로 공부를 하다 보니 공부의 즐거움을 잃어버렸을 뿐이다. 헤이스케는 공부를 하는 이유에 대해 3가지를 들었다. 지혜를 얻기 위해서, 창조하는 사람이 되기 위해서, 사고력을 기르기 위해서였다. 공부는 얼마나 고마운 것인가. 모르는 것을 알게 해주고, 공부할수록 인정받고, 공부할수록 지혜로워지고. 정말로 공부는 인생을 열어주는 반가운 것이다. 성공으로 이끌어주는 지렛대다.

한국에서는 공부를 지겨운 것으로 생각한다. 그것도 특별한 능력이다. 즐거운 것을 지겹게 만드는 능력도 아무나 하는 것이 아니다. 결과적으로 한국에서는 공부는 어쩔 수 없이 하는 것으로 만들어졌다. 이유는 즐겁고, 재밌는 공부를 억지로 하게 하고, 경쟁하게 하고, 너무 많이 하게 해서 지겹고 힘든 것으로 전락시켰다.

아이에게 저학년이나 초등학교, 중학교까지는 학교공부를 하게 하면서 성적과 무관하게 공부를 시킬 필요가 있다. 여기에서도 주도적인 사람은 엄마가 되어야 한다. 한국사회는 경쟁사회다. 아이에게 어려서부터 경쟁하게 할 것이 아니라 아이에게 공부하는 즐거움을 깨우쳐주는 것이 더 중요하다. 경쟁은 남과 하는 것이 아니라 자신과 하는 것임을 깨우쳐주어야 한다. 그리고 실천하도록 해야 한다. 성적은 중요하지 않다. 엄마가 가르쳐 주지 않아도 성장하면서 자연스럽게 경쟁을 깨닫게 된다. 스스로 경쟁하고자 할 때가 있다. 인정받고 싶은 욕구는 누구에게나 있기 때문이다. 진정한 성공은 행복에 있음을 알려줘라. 좋은 일을 즐겁게 평생 하도록 하는 것이 인생의 진정한 목표다. 엄마의 몫은 공부를 즐겁게 만들어주는 환경을 만들어주는 것에 있다.

호기심을 자극하고, 호기심을 해결하는 재미를 알려주면 자연스럽게 공부의 즐거움을 알게 되고, 학문의 즐거움을 깨닫게 된다.

6.아이의 무한 호기심은 무한 성장의 열쇠

아이의 호기심을 받아들이기가 쉽지 않다. 아이의 끝없는 질문이 고맙다가도 계속 되면 귀찮고 힘들다. 아이를 키우는 힘은 호기심이다. 호기심을 유지시켜주면 아이는 빠르게 성장한다. 호기심을 유지시켜주고, 함께 호기심을 해결하는 과정에서 아이와 엄마는 더 가까워진다.

엄마가 경험이 없어 미숙하다면 하브루타를 하면서 배우면 한결 쉬워진다. 아이가 밥을 먹을 때 떠먹여주면 오히려 쉽다. 밥을 흘리지도 않고 깨끗하다. 하지만 아이가 어설프지만 스스로 숟가락으로 밥을 먹으면 흘리지만 결국은 해낸다. 늦어도 좋다고 한다. 그 말도 맞다. 하지만 밥 먹는 것이야 조금 늦는다고 문제될 리 없다. 가정과 학교에서 제대로 배우지 못하고 세상 밖으로 나가보라. 아이는 엄마와 함께 살 수가 없다. 아이는 혼자 살아야 한다. 혼자 살 아이에게 엄마의 힘이 작용하는 아이로 키우면 마마보이가 된다. 결정장애가 생긴다. 엄마가 해결해주는 것에 익숙해서 스스로 하지 못한다.

내 마음에 세상을 맞추면 자폐아가 된다. 나는 작고 세상은 크다. 큰 세상을 작은 나에게 맞추라는 것은 옳지 않다. 내가 옳다고 주장하면 자신의 울타리에 갇히게 된다. 세상은 두 개의 세상에 산다. 하나는 나만의 세계다. 그리고 나와 타인의 공동세계다. 나만의 영역에서는 내 멋대로 살아도 된다. 나와 남과의 공동생활구역에서는 예절과 사회에서 요구하는 것을 따라야 한다. 공동구역에서는 경쟁과 사회적 체계가 강력하게 작동한다. 나는 남에 의하여 제한된다. 마찬가지로 남은 나에 의해서 제한된다. 공동의 약속, 즉 관습 예절 법이 작용하는 장소다.

엄마의 역할은 아이가 공동구역에서 강한 아이로 생활할 수 있도록 하는 것이다. 사랑한다면 타인을 생각해야 하는 것을 가르쳐야 하는 이유다. 타인을 배려하는 것이 결국 자신에게 이익을 주는 것임을 배우지 못한 아이라면 자기중심적으로 행동할 것이다. 결국 적응에 실패한다. 결국은 사회에서 밀려난다. 외로운 아이로 고립된다. 엄마는 아이를 위해서 독립시켜야 한다. 엄마의 품을 찾는 아이가 아니라 세상이 찾는 아이로 키워야 한다. 아이는 떠나는 것이 아니라 독립하는 것이다.

아이가 독립하는데 필요한 것이 칭찬과 격려다. 아이는 끝없는 호기심을 해결하면서, 그리고 독립을 하면서 넘어지고 실수를 한다. 엄마의 격려와 칭찬이 필요한 때다. 근거 없는 칭찬과 격려는 오히려 아이에게 나쁜 영향을 준다. 옳고 그름을 알려주어야 한다. 예를 들면 아이가 맛이 있는 것을 보면 혼자 차지하려고 할 때 다른 사람도 먹고 싶어 한다는 것을 가르쳐주면 자신의 잘못을 깨우친다. 하지만 그리 쉽지 않다. 아이에게는 이론으로 설명해주어서 해결되지 않는다. 그리고 한 번으로 되지도 않는다. 엄마의 역할은 참아주면서 반복적으로 알려주어야 한다는 점이다. 한 번에 아이가 깨닫지 못하면 강요하지 말고 다음 기회를 봐서 실시하는 것이 바람직하다. 강압적으로 밀어붙이면 아이가 삐뚤어지고, 자신감을 잃을 수 있다. 엄마를 두려워하면 아이는 엄마에게 마음을 열지 않는다. 절대로 아이는 한 번에 세상을 깨닫지 못한다는 점을 인식하고 있어야 한다.

반면 호기심을 표현하지 않는 아이도 있다. 그런 아이는 반대로 해야 한다. 질문을 오히려 해야 한다. 아이가 질문하지 않으면 엄마가 아이에게 질문해야 한다. 이제는 엄마가 아이에게 질문을 해야 한다. 답을 얻기 위한 것이 아니다. 아이의 교육과정 중의 하나로 받아들여야 한다. 지식을 단번에 알려주기보다 질문으로 스스로 깨우치게 하는 것이 필요하다는 기본 지침을 가지고 있어야 한다. 질문을 하면 아이의 성장과 아이의 생각에 변화가 생긴다. 다음으로 아이도 질문하는 법을 터득한다. 한 단계 올라선 것을 깨닫게 된다. 스스로 공부하는 것을 깨달은 아이는 공부를 즐긴다. 부모는 성적이 오를 것을 재촉하지 말고 기다려주면 성장할수록 아이는 자신의 자리를 찾아간다. 그리고 즐기면서 하는 공부를 하게 된다. 즐기는 아이를 이길 아이는 거의 없다.

유대인 학교인 예시바에서는 하루 종일 토론하고 논쟁을 하면서 연구를 한다. 스스로 공부할 것을 찾고, 혼자서 해결한다. 한국 아이들도 당연하게 혼자 할 수 있는 능력을 가졌음에도 엄마가 교사의 능력을 빼앗아버렸다. 예시바에서는 저녁에 한두 시간 정도 랍비의 강의를 듣는다. 강의지만 랍비는 질문을 받고, 질문을 하기도 한다. 몰랐던 것에 대해서 다시 한 번 보충수업을 진행한다. 예리하게 바라보도록 지도해주고, 더 깊이 파고들 수 있도록 도와준다. 탈무드를 이해하면 학습방법도 이해가 된다.

탈무드에서는 동일한 내용에 대한 다양한 해석을 모두 적는다. 하나의 정답을 인정하지 않고 다른 해석과 다른 시각을 알 수 있도록 함께 적는다. 다양한 사고의 틀을 인정한다. 한국의 교육계가 정해진 지식을 전달하는 것과는 판이하게 다르다. 열린 사고를 목표로 교육이 이루어진다. 정해진 답을 찾는 것이 아니라 다른 생각을 찾아내는 것이 중요한 교육방법이다. 질문은 지금까지 밝혀진 것에 대해 다른 해법을 찾아내는 중요한 단서가 된다.

누가 뭐라고 해도 교육의 대표성을 가지고 있는 곳은 학교다. 학교만큼 전문지식과 교육의 전문가들이 모여 있는 곳은 없다. 유대인들의 교육방법이 하브루타다. 한국인에게는 아직 낯설다. 한국인에게는 누가 뭐라고 해도 주입식교육이 대세다. 토론문화에 어색하다. 유대인들에게 탈무드를 하는 것은 종교적 의무다. 탈무드가 완성된 것이 기원후 500년 정도 된다. 탈무드의 역사가 1500년이 된다. 고쳐지고, 다듬어진 모습이 지금의 하브루타다.

먼저 유대인들의 학습법인 하브루타에 대해 다시 설명하면 일대일 짝과의 토론수업이다. 가르치고 배우는 한국식 수업과는 반대의 수업방법이다. 한국에서 선생과 학생 간에 주입식으로 진도와 지식습득에 중점을 둔다면 하브루타는 친구와의 관계 심도있고 지혜를 얻는 것에 초점이 맞춰있다. 많이 다르다. 한 마디로 줄이면 한국에서는 지식에 중점을, 하브루타에서는 지혜를 중점을 둔다.

유대인들의 교육법으로의 하브루타와 단체수업형식인 쉬우르Shiur 수업을 병행한다. 하브루타가 일대일의 관계로 짝과의 대화라면 쉬우르는 선생과 학생 간의 단체수업이다. 하브루타와 쉬우르 모두 질문으로 이루어진다. 하브루타와 쉬우르 수업을 행하는 곳은 이스라엘에서도 유대교 학교에서만 실행한다. 유대교 학교, 예시바에서는 하브루타와 쉬우르를 하기 전에 준비한다. 세다림sedarim이라고 한다. 아침 오후 저녁에 걸쳐 강의준비를 한다. 하브루타와 쉬우루를 하기 위해서 공부하지 않으면 질문에 대한 답을 제대로 할 수가 없고, 핵심적인 질문을 할 수가 없다.

강의를 듣고 공부를 하는 것보다 질문에 대한 답을 하는 것이 어렵다. 질문과 대답, 그리고 다시 대답과 질문으로 이어지는 수업방식에서 준비되지 않으면 수업시간을 망칠 수 있다. 나 혼자만의 일이 아니라 짝에 대한 예의가 아니다. 수업준비를 제대로 해야 하는 이유다. 예시바에서는 평균 하루 10시간 정도 하브루타 또는 쉬우르를 한다.
하브루타에서 중요한 것은 짝의 선정이다. 짝의 토론이 제대로 되게 하려면 성향이나 지식수준이 비슷한 짝이 필요하다. 학생이 20명 정도라면 하루에 8,9 차례 짝을 바꾸어 토론하도록 한다. 다른 상대자와 토론을 진행하면서 적응력을 키울 수 있다. 예상치 못한 질문이나 예상하지 않은 짝을 만났을 때 대처할 수 있는 것이 필요하다. 하브루타는 사회생활을 하면서 다양한 사람을 만나는 것을 미리 학습하게 되는 소중한 기회다.
짝과의 질의응답으로 진행하는 대화에서 어려운 문제에 처하거나 정확한 것이 필요하다면 세다림 시간에 언제든 랍비에게 해결을 구할 수 있다. 상시대기하고 있어 문답을 통해 문제해결을 할 수 있도록 한다. 특히 예시바 여학교에서는 항시 대기하고 있어 하브루타를 진행하는 것에 도움을 준다.
한국에서 하브루타의 적용은 어떻게 해야 하는가. 주입식 교육방식에 익숙한 선생과 학생 그리고 학부모들의 생각을 바꾸는 것이 우선 과제다. 한국에서는 질의응답으로 진행하는 수업방식이 어렵다. 우선 하브루타 학습방법과 비교할 때 학습량이 절대적으로 많다. 그리고 학습평가시험을 치러야 한다는 어려운 점이 있다. 한국에서는 평가가 지식평가 점수다. 그리고 논술이나 토론으로 평가하지 않는다. 상대평가라는 것도 어렵게 하는 점이다. 한국의 학교에서 적용하려면 교육체계를 바꾸어야 하는 어려운 점이 있다.
부분적인 적용은 당장 가능하다. 학습범위를 정해놓고 그중 핵심적인 내용을 선정해서 하브루타 형식을 적용하는 방법이다. 수학이나 과학도 하브루타가 가능한가에 대한 질문을 한다. 물론 가능하다. 학습시간의 한 부분을 하브루타형식으로 진행하고, 나머지는 기존 강의방식으로 진행하면 가능하다. 선생은 학습범위의 핵심내용을 다시 정리해주는 방식의 도입이다.
강의로 이루어지는 한국형 학습방법의 장점은 많은 학습량을 소화할 수 있고, 공부를 잘 하는 아이에게는 유리하다. 학습능력이 떨어지는 학생에게는 따라가기 어려운 점이 있다. 무엇보다 아쉬운 것은 지식의 전달과 지식을 습득하는 것에 맞추어져 있어 깊이 있는 교육에 한계를 드러낸다.
반면 하브루타와 쉬우르는 질문을 통해서 이루어진다. 서로 묻고, 서로 답하는 형식이다. 서로 질문에 답하면서 사고력을 확장하고, 논리력과 발표력이 향상된다. 경청할 줄 알게 되고, 포용력이 생긴다. 사람과 만나 대화를 나누고, 토론하는 것에 대한 두려움이 사라진다. 하브루타가 가진 무엇보다 소중한 덕목이다. 세상 밖으로 나가서 적응하는데 중요한 능력을 가지게 된다. 공동체나 회사에서 사업을 할 경우 의사진행능력과 직원 간의 소통을 통한 목표관리에 탁월한 능력을 발휘할 수 있는 자양분이 된다. 다중 앞에서 발표하는 것에 대한 두려움이 적다. 여러 모로 탁월한 수업방식이다.
하브루타를 하면 사회와의 연계가 직접적으로 이루어진다. 사람을 만나는 것에 대한 두려움이 사라진다. 짝을 바꾸어가며 토론을 하면서 사람에 대한 적응력이 확대된다. 여러 차원의 지적 대상을 만나게 되면서 다양한 세계를 만난다. 결국 지적 대상에 대한 도전을 반복해서 수행하면서 누구를 만나도 쉽게 적응할 수 있다. 한국인에게 대중공포증이 있다. 하브루타를 하면 저절로 해결된다. 대중 앞에서 발표하거나 대중을 앞에 두고 주도적인 행위를 하는 것을 어려워한다. 다중 앞에서 질문에 대한 대답이나 자신을 드러내서 말하는 것을 두려워한다. 하브루타가 꼭 필요한 이유다. 한국형 교육이 지식교육이라면 하브루타는 전인全人교육이다.

1.위대한 해결능력을 가진 하브루타

내가 가장 궁금한 것을 짝에게 질문을 한다는 점에서 짜릿한 쾌감을 맛볼 수 있다. 나와 다른 생각을 확인할 수 있다. 놀라운 세상이 또 하나 있음을 발견하곤 한다. 나와 다른 생각, 나와 다른 견해 그리고 독특한 해법을 만날 수 있다. 인생의 난제를 해결하는 기회의 시간이 될 수 있다. 하브루타의 장점이다. 예를 들어 실시해 보자.

〈세상은 놀 줄 아는 사람에게는 놀이터고, 행복할 아는 사람에게는 천국이야〉
"인생은 아름다워."
시인이 소리쳤다.
"인생은 예술이야."
그림을 그리는 미술가가 소리쳤다.
"인생은 한바탕 꿈이야."
몽상가도 소리쳤다.
그러자 가만히 생각에 잠겨 있던 철학자가 한 마디 했다.
"인생은 자신의 마음으로 만드는 창조작품이야. 놀 줄 아는 사람에겐 놀이터고, 생각하는 사람에겐 철학의 마을이고, 꿈을 꿀 줄 아는 사람에겐 몽상의 언덕이야. 그리고 예술가에겐 작품을 만드는 창작소지."

그러자 긍정이와 웃음이가 듣고 있다 긍정이가 말했다.

"우리에겐 낭만여행이예요."

여행 중인 긍정이다운 말이었다.

〈긍정이와 웃음이〉

하브루타는 지식의 확장이며 지혜의 출발이다. 지식량을 늘려갈 수 있고, 다시 지혜를 찾을 수 있는 학습방법이다. 인생을 바라보는 관점에 따라서 다르다. 하나가 아니다. 인생에서도 답은 하나가 아니다. 긍정이와 웃음이에 나오는 대화에서 보여주듯이 저마다의 인생관으로 저마다의 인생을 만드는 것이다.

시인에게 인생은 아름다움이고, 미술가에겐 인생은 예술이고, 몽상가에겐 한바탕 꿈이다. 철학자는 인생에 대해 다시 정의한다. 철학자에게 인생은 창조작품이다. 그러면서 추가 설명한다. '놀 줄 아는 사람에겐 놀이터고, 생각하는 사람에겐 철학의 마을이고, 꿈을 꿀 줄 아는 사람에겐 몽상의 언덕이야. 그리고 예술가에겐 작품을 만드는 창작소'라고. 그리고 긍정이에게 인생은 낭만여행이다. 하지만 한국에서는 공부 잘 하는 아이 하나만을 만들려고 작정을 한 듯이 공부, 공부 한다. 공부가 만사를 해결하는 대단한 힘을 가지고 있다. 사회에 나와서도 성공 하나만을 위하여 달린다. 한국인에게 인생은 목표를 향해 달려가는 경기 같다.

누가 뭐라고 해도 인생은 다양성이며, 다른 특성을 가진 사람들이 살아가는 곳이다. 그러기 위해서는 단답형이 아닌 다답형을 향한 수업인 하브루타를 하는 것이 필요하다. 하브루타를 하는 과정을 들여다보자.

첫째, 하브루타를 할 때 본문을 읽는 것은 통성通聲으로 한다. 소리 내어 크게 읽는다. 눈으로 보면서 귀로 다시 읽는다는 점에서 이중효과가 있다. 문제가 주어진다. 토론할 주제가 정해지고, 내용파악을 하는 단계다.

둘째, 인생을 보는 관점을 토론한다. 다양한 인생에 대한 정의에 대해 질문하고 대답하면서 인생에 대한 정의를 분석하고 설명한다. 다양한 관점에 삶의 지평이 확대된다. 좁은 시야가 넓어지는 시간이다. 통찰력을 확보할 수 있고, 직감력 또한 예리해질 수 있는 단계다.

셋째, 짝의 인생에 대해 묻고 답한다. 당연하게 자신의 인생에 대한 정의와 설명을 한다. 서로 깊어지고 짝에 대한 인간이해가 되는 시간이다. 깊은 인간관계가 형성되는 단계다. 지식을 넘어서 지혜를 만날 수 있다. 나의 인생관을 다른 사람의 입장에서 어떻게 바라보는지를 알 수 있고, 객관화할 수 있다. 그리고 하브루타 짝의 인생관을 만나면서 다른 세계를 만날 수 있다. 개인 대 개인으로 서로를 이해할 수 있는 단계다. 하브루타 짝이 친구가 될 수 있고, 인생친구가 될 수 있다. 하브루타로 해서 인생의 동반자를 찾을 수 있다. 성향이나 가치관을 서로 파악할 수 있는 절호의 기회다. 인간 이해로 인한 좋은 친구를 만날 수 있는 계기가 된다.

넷째, 나의 어려움을 토론으로 올려 인생의 돌파구를 찾을 수 있는 계기를 마련할 수 있다. 나의 인생과제를 토론으로 올려 다른 시각으로 검증받을 수 있다. 다양한 세계를 경험하고, 다양한 비평과 평가를 받을 수 있다. 자신의 인생관에 대한 폭넓은 세계를 만나게 되는 계기가 된다.

다섯째, 본문 내용에 등장하는 인물, 시인 화가 몽상가 철학자에 대한 정의와 세상을 바라보는 입장을 토론으로 삼을 수 있다. 이야기는 얼마든지 확대할 수 있다. 하브루타는 사람을 이해하고, 사람을 만나고, 사람을 사귈 수 있는 기회의 장이다.

하브루타를 통해서 주제토론을 하면서 사람의 정체성과 가치관을 파악할 수 있는 단계가 만들어지고 서로 맞는 인생의 짝을 만날 수 있는 기회가 마련된다. 유대인들의 유대가 끈끈한 것은 3가지 이유 때문이라 생각된다. 하나는 유대교라는 종교로 통일된다는 점이고, 또 다른 하나는 하브루타를 하면서 논리적이고 창의적인 세계를 발견하는 방법을 알게 되고, 좋은 친구를 만날 수 있는 점이다.

2.하브루타의 힘은 논리력과 분석력의 향상

하브루타를 하게 되면 근원적인 질문을 하게 된다

하브루타를 하게 되면 기초부터 전문적인 내용까지 질문을 하게 된다. 생각하는 힘을 길러준다. 사고력의 향상이 된다. 질문하고 답변을 하면서 전체를 읽을 수 있는 눈을 갖게 된다. 사람에게 지식의 총량을 늘이는 것보다 대화를 잘 하고, 토론 장소에서 당당하면서도 논리정연하게 자신을 생각을 정리해서 발표할 줄 아는 것이 더 필요하다.

인터넷의 영향으로 이제는 지식은 넘쳐난다. 검색하면 바로 알 수 있다. 크게는 우주에서부터 작게는 미생물과 박테리아까지 검색해서 알 수 있다. 지식은 넘쳐나고 지식을 쌓는 것은 덜 중요하게 되었다. 기본 지식으로 충분한 세상이 되었다.

이제 필요한 것은 지식을 가공하는 기술이다. 여러 지식을 가공하는 것을 융합이라고 한다. 여러 기술을 융합하고, 여러 생각을 융합해서,

새로운 세계를 만들어내는 융합의 시대다. 융합에 필요한 것이 생각하는 힘이다. 생각하는 힘을 극대화할 수 있는 것이 하브루타다. 하브루타는 적응력을 키워준다. 나와 다른 짝을 만나면서 사고의 유연성을 경험하게 된다. 더구나 짝을 바꿔가면서 대화를 하기 때문에 다른 생각을 여럿 만날 수 있다. 자연스럽게 나와 다른 생각에 익숙해질 수 있다. 하루에도 몇 번이나 다른 짝을 만나면서 다양한 세계를 만나게 된다. 그리고 인간이해에 더없이 중요한 역할을 한다. 하브루타는 다른 짝과 만나면서 다른 생각을 받아들이는데 유용하고 시각이 다른 사람과의 대화나 토론에 익숙해진다. 이론적인 적과의 동침을 유연하게 받아들이는 힘이 길러진다.
한국인에게는 자신과 다른 생각을 만날 때 당황해 하곤 한다. 아직도 대화나 토론문화에 익숙하지 않은 면이 있다. 하브루타가 해결해 줄 것이다. 하브루타를 하면서 달라지는 것이 논리와 분석이다. 그리고 대상이나 주제를 대하는 태도다. 보다 분석적이면서 설명에 능숙해진다. 다시 말하면 자기주장을 펼 때 반대이론에도 불구하고 질서정연하게 풀어갈 수 있는 힘이 길러진다.
한국인이 두려워하는 토론문화에서 앞서 갈 수 있는 능력을 갖게 되고 또 하나는 논술능력이 눈에 띄게 향상된다. 다시 말하면 대인공포증이 사라지고, 글쓰기를 두려워하는 사람에게 논리력과 발표력을 올려 주어서 논술에 대처할 수 있게 한다. 한국사회가 가진 부족한 점을 개선시킬 수 있는 여러 장점을 가지고 있는 것이 하브루타다.
하브루타가 가진 논술을 쓰는 힘에 대해 살펴보자. 논술은 자기주장을 논리적으로 글로 쓰는 것이다. 첫째 자기주장의 정당성을 주장하는 훈련이 된다. 하브루타가 가진 장점 중 대표적인 것이다. 자신이 쓰고 싶은 내용이나 받은 내용을 하브루타에 올려서 토론해보라. 거짓말 같이 문제가 해결된다. 짝과 이야기를 하면서 자신의 논리가 정리되고, 상대방의 논리를 들으면서 사고영역이 확장된다. 보다 정리되고, 확정되며, 체계가 잡혀간다. 하브루타의 최대장점인 분석력과 논리력이 드러난다. 이야기를 하면서 방향을 파악할 수 있고, 다른 의견을 들으면서 정보량은 쌓이고, 다른 분석방법을 경험하게 되면서 방향설정이 더욱 명확해진다. 써야 할 내용이 탑을 쌓아올리듯이 모양이 갖춰진다.

둘째, 글쓰기는 논리적인 만큼 잘 쓸 수 있다. 논술은 자신의 생각을 논리적으로 설명해야 한다. 자신의 주장을 하브루타로 설명하려면 논리적이어야 한다. 앞뒤가 맞지 않으면 주장을 펼 수가 없다. 원인과 결과를 확실하게 설명해야 한다. 하루아침에 만들어질 수 있는 능력이 아니다. 지속적으로 하브루타를 하면 작은 사안부터 큰 사안까지 대처할 수 있는 능력을 키우면서 자신도 모르게 사안에 대한 분석을 한다. 그리고 설명할 수 있는 방법을 터득하게 된다.

셋째, 글은 말을 옮기면 그대로 문장이 된다. 글쓰기가 어렵다고 한다. 물론 쉽지 않다. 생각을 조금 바꾸면 글쓰기가 달라진다. 수다가 글이 되게 하면 된다. 요즘 휴대폰으로 카톡을 할 때 입으로 말을 하면 글이 써진다. 말을 그대로 옮기면 글이 된다. 마찬가지다. 글쓰기도 어렵게 생각하면 글을 쓰기가 어렵다. 수다를 떤다는 생각으로 글을 쓰면 한결 쉬워진다. 맞춤법과 띄어쓰기 같은 것은 중요하지 않다. 교정을 보면 된다. 평소 말하던 습관대로 글을 써라. '된다된다된다'고 하면 정말 된다. 해보라. 친구에게 이야기한다고 생각하고 글을 쓰면 정말로 된다. 친구에게 술자리에서 열변을 토하는 그 마음 그대로 글로 옮겨 적으면 문장이 되고, 글이 된다. 다시 정리하고 논리적으로 퇴고를 하면 해결된다. 하브루타를 할 때 짝에게 설명하듯이 그대로 글을 쓴다고 실시해보라. 자신이 어느새 논리적이고 분석력이 깊어졌음을 깨닫게 된다.

실제로 하브루타를 해보라

논술을 할 때, 또는 칼럼을 쓸 때 혼자 힘들어하지 말고 하브루타를 해보라. 주제를 올려놓고 대화하고, 토론을 하다 정말 신기하게 논술과 칼럼을 딱 부러지게 쓸 수 있다. 다양한 의견을 경험하고, 논지를 정확하게 해주는데 탁월한 효과를 볼 수 있다. 타인의 다른 생각으로 내 생각이 다듬어지는 경험을 하게 된다. 어려운 문제의 해결방법이 의외로 가까운 곳에 있음을 깨닫게 된다. 경험담을 실어본다. 굳이 번호를 붙여 하브루타를 이해하도록 했다.

"1.하브루타 준비 : 혼자서 논술시험 준비를 했습니다. 지문을 읽어도 이해가 되지 않았습니다. 전체를 파악하는 일이 쉽지 않았습니다. 아리송하고, 핵심은 잡히지 않았습니다. 매번 논술을 할 때 느끼는 생각이었습니다. 궁리를 하다 논술시험 내용을 가지고 하브루타를 할 때 주제로 올렸습니다. 하브루타 친구와 하브루타를 진행했습니다.
2.하브루타 시작 : 하브루타 친구와 하브루타를 진행했습니다. 나와 하브루타 친구도 지문을 읽었지만 논지를 파악하기 어려웠습니다. 놀라운 일이 벌어졌습니다. 서로 정확히 모르면서 질문과 답변을 하면서 쉽게 풀리는 경험을 했습니다. 신기했습니다. 두 사람 모두 잘 몰랐지만 서로에게 질문을 하면서 매듭이 풀리는 것을 보았습니다. 질문을 하면서 정리되고, 질문에 답하면서 머릿속에 정리가 되는 것을 경험했습니다.
3.하브루타 효과 : 신기한 것은 오가는 대화에서 지문이 요구하는 것이 무엇

인지 확연하게 잡혔고, 지문이 요구하는 답이 보였습니다. 혼자서는 해결하기 어려운 일이 하브루타를 하면서 해결되었습니다. 하브루타의 힘을 경험하는 순간이었습니다. 더욱 신기한 것은 폭넓은 지식을 만나게 되고, 다른 견해를 만나게 되는 경험이었습니다. 하브루타의 힘은 작은 듯 큰 힘을 발휘했습니다. 생각하는 힘을 길러주었습니다. 그리고 설명을 하면서 생각이 다듬어졌습니다. 하브루타 짝의 반론에 답하면서 더욱 내 논지가 확실해졌습니다. 신비한 경험이었습니다. 우리에게 익숙한 가르치고 배우는 것과는 다른 차원의 교육법이었습니다.

4.하브루타 추가경험 : 또 다른 것도 경험했습니다. 하브루타를 진행할수록 논술답안이 정리되면서 기술적인 방법에까지 생각이 이르렀습니다. 하브루타는 지문에 대한 답을 알게 하면서 부수적인 것을 여러 가지 얻게 됐습니다. 전반적인 것을 이해하게 되고, 나 자신도 몰라보게 성장하는 것을 느꼈습니다. 뜻밖에도 지문에서 주장하는 내용을 이해하게 되면서 까다로운 숙제를 내주었었는데, 지문에서 주장한 것과 다른 이유도 찾아내라는 주문에 대한 해결이었습니다.

5.반대논리 획득 : 지문에 나와 있는 내용에 동의하면서 다른 내용을 찾아내라는 어려운 문제에 대한 답을 하브루타 친구와 이야기를 주고받으면서 찾아낼 수 있었습니다. 하브루타 친구의 생각과 내 생각을 종합하고, 분석하면서 반대의 논리까지 찾아낼 수 있었습니다."

놀랍지 않은가. 첫째 하브루타를 시작하면서 무언가 보이기 시작한다. 둘째 서로 모르는 내용을 토의하면서 해결의 실마리가 보이기 시작한다. 셋째 하브루타 효과를 얻게 되었다. 가르치고 배운 것이 아니라는 특별한 점이다. 넷째 추가적인 것들을 얻게 되었다. 전체를 이해하게 되고, 지문에서 주장하는 것 외에도 이해가 되었다. 다섯째 놀랍게 반대이론까지 실마리를 얻게 되었다는 점이다. 하브루타의 놀라운 효과다.

두 사람이 만나면 한 사람이 스승이라는 말에 동의한다. 잘하면 잘 하는 것을 배우고, 못하면 못하는 것에서 배우고, 다르면 다른 것에서 배우면 된다. 반면교사反面教師도 있고, 정석定石교사도 있다. 하브루타는 위대한 공부법이다. 가장 궁금한 것을 질문할 수 있고, 가장 정확한 답이라고 생각하는 것으로 설명하면서 다듬어지고, 해결책이 나온다. 하브루타의 힘은 질문이고, 답변을 하면서 조금씩 드러나는 공부법이다. 완성되지 않은 존재인 두 사람이 만나 짝을 이루어 서로의 좋은 생각을 찾아내고, 더 나은 단계로 올라가는 하브루타의 힘은 생각보다 크다. 혼자가 할 수 없는 일을 둘이 하면 할 수 있다. 단순계산의 둘의 힘보다 더 큰 힘을 발휘할 수 있다. 하브루타는 생각의 힘을 이끌어내는 교육법이다.

3.스승은 가르치는 사람이 아니라 깨우치도록 하는 사람

[유대인] 저자 마빈 토카이어Marvin Tokayer는 "나쁜 답은 있어도 나쁜 질문이란 없다." 고 딱 잘라 말한다. 유대인 질문 학습 방법은 무려 2500년 이상이나 된 권위 있고 전통 있는 학습법이다. 유대인들이 현재 수많은 분야에서 수많은 인재를 키워온 학습 키워드는 질문이다. 질문이 위대한 결과를 만들어내지만 입은 조심스러운 부분이다. 상반된 결과를 만들기도 한다. 입은 사람을 망쳐버리는 경우가 있다. 하지만 귀 때문에 망한 사람은 없다. 그리고 듣기는 번개처럼 하고, 말하기는 구름이 흘러가는 것처럼 해야 한다. 그만큼 조심스러운 것이 입이다. 이런 말도 있다. 물고기는 항상 입으로 낚인다. 사람도 입으로 엮인다. 질문은 세상을 창조하는 힘이 있지만 많은 말은 금물이다.

하브루타의 핵심은 대답보다 질문에 있다. 질문을 잘하는 학생을 우등생으로 인정한다. 한국에서는 질문하는 사람보다 대답을 잘 하는 사람이 인정을 받는다. 시험도 결국 질문에 대한 답을 잘 하는 것에 있다. 다시 말하면 문제의식을 던지는 사람을 인정하는 것이 하브루타다. 결과는 문제의식에 대한 결과라는 생각 때문으로 보인다. 문제의식이 없으면 답도 나오지 않는다. 세상에 대해, 인생에 대해, 문제의식을 가지는 것이 변화의 출발이고, 창의의 출발이다.

질문에는 "어, 저게 뭐지?" 또는 "왜 그럴까?"라는 당연해 보이지 않는 호기심이 있어야 생긴다. 그냥 넘어가지 않고 원인을 찾아보고, 이유를 설명할 수 있어야 한다. "뭐 그럴 수 있지."라고 인정하고 들어가면 아무 일도 생기지 않는다. 하지만 "저게 뭘까?"라는 생각이 드는 순간 문제의식을 가지고 파고들면 일상적인 것이 갑자기 파격이 들어있음을 찾게 된다. "왜?"라는 생각을 항상 가지고 있으면 더 많이, 더 궁금해진다. 궁금해지는 그 호기심이 세상을 바꾸게 된다. 지금 과학의 시대에 필요한 생각이다. 세상의 원리가 다 밝혀진 것 같지만 알면 알수록 모르는 것이 많아진다는 말이 옳다.

알면 알수록 궁금해지는 것이 많고, 공부하면 공부할수록 신비한 세상을 만나게 된다. 남이 접하지 않은 지식을 습득하는 순간 기발한 상상력을 발휘할 수 있다. 예상치 않은 발상과 뜻밖의 상상력으로 만들어진 발명품들은 당연한 것을 당연하게 보지 않은 것에서 출발한다. 불편이 발명품을 만들게 하는 출발점이듯이 "왜 그럴까"라는 생각이 새로운 제품이 만들어지는 계기가 된다.

"배가 앞으로 나아가기 위해서는 반드시 뒤를 돌아봐야 합니다. 한국은 지금 첨단 기술과 산업의 발전으로 매우 빠르게 앞으로 나아가고 있지만 현명한 민족이라면 밝은 미래를 위해 과거의 지혜를 활용할 줄 알아야 합니다."

〈탈무드〉 의 저자인 마빈 토카이어의 발언 내용이다. 한국이 가진 장점과 한국이 가진 정신이 있다. 위대한 한국의 출발은 한국인이 가진 강점과 한국인의 정신을 교육에 담는 작업을 해야 한다. 마빈 토카이어의 발언은 계속 된다.

"하브루타식 논쟁과 더불어 가정에서 자녀의 교육에 주도적으로 참여함으로써 부모가 직접 자녀를 가르치는 게 일상화됐다."

한국의 교육계에서 뿐만이 아니라 한국의 부모들이 받아들여야 할 부분을 지적하고 있다. 자녀교육을 위해서 가정이 모두 움직인다는 점이다. 한국은 자녀 교육에 대해서 학교와 학원에 절대적으로 의존하는 한국의 교육 현실과는 무척이나 다른 모습이다. 마빈 토카이어의 발언 내용에 귀를 기울여야 한다.

한국에서는 교육자는 가르치는 사람을 말하지만 유대인들에게 교육자는 안내자, 도우미 역할로 만족한다. 지식을 전달하는 사람이 아니라 궁금한 것에 대한 지식을 찾는 법을 알려준다. 지식을 머릿속에 저장하는 것을 알려주는 것이 아니라 지식을 설명하고, 정리해서 다른 논리와 연결하는 법을 깨우치도록 한다. 머리는 지식창고가 아니라 지식을 가지고 활용하는 장소로 인식한다. 한국인들은 하나의 정답을 알려주지만 유대인들은 여러 개의 정답이 있음을 알려준다. 다른 것이 세상을 변화시켜줄 수 있는 것임을 알려준다. 다양한 방법과 다양한 시각이 있음을 알려준다.

한 아이가 성장하는데 한 가족이 다 필요하다는 것을 인정하고 다 같이 교육자로서 부모가 참가하고 있는 점은 우리 한국인에게 더없이 느끼게 하는 바가 크다. 무엇보다 지식을 알려주는 것이 아니라 지식을 스스로 습득하는 법을 알려주는 하브루타 방식은 우리에게 꼭 필요한 내용이다. 답을 알려주는 대신 질문해서 생각하게 하는 유대인들의 교육방식은 한국에서도 필요하다. 답을 알려주는 순간 생각을 멈추어버린다. 그리고 답을 외우는 우리 한국의 교육방식은 이제는 변화해야 한다. 유대인 부모나 교사들은 아이의 궁금함을 증폭시켜서 더욱 알고 싶은 욕망을 자극시켜 준다. 그리고 답을 바로 안 가르쳐주고 질문을 해서 호기심에 자극을 주면 아이의 생각이 더욱 활성화된다.

4.질문은 가정에서도 아주 중요하게 작용

스스로 공부하는 아이를 발견하기가 한국에서는 쉽지 않다. 부모는 아이와 전쟁이라도 하듯이 공부를 강요하고, 아이는 무슨 첩보작전이라도 하듯이 엄마를 속이고 공부를 하지 않으려는 나라가 한국이다. 아이들이 공부하는 것이 대접받을 만한 일로 아는 세계 유일의 나라일지도 모른다. 힘들게 번 돈을 들여서 공부를 시키면서 공부하라고 구걸하듯이 하는 나라. 공부하는 것을 벼슬한 것처럼 허세를 부리는 아이가 있는 나라. 공부했다고 선물해달라는 아이를 정상으로 보는 나라. 참 특별한 나라다.

공부시켜주는 것이 감사하다고 아이가 엎드려 부모에게 절을 할 일임에도 나라라도 구한 것처럼 행동한다. 무엇이 잘못되어도 많이 잘못되었고, 그런 세상을 만들어놓고도 교육부를 욕하고, 정부를 욕하는 나라가 한국이다. 내 자식농사를 내가 책임지지 않고 사회와 정부를 탓한다. 그럴 일이 아니다. 가정에서부터 다시 시작하면 된다. 아이가 공부를 즐겁게 하도록 만들어야 하고, 아이가 공부하는 것을 고마워 하게 해야 하는 책임은 사회와 정부가 아니라 자식을 둔 부모 자신이다.

아이에게 쫓아다니며 밥을 먹이는 엄마가 있는 이상, 아이가 공부하는 것이 자랑이라는 생각을 가지게 하는 이상 아이를 독립된 아이로 키우기는 어렵다. 밥 먹는 것을 싫어하는 아이는 없다. 밥 먹는 것을 싫어하게 한 엄마가 있기 때문에 그런 아이가 있을 뿐이다. 아이가 공부하는 것을 싫어하는 아이는 없다. 엄마가 공부하는 것을 재미없게 만들어놓은 엄마가 있기 때문이다.

고치는 방법도 쉽다. 하지만 지켜야 할 규칙이 있다. 먼저 밥 먹는 것을 싫어해 영양실조에 걸린 아이가 있는 집안을 살펴보자. 아이가 먹기 싫어할 때 더 먹으라고 권한다. 아이를 위해서라고 한다. 그런 엄마는 배부른데 더 먹으라고 하면 밥을 더 먹겠는가. 거의 알맞게 먹었는데 더 먹으라고 하면 밥 먹는 것이 아이에겐 고문에 가깝다. 많이 먹는 아이가 있고, 적게 먹는 아이가 있다. 콩나물을 좋아하는 아이가 있고, 고기를 좋아하는 아이가 있다. 다르다. 다른 것을 인정하라. 인정한다고 하면서 실행할 때는 다르다. 틀린 것이 아니고 다른 것이라고 말은 하면서 실행을 할 때는 다르다. 특히 내 자식에게는 다르게 적용한다. 적용해야 할 대상은 정작 내 자식인데 실천하지 못한다. 너무 사랑하기 때문이라고 한다.

밥을 먹기 싫어하는 이유는 대부분 엄마가 밥을 많이 먹기를 권해서다. 먹기 싫은 것을 먹으라고 권해서다. 고치는 방법도 간단하다. 엄마 자신이 하고 싶은 대로 하면 된다. 다시 말하지만 아주 간단하다. 엄마 자신이 하고 싶은 대로 하면 된다. 엄마는 가정에서 가족이 다 함께 밥을 먹기를 원한다. 그렇게 하면 된다. 식사 시간에 안 나오면 자신이 알아서 찾아먹게 하면 된다. 당연히 설거지도 먹은 사람이 책임지면 된다. 물론 어린아이의 경우는 다르다. 굶기면 된다. 다음 식사 때까지 굶기면 된다. 너무 쉽다. 다음 식사 때까지 어떤 간식도 어떤 음식도 제공하지 않는다. 냉장고는 비워두면 된다. 아이가 먹고 싶어 할 때까지 그냥 두면 된다.

엄마 자신은 배가 안 고픈데도 밥을 먹는가 생각해 보라. 자신이 하고 싶은 대로 아이에게도 선택권을 줘라. 아이가 밥상으로 찾아온다. 그때 주면 된다. 감정을 드러내지 말고 아이가 하고 싶은 대로 해주면 된다. 다만 밥은 항상 있는 것이 아니고 식사시간이 있음을 깨닫게 해주고, 밥을 먹을 수 있다는 것이 얼마나 고마운 일인가를 깨닫게 해주어야 한다. 음식을 준비하는 엄마가 고마운 존재임을 깨닫게 해주어야 한다.

아이의 성격도 좋아지고, 엄마도 아이와 다툴 일이 없다. 무슨 일을 하다가도 밥 먹을 때면 찾아온다. 먹을 것이 있는데 굶어죽는 동물은 없다. 더구나 영리한 사람이 굶어죽을 리가 없다. 거꾸로 음식을 찾아다닌다.

공부를 즐겁게 하는 방법에 대해서는 앞에서 설명했다. 그래도 복습하는 셈치고 다시 들어가 보자. 먼저 성적에 매달리지 마라. 엄마가 수학을 싫어해 수학성적이 나빴음에도 아이에게 수학공부를 열심히 하고 수학점수가 높기를 바란다. 보라색 감자를 심으면 보라색 감자가 나온다. 파보나 마나 보라색 감자다. 하얀색 감자를 심으면 하얀색 감자가 나온다. 파보나마나 하얀 색 감자다. 아이도 마찬가지다. 나와 닮았다. 내가 수학을 싫어했으면 아이도 파보나마나 싫어한다. 그래도 아이를 들볶는다. 우리 아이는 천재라고.

아이의 호기심을 길러주고, 아이의 호기심을 해결할 책을 찾도록 하고, 책을 찾아오면 펼치게 해서 호기심을 해결해준다. 호기심을 자극하는 물음을 던진다. 공부가 얼마나 즐거운 것인가를 깨닫게 한다. 강제로 하면 안 된다. 아이가 흥미를 잃는다. 하고 싶을 때 하게 한다. 아이와 도서관을 같이 가고, 아이와 함께 책방을 가서 스스로 선택한 책을 사준다. 자신이 선택한 책은 더 애착을 갖는다. 아이가 호기심을 보이는 것에 대해 엄마도 관심을 가지고 수시로 질문을 한다. 동화 뽀로로에 관심이 있으면 뽀로로에 대해 질문을 던지면 아이는 흥미를 가진다. 아이가 관심을 가지는 것에 대해 흥미유발을 시켜주는 물음을 던지는 것이 필요하다. 아기상어에 관심이 있으면 아기상어에 대해 이야기 하면 된다. 가르쳐주지 말고 놀아주는 것이 필요하다.

아이가 관심 있어 하는 분야에 대해 동기유발을 시켜주는 것이 필요하다. 로봇을 좋아하면 로봇박물관을 데려간다. 여기까지는 잘 한다. 다음단계가 문제다. 엄마는 성적을 걱정한다. 아이들에게 학교성적은 중요하지 않다. 중학교까지는 공부를 하지 않아도 문제가 되지 않는다. 마음만 먹으면 아이들은 한글을 익히고, 기초영어를 하는 것은 잠깐이다. 한글은 쉬워서 며칠이면 뗀다.

공부 말고도 할 것이 세상은 많다. 공부만을 고집하지 마라. 성적을 걱정하는 순간 공부는 재미없다. 초등학교나 중학교 때까지 자신이 좋아하는 분야를 하게 두는 것이 필요하다. 조금만 도와주면 아이는 정말로 전문가가 된다. 중학생 아이가 혼자서 로봇의 원리와 로봇을 만들 줄 안다. 누구한테 배운 것이 아니라 독학으로 교수 정도 수준의 기술과 학술적인 수준을 가지게 된다. 지금은 놀라운 세상이다. 관심만 있으면 원자폭탄도 만들 수 있다. 얼마 전에는 아이가 원자폭탄을 설계해서 세상을 놀라게 한 사례도 있다.

지금은 공부를 잘 하는 모범생이 필요한 세상이 아니라 기발한 창의적인 생각으로 새로운 것을 만들어내는 전문가가 필요한 세상이다. 학교에서 배울 수 있는 것보다 학교 외에서 더 많은 것을 얻을 수 있는 세상이다. 세상으로 나가는 문은 열려있다. 열려진 세상으로 나가 스스로 공부하는 아이로 길러야 한다. 호기심이 사라지지 않게 하는 엄마의 지혜가 성적 우수생이 아니라 세상을 놀라게 하는 아이로 키울 수 있다. 지혜의 답은 물음이다. 질문하라. 그러면 아이의 세상을 열게 할 것이다.

– 변해야 사는 사람들 –

변하는 세상에서 혼자만 변하지 않으면 혼자만 과거에 남아있는 것이다. 결국 혼자만 동떨어지게 된다. 변해야 산다. 변하지 않으면 낙오된다. 함께 하는 세상에서 사회의 변화에 함께 하지 않으면 대화도 어렵다. 공통주제가 있어야 대화가 잘 된다. 자주 만날수록 대화가 잘 되는 이유가 여기에 있다. 오랜 만에 만나는 사람과의 대화는 무언가 어색하다. 공통주제가 없어서다. 공통주제를 찾아내기가 쉽지 않아 이야기가 겉돈다.

가정으로 가보자. 아이가 엄마 아빠 이야기의 높이에 맞추려고 하지 않는다. 맞춰야 할 노력이 필요한 사람은 엄마와 아빠다. 아이의 생각의 키에 맞춰 엄마 아빠의 생각의 키가 커야 한다. 지식의 높이에, 관심이 높이에 맞춰야 대화가 가능하다. 대화는 두 사람만의 지식과 관심의 눈높이가 맞아야 한다. 아이에게 교육을 시키겠다는 생각보다는 아이와 친밀감을 형성해주는 것에 중점이 주어져야 한다. 세상에서 의지할 곳은 엄마와 아빠 외에 없다. 든든한 언덕을 전제로 이야기가 되어야 한다. 아이는 빠르게 성장한다. 아이가 고등학교만 들어가도 이미 아이는 교육의 대상이 아니라 엄마 아빠의 지식수준을 추월한다.

적어도 아이가 중학교 정도까지는 엄마 아빠와 대화를 해야 한다. 아이가 학교에 다녀와서 엄마 아빠에게 재밌게 학교에서 일어난 일과 자신의 신상에 대해 이야기를 할 수 있어야 한다. 그렇지 않다면 벌써 아이와 부모 사이는 단절되어 있다고 봐야 한다. 아이에게 호기심이 남아있어야 하고, 아이가 부모를 대화상대로 볼 때 가능하다.

초등학교 때에는 학교 이야기를 신이 나서 하던 아이가 중학교에 들어가서 하지 않는다면 엄마 아빠가 아이의 눈높이에서 상대하지 않았기 때문이다. 대화가 상대가 되려면 절대적으로 마음의 눈높이를 맞춰야 한다. 엄마 아빠가 아이의 입장에서 들어주고 질문하는 사람이어야 가능하다. 마음의 눈높이가 중요하다. 성적이 안 좋게 나왔을 때 어떻게 반응하는가를 돌아보자.

"놀았으니 그렇지."

"내가 그럴 줄 알았다."

말이 나오는 순간 아이는 다음부터는 윗사람으로 본다. 자신을 감시하는 대상으로 본다. 마음의 문을 닫는다. 다음부터는 아이는 하숙생으로 바뀐다. 집에서 돈 못 받고 하숙 치는 아이로 변모한다. 바꿔라. 바꾸면 아이도 생각을 바꾼다.

"힘들겠다."

"열심히 했는데 아쉽다."

같은 마음의 키높이의 대화다. 친구가 시험을 못 봤을 때 "놀았으니 그렇지."라고 하는가 생각해보라. 친구가 성적이 나빠 고민인데 "내가 그럴 줄 알았다."라는 말을 하는가 생각해보라. 친구가 되고 싶으면 친구가 사용하는 말을 사용해야 한다. 말로만 친구라고 하지 말고 마음의 키높이를 맞춰야 한다.

정의 내리려 하지 말고, 질문하라. 가르치려하지 말고 질문하라

청년과 노인, 세대 차이로 들어가 보자. 노인은 외롭다. 외로운 이유는 간단하다. 하브루타를 알았다면 외롭지 않았을 텐데. 노인은 과거의 전통과 예의 그리고 지식을 가진 사람이라는 인식을 깨지 않으면 젊은 친구가 생기지 않는다. 노인은 과거를 많이 산 사람이다. 과거의 경험이 현재에 그리 유용한 지식이 되지 않는다. 농경사회에서는 노인의 경험이 절대적으로 중요했다. 같은 일의 반복이어서 경험이 자연재해를 막거나 파종이나 가을걷이 때 지혜를 사용할 수 있었다. 지금은 다르다. 산업사회에서도 어느 정도는 가능했지만 지금은 분명 다르다.

너무 빠르게, 너무 많이 변하고 있다. 과거 농경사회와 산업사회의 지식이나 정보 그리고 경험은 낡은 경험이 되고 있다. 새로운 변화에 맞춰야 한다. 젊은이들도 적응하기가 쉽지 않은데 노인들은 더욱 낙오되고 있다. 새로운 형태의 지식이나 정보에는 못 따라가더라도 삶의 지혜의 경험은 유효하다. 그것도 현대적인 시점에서 해석할 때 가능하다. 젊은이가 노인의 눈높이에 맞춰 대화하려는 예의 바른 젊은이는 의외로 적다. 결국은 젊은이의 키에 눈높이를 맞춰 대화하는 노인이 되어야 한다. 물론 외로움을 감수한다면 혼자서 즐기면 된다.

회사로 가보자. 사원의 키에 맞춰 대화하는 관리자가 되어야 한다. 젊은 신입사원의 능력이 나이 든 임원보다 더 잘하는 것이 제법 있는 세대다. 산업사회에서는 있을 수 없는 일이다. 지금은 인터넷 검색이나 온라인 이용방법 그리고 타자실력과 외국어 구사 능력이 관리자 수준을 넘는 사원들이 많다. 아차, 하는 순간에 구세대 사람 취급을 받을 수 있다. 회사는 능력이 좌우하는 공간이다.

이끌어갈 수 없으면 질문하면 된다. 정답이 없는 세상에서 정답을 말하려하지 마라. 정답이 아닌 것을 정답이라고 우기다가 바로 인터넷 검색으로 무안을 당할 수 있다. 어려움을 질문으로 뚫어라. 질문하면 열린다. 인생은 이런 거라고 우기지 말고, "인생을 어떻게 생각 하냐?"고 질문하면 대화가 열린다. 직장생활은 이런 거라고 정의하지 말고 "직장생활이 어떠냐?"고 물으면 대화의 장이 열린다. 다시 한 번 말한다. 현재 일어나고 있는 사안에 대해 정의하지 말고 "그 문제를 어떻게 생각 하냐?" 물어보면 길을 찾을 수 있다.

내가 정의하려 하지 말고, 내가 길을 찾으려고 하지 말고, 직원들의 능력을 믿고 질문하면 직원들은 신이 나서 검색하고, 만들어내고, 실행한다. 칭찬하면 된다. 칭찬하는데 돈 500원도 안 든다. 하루에 5,000원어치만 칭찬해도 직장 내에 활력이 넘친다. 묻는데 돈이 안 든다. 한 번 질문하는데 500원도 안 든다. 5,000원어치만 질문하라. 성공할 수 있다.

세상의 변화의 키에 맞추려면 성장하는 나를 만들어야 한다. 질문해야 한다. 나 자신에게도 질문하라.

"광철아. 너는 지금 어느 지점에 서 있냐?"

"광철아. 너는 왜 사니?"

자신에게 질문하라. 생각이 작동한다. 생각이 나를 확인해서 내 위치와 이유를 설명하기 시작한다. 나는 다시 생각의 세계로 들어간다. 나에게 질문하는 순간 각성이 이루어진다. 나를 다시 생각하게 되고 살아 움직이기 시작한다.

"광철아. 너는 앞으로도 지금처럼 살거니?"

물어보라. 고민하게 된다. 세상은 내가 성장하는 만큼 품을 수 있다. 내가 아는 만큼 만날 수 있다. 변하지 않는 나를 데리고 살 생각을 하지 마라. 변하는 세상에 나도 변해야 한다. 그러기 위해서 질문하라. 하브루타의 힘은 질문에서 나온다. 나에게 질문하고, 상대에게 질문하라. 정의 내리려 하지 말고, 질문하라. 가르치려하지 말고 질문하라.

눈으로도 말하고 눈으로도 듣는다. 눈으로 말할 때 깊다.

눈으로 들을 때 깊다.

눈도 말하고 듣는 기능을 가지고 있다.

7장

세상을 바라보고 생각하기

지식의 목표는 지혜다. 지식은 지식 자체가 가치 효용성이 있지만 지식은 지혜로 가는 길을 열어준다. 세상을 바라보는 눈은 고정된 하나의 눈이 아니다. 여러 개의 눈을 가지고 있다. 다른 시선들이 만나 이해의 폭이 넓어지고 깊어진다. 다른 시선이 지혜의 길을 안내해준다. 지혜는 계단을 오르듯이 한 단계씩 상승한다. 세상을 이해하는데 중요한 것은 눈으로 보는 것이다.

세상을 바라보는 눈은 세 단계로 나눈다. 첫 번째 단계다. 목견目見이다. 눈이 가진 육체적 기능 그대로 보이는 풍경이다. 있는 그대로 보는 눈이다. 눈을 뜨고 있으면 보이는 단계다. 둘째는 심견心見이다. 마음으로 인식해 지식으로 저장하는 단계다. 풍경을 보고 마음으로 생각하는 단계다. 풍경을 보면서 추억을 떠올리고, 미래를 계획하기도 하고, 자신의 존재와 대비시켜 바라보는 보기다. 셋째는 식견識見이다. 바라보고 있는 풍경과 자신이 가진 종합적인 지식을 종합해서 바라보는 단계다. 지혜와 만난 바라보기다. 새로운 세계를 여는 지혜의 단계다.

보이는 그대로에서, 마음으로 바라보는 단계를 지나, 자신이 가진 지식과 지혜를 종합해서 바라보는 보기가 있다. 지혜를 얻어내는 단계를 위해서 필요한 것이 있다. 사람의 인식은 보는 것을 다 저장하지 않는다. 보되 보지 않은 것과 별반 다르지 않은 단계가 목견目見으로 1단계다. 눈을 뜨고 있지만 다르지 않은 비슷한 풍경을 만나면 머리는 인식하려 하지 않는다. 흘려보내는 풍경을 저장하지 않는다. 보고 있지만 멍하니 바라보고 있는 단계다. 생각하고 있다고 해도 저장하지 않는 바라보기다. 두 번째는 마음을 들여놓고 바라보는 바라보기로 심견心見이다. 회한과 추억 그리고 그리움이 복합된 바라보기다. 세 번째는 자신이 살아온 모든 역량인 지혜와 정보를 총동원해서 바라보는 식견識見이다. 현실을 직시하고, 과거를 미래를 전망하는 바라보기다. 목견目見, 심견心見, 식견識見의 계단을 올라야 한다.
문자는 필요만큼 생긴다. 많이 사용하고, 중요할수록 많은 단어를 가지게 된다. 사람으로서 중요한 것이 보는 것이다. 의식주만큼 중요한 것이 눈이다. 눈의 기능인 보기가 중요하다는 것은 한자의 수를 보면 확인된다.
본다는 뜻의 한자는 많다. 견見·간看·시視·관觀·람覽 등이다. 본다는 뜻이지만 조금씩 차이가 있다. 본다는 의미를 세분화했다. 인용해 본다. 견見은 본다는 의미로 일차적인 의미다. 눈을 뜨고 있으니 보이는 단계다. 영어로 하면 'see'에 해당한다. 간看은 글자 모양을 보면 눈 목目자 위에 손 수手자를 얹었다. 눈 위에 손을 대고 멀리 바라보는 것이다. 영어의 'look'에 가깝다. 또한 간看은 관찰하다, 헤아리다, 가리다, 고르다 등의 의미도 있다. 병간病看, 간산看山, 간서看書로 책을 소리내지 않고 읽는다는 의미와 간판看板에도 쓰인다.
시視와 관觀은 물건보다는 사안事案에 대해 꼼꼼히 살펴보는 것이다. 영어로는 'watch'다. 그래서 시찰視察이나 관찰觀察이 있다. 집중해서 살펴보는 것이나 속까지 들여다보는 것이다. 내시경內視鏡 좌시坐視 순시巡視 등이 있다. 시인視人은 꼼꼼히 살피는 사람으로 예전에는 남의 나라에 보내 사정을 염탐하는 간첩을 시인視人이라 했다. 꼼꼼히 살펴서 지켜보는 것을 감시監視한다고 한다. 觀은 보다, 보이게 하다. 보게 하다, 점친다는 듯을 가지고 있다. 세상을 통찰력의 눈으로 보거나 깨달음의 눈으로 바라보는 것을 말한다. 세계관世界觀, 관광觀光, 관학觀學, 도관道觀 등이 있다.
그리고 본다는 뜻으로 '람覽'이 있다. 살펴보고 선취 보는 것이다. 미술 전람회展覽會나 도서 열람실閱覽室의 람覽이 바로 이 뜻이다. '망望'은 바라다, 기다리다, 기대한다는 의미로 미래를 바라본다는 의미가 강하다. 전망展望, 희망希望, 신망信望이 있다.

본다는 뜻을 지닌 한자는 이외에도 있다. 도覩·도睹 등이 있다. 눈目은 눈, 눈빛, 견해見解, 안목眼目, 목록目錄, 제목題目등이 쓰인다. 영어로는 'eye'에 해당한다.

이렇게 보는 데도 다양한 층위가 있다. 눈뜨고 본다고 해서 다 보는 것이 아니다. 다시 설명하면 첫 단계로 그냥 보이는 목견目見, 두 번째는 마음으로 보는 심견心見, 그리고 세 번째는 지혜로 바라보는 식견識見으로 나눈다. 말하고 듣는 것만큼 중요한 보는 것에 대해 살펴봤다. 우리는 일반적으로 보고 듣는다고 한다. 그만큼 보는 것이 중요하다. 말하고 듣는 것보다 우위에 있는 것이 보기다. 눈으로도 말하고 눈으로도 듣는다. 눈으로 말할 때 깊다. 눈으로 들을 때 깊다. 눈도 말하고 듣는 기능을 가지고 있다.

세상을 바라보고, 생각하며 바라보고, 생각하면서 지혜로 바라보는 단계를 거치면서 세상을 파악하는 것이 중요하다. 하브루타에서도 마찬가지다. 하브루타의 핵심인 질문하고 대답하는 것이 결국은 세상을 지혜로 바라보기 위해서다. 세상을 바라보는 눈이 1단계인 목견目見에 머문다면 동물적인 단계를 벗어날 수 없다. 하브루타에서 요구하는 눈이 아니다. 세상을 바라보는 눈이 2단계인 심견心見도 추천할 단계가 아니다. 하브루타에서 요구하는 눈은 3단계로 식견識見이다. 지혜의 눈으로 바라보아 판별하고 깨우칠 수 있는 3단계의 바라보기가 필요하다.

– 새로운 눈으로 바라보고 생각하기 –

하브루타는 나의 한계를 극복하는 방법으로 너를 등장시켰다. 너의 등장은 많은 것을 변화시킨다. 나와 대등한 너의 등장으로 나는 반으로 줄어들면서 축소를 하는 것이 아닌 나와 대등한 너의 등장으로 사고의 넓이를 두 배로 증가시키는 교육이다. 다른 생각으로 해서 어느 하나가 축소되는 것이 아니라 다른 생각의 확장으로 생각의 영역이 두 배로 늘어나게 하기 위한 방법의 도입이 하브루타다.

하브루타는 동등하게 시작해서 동등하게 결론에 도달하게 한다. 치열하게 다름을 논쟁하고, 옳고 그름을 가려서 하나의 또 다른 세계를 만들어내고자 하는 것이 하브루타다. 갇힌 두 세계를 열린 두 세계로 만나게 해서 새로운 세계를 창출해내는 것이 하브루타의 목적이다. 우리 한국적인 전통에서는 나를 객관화해서 바라보도록 해서 나만의 독단적인 오류를 고쳐보려는 노력이 오래 전부터 있었다. 여기에 다른 생각으로 바라보고 생각하는 방법을 올린다.

첫째는 객관인지客觀認知다. 둘째는 입체인지立體認知다. 셋째는 전환인지轉換認知다. 객관인지는 우리의 인식 속에 자리 잡고 있는 체계다. 입체인지와 전환인지는 새로운 고안해낸 생각바꾸기다. 세 가지의 생각바꾸기를 하고 산다면 보다 나은 세계로 나갈 것이라 믿는다. 내가 옳을 수 있으니 상대도 옳을 수 있다는 생각을 갖는다면 다툼도 줄 것이고, 전쟁도 줄 것이다. 생각바꾸기의 생활화가 필요하다. 하브루타를 실시할 때 중요한 방법의 하나가 될 것이다. 경계를 허무는 마음의 문이 필요하다. 긍정이와 웃음이의 이야기를 잠시 들어보자.

〈모든 경계에는 꽃이 피는 거야〉

긍정이와 웃음이는 격렬한 토론장에 있었다.

“한 사람의 생각과 또 한 사람의 생각이 만나는 것이 토론입니다. 다른 환경과 다른 입장에서 만났기 때문에 서로 다른 생각을 하는 것은 자연스러운 일입니다. 저는 다름이 만나서 더 큰 세상을 열 수 있는 계기가 되리라 믿습니다.”

모인 사람들이 모두 공감했다. 격렬했던 분위기가 부드러워졌다.

“안과 밖으로 경계 지어진 것이 있습니다. 벽입니다. 벽을 열 수 있는 것이 있습니다. 문입니다. 여러분은 모두 다름과 다름을 연결해주는 문이 되실 것을 믿습니다. 벽은 닫고, 문은 열라고 만들어졌습니다. 여러분은 모두 오늘 새로운 문을 여는 주인공이십니다. 좋은 결론을 위한 개방된 문이 되어주시기 바랍니다.”

시끄럽고 혼란스러웠던 토론장이 조용해졌다.

"그래서 시인은 '모든 경계에 꽃이 핀다'고 했나 봐!"

긍정이가 웃음이에게 함민복 시인의 시의 한 구절을 말했다.

“모든 문은 경계에 핀 꽃이야.”

이번에는 조용하게 시인이 결론을 내듯 말했다.

긍정이와 웃음이가 환하게 웃었다.

〈긍정이와 웃음이〉

벽에 문을 내야 한다. 좁은 세계에서 넓은 세계로, 닫힌 세계에서 열린 세계로 나와야 한다. 삶의 지평이 확대된다. 인생의 영역이 확대된다. 이제 보다 커지는 세상으로 안내하는 객관인지, 입체인지, 전환인지에 대해 살펴보자.

1.객관인지客觀認知 : 다른 눈으로 나를 보고 생각하기

객관인지는 나를 손님의 입장에서 바라보고 생각하기다. 내가 주인이 아니라 손님이라고 생각하면 나는 타자他者가 된다. 객관인지는 자신의 신체적, 정서적, 심리적 변화를 인식하는 능력이다. 내가 하고 있는 일을 나와 상대성의 너도 아닌 제 3자의 입장에서 바라보고 판단하는 인식능력이다. 몰입상태에서는 찾을 수 없는 능력이다. 오히려 자신을 남으로 바라보고 객관적으로 바라보는 시선이다. 자신의 '타인화他人化작업'이라고 할 수 있다. 일반적으로 자신에 대해서는 관대하고 남에게는 냉혹한 판단과 기준을 들이대는 것에 익숙해 있다. 나에 대해 냉정을 유지하기 위한 방안이다.

도인道人은 주관의 경지를 넘어서 객관의 삶을 바라보고 세상을 이해하는 사람이다. 객관이란 말은 동양적인 사고다. 깨달음을 구하려는 사람들이 일차적인 주관에서 타인의 시선으로 바라보는 객관의 경지를 터득하고 생활화해서 보다 세상을 폭넓게 바라보고 이해하는 경지를 말한다.

동양에서는 일찍이 관觀이라고 해서 '관觀한다'고 한다. 나를 자신의 눈으로 보는 것이 아니라 타인의 눈으로 보는 것에 관심이 깊었다. 자신의 행동을 제대로 바라보고 평가하기 위해서였다. 스님들이 행하는 선禪수행에서도 볼 수 있는 풍경이다. 자신을 바라보는 또 다른 시선으로 바라보는 훈련이 객관客觀이다. 나를 주인이 아닌 손님의 시선으로 바라보는 것이 객관이다. 누구나 자신의 생각과 행동에 정당함을 주장하려고 하는 기본적인 욕망이 있다. 자신의 허물을 제대로 바라보지 못하게 하는 방해요소가 있는데 그것이 바로 정당화이고, 합리화하는 작업이다. 경계하기 위한 우선작업이 자신을 바라볼 때 자신이 주인 입장에서 바라보지 말고 손님의 입장에서 바라보라는 의미다.

주관主觀을 객관화하는 작업은 나의 생각과 나의 행동을 내가 아닌 입장에서 바라보는 것이다. 내 주장과 나의 정체성을 버리고 평정심을 가지고 무심히 바라볼 때 나의 생각과 나의 행동을 파악할 수 있다. 주관은 자기만의 견해나 관점을 말한다. 내가 바라본 세상에 대한 생각이 주관이다. 내가 나를 평하기 어렵다. 더구나 내가 나의 생각의 옳고 그름을 주장하는 것에는 한계가 있다. 주관에 갇혀서 바라본 생각이기 때문이다. 이를 극복하기 위한 방책이 객관화다. 나를 타인의 눈으로 바라보면 나를 평가할 수 있다. 적어도 주관에 갇히지는 않을 수 있다. 하브루타도 객관의 일반화를 받아들인 교육법이다. 나만의 생각의 한계를 극복하기 위해 타인의 생각을 대화라는 형식으로 받아들여 옳고 그름을 따져보자는 것이다. 내 생각이 옳은 것이 아닐 수 있다는 가정을 열어놓은 개방적이고도 자유로운 토론방식이다. 타인을 다른 생각을 받아들이는 것이 하브루타의 기본정신이라는 점에서 '객관의 일반화'라고 할 수 있다. 하브루타는 전제가 내 생각을 중요하게 생각하되, 짝의 생각을 존중한다는 입장을 전제하고 있다. 나와 짝이라는 다름이 부딪혀 보다 나은 방안을 찾아내고자 한다. 그리고 치열하게 기초부터 정점까지 토론하고 비판하면서 원하는 것을 찾아내려한다.

내 생각을 주장하고, 내 생각을 관철시키려는 우리사회에서 필요한 것이 하브루타의 정신이다. 그리고 객관의 일반화를 받아들여야 한다.

2.입체인지立體認知 : 새의 눈으로 보고 생각하기

입체인지는 평면화에서 입체화로 바라보고 생각하기다. 2차원의 평면적인 것과 3차원의 입체화의 단계는 확연하게 다르다. 사진 속 그림을 실제의 공간에 세워놓은 것이 입체화다. 사진 한 장에 들어있는 푸른 초원 위에 서 있는 집이 실제로 푸른 초원에 서 있는 집으로 등장하는 것이 입체화다. 생각에도 평면적인 생각을 입체적으로 생각으로 바라보자는 마음의 자리바꿈이다.

다시 말하면 새의 눈으로 생각을 바라보기다. 그림으로 말하면 조감도鳥瞰圖다. 입체적으로 자신을 바라보는 훈련이다. 상상력을 동원해서 자신을 입체화하는 작업이다. 먼저 단순화에서 입체화 과정으로 우선 거울에 비친 자신의 모습을 타인이라 생각하고 바라보는 단계다. 둘째로 멀리 서 있는 사물을 내가 바라보듯 나를 멀리 있는 사물의 거리에서 바라보는 단계다. 마지막으로 새가 세상을 바라보듯 내가 새가 되어 세상을 바라보는 단계다.

사람이 아니라 외계인이 세상을 바라보듯 나를 바라보는 단계다. 가상적인 상상을 실제로 실행해보면 나를 입체적으로 보는데 상당히 유용하게 이용할 수 있다. 처음에는 거울로, 다음에는 멀리 떨어져서, 마지막으로는 사람의 시선이 아니라 새가 나를 바라본다는 생각으로 나를 바라보는 훈련이다.

정말로 예상 외의 효과를 얻을 수 있다. 나를 타인의 시선으로, 타인의 생각이라 가정하고 생각하고 바라보면 보다 나를 사물화事物化할 수가 있다. 사물화하면 나를, 세상을 바라보는 생각이 보다 명료해진다. 주간에 갇힌 내가 아니라, 객관으로서의 내가 아니라, 전혀 다른 차원에서 나를 바라본다는 생각으로 보면 나는 무한 확대되기도 하고, 무한 축소되기도 한다.

사람이 사는 지구에서 가장 멀리 날아간 것이 우주선이다. 사람이 만든 물체로 가장 멀리 날아간 것이 보이저Voyager1호다. 지구를 벗어나서 가장 멀리 날아갔고, 지금도 멀어지고 있고, 다시 돌아올 수 없는 우주탐사선이다. 보이저1호의 속도는 초속 17km다. 쉽게 상상이 가지 않지만 총알속도의 17배나 빠르다. 1977년 지구를 떠난 보이저1호는 태양계를 벗어났다. 1989년에 이미 목성과 토성, 천왕성, 해왕성 등의 태양계를 벗어나서 멀어지고 있다. 보이저1호가 태양계를 벗어나기 직전에 카메라를 지구로 돌렸다. 그리고 사진을 찍었다.

카메라에 찍힌 사진 한 장. 많고 많은 별 중에 지구가 보일 듯 말 듯 보인다. 창백한 푸른 점 하나. 창백하고 수많은 별 중에 겨우 식별이 가능한 별이 지구였다. 어찌 보면 바람 앞에 꺼질 듯 말 듯한 촛불보다도 미약한 작은 빛 한 점이 지구였다.

우리가 그토록 치열하게 살고 있고, 서로 다투고, 사랑하고, 미워하며 살고 있는 지구의 모습이었다. 진정으로 작고 초라한 점 하나에 우리는 살고 있다. 우리의 집이 있고, 우리의 나라가 있고, 우리의 꿈이 있는 곳이다. 창백한 푸른 점 하나 안에 살면서 힘들어하고 아파하고 있다. 창백한 푸른 점 하나를 찍을 발상을 한 사람은 칼 세이건Carl Sagan이었다.

사람이 지구라는 별에 살면서 우리가 우주의 주인이란 생각을 갖기에는 너무나 초라하고 작은 존재임을 깨닫게 해준다. 인간의 오만과 자만심에 상처를 줄 수 있는 사건이었다. 우리가 이러한 시선을 가질 수 있도록 하는 시선이 입체적 인지다. 보이저1호가 얼마나 멀리 떨어져 있는가를 계산해보면 더욱 막막해진다. 2015년 9월에 지구로부터 2백억 킬로미터 떨어진 곳을 날고 있었다. 지금은 더욱 멀리 떨어져서 홀로 날고 있다. 우리가 지구라는 곳에 살면서 물리적으로 상상이 되는 거리가 아니다. 다시 한 번 나를 입체화해서 볼 필요가 있다. 내가,

그리고 사람이 어떻게 살아야 하는가에 대한 문제의식을 던져준 것만으로도 고마운 일이다.

내가 나를 보기, 객관화로 보기 그리고 멀리 떨어져서 입체적으로 보는 훈련을 통해서 보다 나를 확인하는 계기가 되어야 한다.

3.전환인지轉換認知 : 입장 바꿔 바라보고 생각하기

입장을 바꿔서 바라보고 생각하기다. 보다 확실하게 자신의 입장을 확인하고 바라볼 수 있다. 저마다의 입장이 있다. 저마다의 사연이 있다. 세상을 바라보는 눈이 다르다. 세상을 바라보는 이해관계가 다르다. 김건모의 '핑계'라는 노래가사에 나오는 생각하기다. 재미로 가사를 살펴보자.

지금도 이해할 수 없는 그 얘기로
넌 핑계를 대고 있어
내게 그런 핑곌 대지마
입장 바꿔 생각을 해봐
니가 지금 나라면 넌 웃을 수 있니
혼자 남는 법을
내게 가르쳐 준다며
농담처럼 진담인 듯 건넨 그 한마디
안개꽃 한 다발 속에 숨겨둔 편지엔
안녕이란 두 글자만 깊게 새겨 있어
이렇게 쉽게 니가
날 떠날 줄은 몰랐어
아무런 준비도 없는 내게

슬픈 사랑을 가르쳐 준다며
넌 핑계를 대고 있어

가사가 절묘하다. 솔직하고, 담백하고, 직설적이다. 안개꽃 다발에 담아 놓은 편지가 이별통지다. 슬픈 사랑을 가르쳐 준다며 핑계를 대고 있다. 안개꽃다발에 이별편지를 넣어 둔 다소 낭만적인 이별의식이다. 이별 이유도 특별하다. '슬픈 사랑을 가르쳐주기 위해' 이별을 통보한다는 생뚱맞은 내용이다. 무슨 헛소리인지 모르겠다. 그러자 '니가 나라고 입장 바꿔 생각'해보자고 투정을 부린다. 가사가 재미있으면서도 안타깝다. '내게 그런 핑곌 대지마 / 입장 바꿔 생각을 해봐 / 니가 지금 나라면 넌 웃을 수 있니'
사랑에도 입장이 있다. 세상 살아가는데도 입장이 있다. 내 입장으로 세상을 바라보는 것이 초보단계다. 어린 아이들이 길바닥에 누워 떼를 쓴다. 어린 아이의 입장에서는 떼를 쓰는 것이 옳다. 목적을 관철할 수 있는 방법이다. 엄마의 양보를 받아 낼 수 있는 방법을 아이는 알고 있다. 아이의 입장에서는 최고의 수단이다. 엄마의 입장에서는 난감하다. 어린 아이가 사회예절이나 도리를 모른다. 옳고 그름을 가려서 아이를 타이를 상황이 아니다. 가르쳐서 당장 고쳐질 것도 아니다. 들어주어야 할까, 말아야 할까. 고민에 고민이 이어진다. 엄마와 아이가 다투는 현장을 바라보는 사람들의 입장은 또 다르다. 저렇게 키워선 안된다고 냉정하게 바라본다. 엄마가 아이 버릇을 잘못 가르쳤다고 생각한다.
세상의 주인은 분명 내가 전부는 아니지만 내가 바라보고, 내가 정의내리고, 내가 판단한다. 내가 없으면 세상은 없다. 내가 없으면 있어도 없는 것과 별반 다르지 않다. 그런 의미에서 분명 나는 주인이다. 그리고 주인이어야 한다.

반대로 나와 만나는 너라는 존재가 있다. 존재와 존재의 의미가 다르지 않고, 존재의 무게가 다르지 않다. 문제는 다른 생각을 가지고 있다는 점이다. 다를 때 누구의 생각이 옳은가. 둘 다 옳다면 옳다는 의미가 굳이 필요할까. 나라는 존재로 해서, 너라는 존재에 대한 해석이 필요하다. 바꾸어 말하면, 김건모 가수의 노랫말에 따르면 입장 바꿔 생각하면 너라는 존재가 바라 본 입장에서 나라는 존재로 인해 문제가 발생한다. 두 입장이 충돌한다. 이렇게 상황을 바꿔 바라보는 것이 바로 전환인지다. 입장을 바꿔서 바라보고, 입장을 바꿔서 바라본 시선으로 생각하기다.

(1)한쪽 날개로 날기

내가 바라본 세상이 옳고 정당하다면 세상 사는데 단순할 수 있다. 머리회전을 하거나 선택의 어려움이 확연하게 줄어들 것이다. 그렇지만 단순함에 질릴 것이다. 하나의 세상에 하나의 논리가 존재하고, 하나의 세상에 하나의 정답만 있다고 가정해 보라. 세상이 답답해진다. 선택할 걱정이 없는 대신 무미해진다.

우선 지상에 옳고 그름이 없다고 상상해 보라. 선과 악이 없고, 양지와 음지가 없고, 빛과 그림자가 없어진 세상은 아름다울까, 답답한 세상일까.

사람들이 같은 생각을 하고 있다면 얼마나 끔찍한 세상이 될 것인가를 생각해보라. 정말 끔찍한 일이 벌어진다. 이야기를 나눌 필요도 없고 소통할 필요도 없다. 같은 생각을 하고 있는데 무슨 대화가 필요하겠는가. 같은 생각을 하고 있는데 무슨 소통이 필요하겠는가. 누구를 만나든 같은 생각을 하고 있다면 내 마음이나 상대의 마음이 같다. 같은 사물을 바라보면 같은 생각이 든다고 생각해보라. 대화가 필요 없는 세상에서 사람은 무엇을 하며 살까. 사람과의 교류가 필요 없어진 세상에서 무엇으로 살까.

다음으로 암수, 남녀가 없다고 가정해 보라. 암수가 없다면 동물은 생존의 이유가 반으로 줄어든다. 꽃들은 더 이상 꽃피울 이유가 없다. 나비와 벌이 존재할 이유가 사라진다. 새들은 번식을 위해 아름답게 치장할 필요가 없다. 사랑의 교향악이 필요 없다. 정말 아니다. 사람은 사랑의 감정을 잃어버릴 것이다. 동성끼리 사는 세상에 옷이 필요하고, 꽃을 선물하는 일이 계속 이어질까. 인간을 포함한 동물에게 사랑이 없다면 생존의 이유가 있을까. 사는 맛, 사는 즐거움의 반이 사랑이다.

동물적 욕망이 힘든 세상을 살아가게 하는 힘이 된다는 점을 발견하게 된다. 성적 욕망이 존재하게 하는 힘의 바탕이 된다. 사람에게서 욕망을 제거한다면 사람은 무슨 재미로 살까.

마지막으로 모든 것들이 하나의 논리에 맞춰져 있다고 생각해보라. 우리가 경험하는 논리들은 변화해 오고 있다. 정반합에 의한 것이든, 기승전결에 의한 것이든 아니면 연역법에 의한 것이나 귀납법적 결론을 만들어 내든 변화해가고 있다. 변화가 아닌 하나의 논리가 결정되어 있다면 고마울까. 숨이 막힐 것이다.

생각을 가진 생명체는 결정된 것을 지속하면 지루해한다. 질려버린다. 공산주의, 사회주의, 자본주의가 공존하고 있다. 서로 자신이 신봉하는 세상이 옳다고 주장한다. 결국 인간은 3가지 사상이 힘을 겨루면서 세상을 만들어가고 있다. 여기에 동양적인 사상체계까지 혼합되어 있는 것이 지금의 세상이다. 이 중에 하나만을 고집해서 다른 요소를 버려보라. 사람은 질식할 것이다. 하나의 생각으로 통일 된 세상은 사람이 살아가기 어려운 세상이다. 하나의 날개로 새가 날 수 없는 이유다.

(2)양 날개로 날기

다른 두 짝이 다름을 서로 경쟁하면서 더 나은 방법을 찾아내는 것이 하브루타다

세상은 하나로 설 수 있다. 하지만 이동하는 데는 두 개가 필요하다. 하나는 지지하고, 하나는 이동해야 하기 때문이다. 동물은 두 개가 필요하다. 식물은 하나로 충분하고 동물은 두 개가 필요하다. 새도 날기 위해서는 두 개의 날개가 필요하다. 새는 좌우의 날개가 있어야 균형을 유지해서 날 수 있다. 두 개는 이동하는 동물들의 숙명이다.

씨를 뿌려도 다 같은 때에 발아하지 않는다. 늦게 싹을 틔우기도 하고, 다음해에 싹을 틔우는 것도 있다. 다 같이 발아했다가 혹한이 와서 얼어 죽는다면 전멸을 하고 말 것이다. 그래서 전략적인 선택을 했다. 역시 기후환경이나 지구환경에 살아남기 위한 전략이다. 다름은 경쟁할 수밖에 없지만 살아남기 위해서 필요한 전략이다. 달라야 다른 것을 만들어 낼 수도 있고 달라야 살아남을 수 있다.

하브루타의 강점은 다른 두 짝이 다름을 서로 경쟁하면서 더 나은 방법을 찾아내는 것에 있다. 서로 다른 것을 최대한 이용한 생존전략이기도 하다. 어느 하나를 응원하지 않고 대화와 토론을 통해서 가려내는데 목적이 있다. 절대적인 강자도 없고, 절대적인 약자도 없다. 상황에 따라 달라질 수가 있다. 전략적인 제휴도 필요하고, 부분적인 양보다 필요하다. 무엇이 옳고 그름이 아니라 자연스럽게 살아남기도 하고, 자연스럽게 도태되기도 한다. 하브루타의 유연성이다. 어느 하나를 강자로 인정하지 않음으로써 무한한 유연성을 갖게 된다.

내 것이 옳음을 주장하지 말라. 다만 옳음을 설파하라. 내 것이 옳다고 이야기하되 주장하거나 우기지 말라. 나와 다른 생각을 가진 하브루타 짝의 생각도 옳다고 발언하고 있기 때문이다. 두 개가 다 맞을 수도 있고, 두 개가 다 틀릴 수도 있다. 어느 것도 정해진 것이 없다. 그래서 마음껏 자신의 주장을 이야기할 수 있다. 진 자에 대해서 관대하다. 이긴 자에 대해서도 특별한 지위를 부여하지 않는다. 그래서 양보할 수 있게 한 기발한 방법이다.

틀린 것에 대한 퇴로를 활짝 열어놓아서 마음껏 논쟁할 수 있고, 이야기할 수 있다. 우리 한국에서는 틀렸다는 것은 패배로 생각하는 경향이 있다. 그래서 생긴 것이 우기는 일이다. 목소리가 크면 이긴다는 것이 생겨난 이유다. 하나를 인정하는 사회가 아닌 두 개, 세 개를 인정하는 다양성의 사회에 필요한 전략이 하브루타다. 날개 하나로 날 수 없다. 방향을 틀거나 날아오르고 내려앉을 때 두 개의 날개는 절대적으로 필요하다. 하나가 가진 절대성보다도 두 개가 가진 상대성으로 다양해지고 복잡해지면서 발전하는 계기를 만들었다. 암수와 남녀가 가진 아름다움이다. 사랑은 암수와 남녀로 인해 만들어진 최고의 감성 천국이다.

하브루타는 누구나 가진 보편적인 생각을 조화롭게 이용한 공부법이다

삐지기도 하고, 아파하기도 하면서 한 사람을 사랑하고, 때론 이별을 하면서 지루하게 반복되는 일상으로부터 위로를 받고 산다. 삶의 고통을 잊게 하는 힘은 변화에서 온다. 변화하는 세계에서 도전하는 즐거움은 크다. 하나로 이루어진 세계는 결국 도태하고 말 것이다. 식물은 하나의 다리로 서 있지만 동물은 두 개의 다리가 필요하다. 결국 생각하는 존재에게 안정이 있다면 그 반대편에 불안이 있어 긴장감으로 살아갈 수 있다. 아는 세계와 모르는 세계가 공존해서 살아갈 수 있다. 인류는 애초에 다양함이 변칙적으로 만나고 흩어지면서 사회공동체를 만들어왔다. 공동체를 만들어 살면서도 개인의 소유물을 인정하는 것이 자연생태에서 필요하고, 인정되어 왔다.

작은 공동체, 즉 작은 사회에서 물건을 생산하고 공동 소유하는 것이 사회주의다. 공동체의 범위가 넓어져서 국가 차원에서 통제하고 관리하는 것이 공산주의다. 공동으로 물건을 생산하고 공동으로 물건을 분배한다. 공산주의다. 하지만 그럼에도 개인의 소지품이나 소유물은 인정된다. 그것이 자본주의다. 어디에 중점을 두느냐에 따라 달라진다. 애초에 인류의 출발은 사회주의, 공산주의, 자본주의 요소를 같이 가지고 있었다. 그리고 그것이 자연스러운 공동체의 원리다.

하나만을 고집하지 마라. 하브루타는 다양함을 인정한다. 모든 것을 열어놓고 토론한다. 그럼에도 한계는 있다. 종교 안의 교리를 넘어서는 것은 경계한다. 성경을 어기는 것은 안 된다는 것이 불문율이다. 그런 의미에서 하나만을 주장하는 것은 위험하지만 꼭 지켜야 할 요소 하나는 있다. 그것은 사회공동체가 가진 특성을 인정하는 것이다. 한국사회에서는 무엇 하나를 고집스럽게 인정하고 권장할 것인가를 고민할 차례다.

음양陰陽과 암수, 남녀 그리고 옳고 그름의 정반正反이 있다. 그리고 알려진 헤겔Georg Wilhelm Friedrich Hegel의 변증법이 있다. 정립定立과 반정립反定立 갈등이 정점에 이르게 되면 새로운 실서가 출현

하는데 이것이 종합이다. 이것이 정반합의 원리에서 합合의 단계다. 헤겔의 변증법을 '정正→반反→합合으로 설명하는 이유다. 동양에서는 정반합보다 근원적인 원리가 이미 열려 있었다. 음양의 대립에서 발전해 동력을 가지게 된 것이 삼태극三太極이다. 대립의 한계를 극복한 것이 삼태극이다. 하브루타도 마찬가지 원리다.

대립적인 의견을 가진 두 짝이 만나 자신의 세계를 설파하면서 다른 의견을 만나 조정되고, 개선된다. 조정되고 개선된 새로운 이론을 나오게 하는 원리가 하브루타다. 하브루타는 누구나 가진 보편적인 생각을 조화롭게 이용한 공부법이다.

밥상머리를 가르치는 공간이 아니라 소통하는 공간으로 만들어라. 분위기가 달라진다. 엄마의 하루 이야기가 시작되고, 아이의 학교이야기와 친구 이야기가 봄날에 꽃이 피어나는 것처럼 피어나고, 아빠의 세상이야기가 엄마와 아이들의 공감을 받으며 이뤄지는 소통의 공간으로 만들어야 한다.

8장

우리교육의 현장 가정에서 교육의 출발을 생각한다

– 밥상머리교육을 현대화하라 –

하브루타의 출발은 가정이다. 우리의 밥상머리교육의 중요성을 다시 한 번 깨우치게 된다. 우리의 밥상머리 교육은 나름의 교육환경을 만들어냈지만 새로운 시대의 교육환경에 맞는 변화가 필요하다. 우선 일관되게 주장해온 교육은 가르치는 것이 아니라 깨우치게 하는 것이라는 전제를 받아들여야 한다.

첫째, 밥상머리는 가르치는 장소가 아니라 소통의 장소로 만들어라

변해야 산다. 세상이 바뀌면 예절도 변한다. 세상이 바뀌면 교육법도 바뀌어야 한다. 한국식 교육은 밥상머리 교육으로 가르치는 교육이었다. 선험자先驗者가 후발자後發者에게 가르쳐주는 자리로 이용되었다. 당시에는 더없이 좋은 교육 방법이었다. 이제는 달라지고 있다.

가르치는 사람으로서의 자리를 내놓아야 할 판이다. 아이들이 더 많이 안다. 새로운 기능을 이용한 정보탐색이나 검색에서 어른들이 밀린다. 서류를 만들고 작성하는 것에서도 밀린다. 새로운 도구를 다루는데 밀려서 결국 다른 것에도 밀리게 되었다. 밥상머리에서 교육할 거리가 확연하게 줄어들었다. 이제는 가르치고 배울 것이 아니라 검색해서 정보를 확인할 수 있다. 정해놓은 스승이나 선생이 필요 없는 세상이 되었다. 아이들이 더 잘하는 것이 많다.

분명히 달라지고 있다. 밥상은 가르치는 공간이 아니라 소통하는 공간으로 만들어야 한다. 그래야 평화가 온다. 분위기가 달라진다. 엄마의 하루 이야기가 시작되고, 아이의 학교이야기와 친구 이야기가 봄날에 꽃이 피어나는 것처럼 피어나고, 아빠의 세상 이야기가 엄마와 아이들의 공감을 받으며 이뤄지는 소통의 공간으로 만들어야 한다. 가족은 인류가 만든 가장 따뜻한 공동체다. 세상의 고난을 쉴 수 있고, 세상의 경쟁을 완화시켜주는 공간이어야 한다. 집에 와서는 천국이라고 마음을 내려놓고 쉴 수 있는 공간이어야 한다.

세상을 변화시키려면 먼저 양보해야 할 사람이 있다. 권력을 가진 사람이 권력을 양보하지 않는 이상 변화는 없다. 겉모습의 변화만 있을 뿐이다. 강자의 양보가 절대적으로 필요하다. 가족 내에서 가장 권력자는 아버지다. 아버지의 권위는 필요하지만 권력은 내려놓아야 한다. 인원수에 맞는 권력의 배분이 필요하다. 가족 구성원으로 각자 가진 역할이 있다.

역할수행차원에서 업무는 나누고, 권력은 인원수에 비례해서 나누어야 한다. 그렇게 하면 가족의 분위기가 달라진다. 다음으로 엄마의 권력을 내려놓아야 한다. 한국에서는 엄마의 권력이 아버지를 능가하는 집도 꽤 많다. 독단을 내려놓아야 아이들이 마음을 풀어놓고 마음을 드러낸다. 아버지와 엄마라는 두 권력자 앞에서 아이들은 작다.

흔히 사랑해서 매를 든다고 하거나 사랑해서 혼낸다고 한다. 물론 맞는 말이다. 하지만 내가 어렸을 적 생각을 해보라. 매를 맞을 때의 두려움과 혼날 때의 두려움, 공포다. 세월이 흘렀다고 공포가 사라진 것이 아니다. 말을 안 듣는다고 집을 나가라는 말은 무서운 말이다. 나가면 죽음이거나 걸인 같은 수준으로 된다는 생각을 하는 아이에게는 무서운 형벌이다. 아이들은 아버지와 엄마가 고마운 존재지만 또한 두려운 존재다. 세상의 평화는 강자가 만들 때 가능하다. 약자의 평화는 허망하기 이를 데 없다. 아버지와 엄마가 평화로운 세상을 만들어주려는 행동이 있을 때 가정의 평화와 이루어진다. 평화 상태에서 대화나 소통이 비로소 자리 잡기 시작한다.

이제는 다시 소통이다. 밥상머리에서 어떤 말을 해도 받아주는 분위기가 조성되어야 아이는 입을 연다. "너, 하고 싶은 말 다해라."라고 해서 하고 싶은 말을 다하는 아이는 없다. 모자라거나 분별력이 없는 아이에게나 가능한 이야기다. 모처럼 마음을 먹고 이야기를 했더니 "어떻게 그런 생각을 하니?"라고 할 때 아이는 충격을 받는다. 다시는 입을 열지 않는다. 아버지와 엄마의 힘은 아이에게는 무서운 권력이며 두려움이라는 것을 받아들여야 한다. 더구나 일관된 가족의 원칙이 없다면 수시로 변하는 잣대에 아이는 발언을 포기하고 만다. 마음을 닫는다.

소통의 책임은 부모에게 있다. 아이에게 있지 않다. 아이들에게도 아버지와 엄마의 넉넉함을 기대한다. 아버지와 엄마와 대화를 원한다. 대화를 피한다는 것은 피하게 한 이유가 분명히 있다. 그것을 찾아내 개선하지 않으면 더 이상의 소통은 없다.

밥상머리를 아버지의 장소가 아니라 아이들의 장소로 만들어라

밥상을 아이들이 맘껏 떠들고 이야기할 수 있는 공간으로 만들어라. 학교에 다녀와서 재미있는 이야기를 풀어나갈 때 칭찬해주고 격려해줘라. 아버지가 권력을 내려놓아야 아이들이 자유롭게 이야기를 시작한다. 들판에 사자가 있으면 초식동물들은 모두 자리를 피한다. 사자가 두렵기 때문이다. 들판에 사자보다 힘이 세고 강한 코끼리가 있으면 초식동물들은 들판으로 나온다. 코끼리는 해를 끼치지 않고 폭력도 행사하지 않는다는 것을 알기 때문이다. 아버지가 두려운 존재라고 생각하면 아무도 밥상머리를 찾아오지 않는다.

핑계를 대고 밥상머리에서 부딪히지 않으려 시간을 조정하고, 밥을 혼자 해결하고 들어오려 한다. 가르치려 할 때 아이들은 자리를 뜬다. 훈계는 더욱 피한다. 대화하려면 같은 권력으로 만나야 한다. 아버지와 엄마가 판정관이 아니다. 재판장의 판사처럼 결정하려 하면 대화는 깨진다. 밥상머리는 가족의 공동장소다. 한 사람이 독점할 때 평화는 깨진다. 대화의 독점도 독점이고, 결정의 독점도 독점이다. 화제의 독점도 독점이다. 사사로운 것들이라고 생각하지만 그렇지 않다. 자유로운 대화에서 자유로운 토론문화가 생긴다. 누구도 자신의 생각이 옳다고 주장할 수 없다. 자유롭되 주장해서는 안 된다. 자신의 이야기를 꺼낸 것으로 만족하고 각자의 생각을 듣는 것으로 만족해야 한다. 결과를 얻으려고 대화를 하면 대화의 분위기가 어색해진다. 가족으로서 서로의 생각을 나누고, 가족으로서 서로의 일과를 공유할 수 있는 것으로 만족해야 한다.

아이들의 장소로 밥상머리가 이루어질 때 웃음이 찾아온다. 아이들이 아버지와 엄마를 만나고 싶고 이야기를 하려 할 때 평화가 찾아온다. 아이들이 주도하는 밥상머리가 되어야 협력이 이루어지고, 협조할 수 있다. 엄마가 혼자서 음식 준비하는 것이 힘들다고 하면 아이들이 스스로 엄마를 위해 도와줄 것을 찾는 분위기가 만들어져야 한다. 아이들이 힘들어 하는 일이 있을 때 동격에서 바라보고 같이 논의하는 분위기가 만들어져야 한다. 아이들이 아버지와 엄마를 찾을 때 가정의 평화가 온다.

엄마는 안아주고 아버지의 끌어주는 장소로 만들어라

엄마의 존재는 안아주는 존재다. 아버지의 존재는 끌어주는 존재다. 먹는 것을 앞에 두고 이야기할 때 대화가 잘 된다고 한다. 즐겁고 흐뭇한 자리가 먹는 시간이고, 장소다. 밥상머리가 행복한 시간이 되어야 한다. 가족으로서 가족의 행복을 느끼는 장소가 밥상이다. 가족이 모여서 함께 밥을 먹는 모습이 최고의 풍경이다. 신성한 밥상, 밥상머리에서 행복해야 한다.

아버지와 엄마는 물론 아이들이 행복해야 한다. 고민과 답답함을 해소할 수 있는 장소여야 하고 시간이어야 한다. 가족으로서 연대할 수 있는 최상의 장소다. 모두 나갔다가 돌아와 마주 앉아 정담을 나누고, 미래의 꿈을 서로 도와주기 위한 장소로서 최적의 장소다. 엄마는 음식을 준비하면서 행복하고, 아버지는 밖에서 돌아와 피곤을 잊고 좌장으로서 행복하고, 아이들은 아빠와 엄마를 만나서 행복한 자리다. 엄마의 포근함과 아빠의 넉넉함 그리고 아이들의 발랄함이 만나는 고마운 자리다. 아빠와 엄마는 밥상머리를 행복한 분위기로 만들어야 할 책임이 있다.

공부는 엄마 아빠가, 대화는 아이들이 주관하라

생각을 바꿔라. 지금까지와는 다른 세상이 보인다. 행동을 하라. 지금까지와는 다른 세상이 열린다. 생각과 행동을 바꾸지 않고 세상이 바뀌기를 바라면 세상은 외면한다. 생각을 바꾸면 실제로 바뀐 세상이 나타날 것이다.

공부하는 아이들이 아니라 공부하는 아빠와 엄마가 되어야 한다. 아이들은 공부하는 아빠를 보면 책을 들고 따라서 공부를 한다. 아빠는 인문학 책을, 아이는 그림책을, 엄마는 요리책을, 아이는 동화책을 보는 풍경이 그려진다. 아이는 부모를 따라한다. 말하는 것도 닮아있고, 사용하는 단어도 닮아있다. 본대로 배우고 따라하는 것이 아이다.

깡패 아빠가 밖에서 싸운 이야기를 자랑스럽게 하면 아이는 당연하게 무용담에 익숙해져 싸움에 익숙해진다. 아빠의 거친 말을 그대로 배운다. 학자 아빠가 회사에서 하던 일인 별자리 이야기를 하면 아이는 별자리 공부를 저절로 하게 된다. 아빠의 별자리 이야기를 알게 된다. 본대로 배우고, 본대로 행동한다. 기본적으로 자신이 하고 있는 일, 특히 직업 이야기를 하게 된다. 밖에서 하던 일과 연관된 이야기와 그곳에서 사용하는 단어들에 익숙해진다. 밖에서 하던 일이 안에서 이어질 수밖에 없다.

생선 장사를 하면 들어와서도 생선냄새가 난다. 향수를 파는 일을 하면 집에 들어와서도 향수 냄새가 난다. 어쩔 수 없다. 아이를 나무라지 마라. 아빠와 엄마가 하는 생각을 닮고, 하는 행동을 닮는다. 아이들은 내가 하고 있는 일을 오늘도 닮고 있다.

그리고 세상이 바뀌어서 공부하지 않으면 새로운 세상과 함께 놀 수가 없다. 과거의 지식으로 신지식으로 무장하고 있는 아이들과 대화가 되지 않는다. 새로운 용어만을 받아들이기도 힘들다. 그럼에도 따라가야 한다. 아이들과 소통하기 위해서 뿐만이 아니라 세상과의 소통을 위해서도 필요하다. 다시 이야기하지만 공부는 아빠와 엄마의 몫이다. 시대의 원시인이 되지 않기 위해서 공부하는 엄마와 아빠가 되어야 한다.

대화를 주관할 사람은 아이여야 한다. 밥상머리가 아이들의 사랑방이 되어야 순조로워진다. 엄마 아빠는 함께 동참해서 아이들의 이야기를 들어주고, 아이들의 고충을 들어주면 아이들이 마음을 열고 상담해온다. 엄마 아빠가 가진 세계와 아이들이 가진 세계가 만나는 장소로서 밥상머리보다 좋은 곳은 없다. 아이들의 버릇이 없어질까 걱정을 하는 부모들이 있지만 걱정할 이유가 없다. 아이들은 기본적으로 부모에 대해 존경과 고마움을 가지고 있다. 엄마 아빠가 이야기를 들어주고, 대화해주는 것만으로도 아이들은 감사해 한다. 버릇이 나빠지는 것이 아니라 진정으로 존경하게 된다. 권위주의가 아니라 권위가 저절로 생긴다. 인생을 상담하고, 진로를 고민하는 상생의 장소가 된다.

아이들은 자신의 의무를 다하도록 지도해야 한다

아이들은 아직 경험이 없어서 세상을 살아가는 지혜가 부족할 수가 있다. 지혜를 깨닫게 해주고, 자신이 한 일에 대해 자신이 책임을 질 수 있도록 보살펴주어야 한다. 아이에게 많은 것을 주고, 아이에게 불편함이 없도록 해주는 것이 좋은 것이 아니다.

먼저 아이에게 많은 것을 주는 것을 경계해야 한다. 아이에게 용돈을 많이 준다는 것이 잘못 될 수 있도록 하는 계기가 될 수 있다. 용돈뿐만이 아니라 넘치는 것은 부족한 것만 못하다. 아이가 불편함이 없이 마음대로 할 수 있다는 것은 자신을 절제할 줄 모르는 아이로 키우는 것과 같다. 아이에게는 아이에게 맞는 돈의 용처가 있다. 쓰는 것도 정상적이지 않게 쓰지만 더 중요한 것은 버는 힘듦을 경험하지 못하고 쓰는 것만 배운다는 점이다.

편리함만을 배우고, 쉽게 충족되는 것을 배우게 되어 고난 뒤에 달콤함이 있어야 한다는 것을 인정하지 않는다. 문제가 발생할 수 있다. 봄에 씨를 뿌리고 뜨겁고 갈증 나는 여름을 지나야 열매가 맺는다는 자연의 이치를 인정하지 않으면 문제가 발생할 수 있다. 쉽게 해결하려는 경향을 보인다. 정상적으로 해결하지 않고 쉽게 해결하려는 방법을 선택하게 되면 탈법과 도덕을 가볍게 여겨 반사회적인 일을 쉽게 할 수 있다. 조심해야한다.

아이에게 불편함이 없도록 해주는 것이 좋은 것이 아니다. 부족함이 인생을 공부하게 한다. 부족함을 참고 견딜 줄 알아야 한다. 한국의 엄마가 이스라엘을 가서 겪은 일을 소개한다. 밤새 고생을 해서 만든 작품을 아침에 아이가 학교에 가면서 서두르다 챙기지 못했다. 그냥 집을 나가는 모습을 보고 한국의 엄마가 그것을 보고 작품을 들고 문을 나서려 하자 이스라엘 엄마가 말렸다. 한국 엄마가 놀라 "왜 그러냐?"고 했다. 이스라엘 엄마가 말했다. "그것은 아이의 몫이예요." 챙겨주는 것이 정상이 아니라는 이스라엘 엄마의 생각이다. 당연히 한국 엄마의 입장에서는 아이를 불러 챙겨주어야 한다. 그리고 아이가 멀리 갔다면 학교까지 가져가서 전달해주어야 마음이 편하다. 하지만 이스라엘 엄마 생각은 다르다. 아이가 부주의로 못 챙긴 것은 아이가 책임을 져야 한다는 생각이다. 자신의 잘못을 다시 하지 않게 하기 위해서 필요한 조치다.

한국의 아이들이 물건을 아끼지 않는다. 무한 공급해주어서다. 중요하고 아껴 써야 할 이유를 모른다. 가방을 놓고 와서도 거리낌 없다. 다시 사주는 한국의 엄마가 있기 때문이다. 가방을 잃어버려 학교에 가 어려움을 그대로 겪게 해주어야 한다. 연필을 잃어버렸다면 연필이 없어 불편한 것을 겪게 해주어야 한다. 그래야 아이가 물건의 중요함을 알고 물건을 사주는 부모에게 고마움을 깨우친다.

한국의 아이들은 버릇이 없다. 한국의 아이들이 다른 나라 아이들보다 부족해서 버릇이 없는 것이 아니다. 버릇없게 가르친 부모들은 분명하게 아이의 부모다. 아이의 부모가 책임이 있다. 가족이 들어오고 나갈 때 나와서 맞이하게 하는 것이나 사람이 나가고 들어올 때 나와서 인사를 하는 것은 기본 예의다. 아이가 예의를 지키지 않고 있다면 책임은 전적으로 부모에게 있다. 마찬 가지로 아이에게도 책임을 다하지 않으면 책임을 스스로 지도록 해야 한다. 여기에서 지켜야 할 것은 감정적으로 처리해서는 안 된다.

창의적인 하브루타놀이수학은 장난감처럼 놀면서
공부할 수 있고, 놀면서 생각에 불이 들어오게 한다.
핵심은 놀이다. 놀면서 공부할 수 있다면,
놀면서 창의적인 생각이 떠오른다면 더 이상의 학습법은 없다.

9장

또 다른 하브루타, 창의적 수학數學놀이

놀이로 수학을 할 수 있다고! 정말 할 수 있다. 물리나 화학보다 더 싫어하는 수학을 놀이로 할 수 있다니. 정말 가능하다. 하브루타놀이수학이다. 하브루타는 학습방법이다. 하브루타는 구체적으로 제시하는 학습의 틀이 없다. 하브루타의 강점이자 약점이기도 하다. 실행방안이 구체적으로 제시되지 않아 다양한 방법이 구사될 수 있다. 아쉬운 점은 구체적인 방법이 없어 오류와 실수가 발생한다는 점이다. 이를 보완하기 위해 나온 것이 하브루타 놀이교구다. 놀이수학이라고도 한다.

메싸플러스METHA+에서는 놀이기구를 이용한 하브루타를 익힌다. 놀이를 하다보면 어느 새 수학 원리를 깨우치게 된다. 어린아이가 몇 시간 만에 산수 원리를 깨우쳐 더하기와 빼기를 스스로 터득하고, 곱하기와 나누기를 깨우친다. 구구단을 배워 암기하는 것이 아니라 원리를 깨달아 스스로 공식을 만들어내는 경이로운 놀이수학이다. 이스라엘에서 직접 사용하던 교구를 그대로 가져와 한국에 적용시킨 수학 놀이교구다. 아이부터 어른까지 나이 구분 없이 사용할 수 있는 놀이교구다. 공식도 없고 답도 없다. 끝이 없이 놀 수 있는 교구라는 점이 특별하다. 창조적인 놀이교구다. 하나의 놀이교구에서 적게는 몇 가지, 많게는 수백 가지의 해결방법이 나오는 놀라운 놀이교구다. 산수 원리를 깨우칠 수 있는 놀이교구부터 삶의 원리를 깨우치는 놀이교구까지 다양하다. 놀이교구가 무려 150개다. 구체적인 방법으로 놀이교구를 이용하면 하브루타의 장점을 그대로 살릴 수 있다.

첫째, 도구를 이용해서 놀기 때문에 질리지 않는다.

나이와 상황에 맞춰진 놀이교구여서 누구나 쉽게 적응할 수 있고, 호기심이 발동하게 되어 있는 구조로 되어 있어 지치지 않고 논다. 계산이나 공식이 아닌 순수한 놀이로 되어 있어 지치지 않고 놀 수 있다. 모두가 나무로 제작되어 있어 감촉이 좋고, 자연친화력을 느낄 수 있다.

둘째, 방법을 연구하면서, 끝없이 생각하고 토론하게 된다. 정답이 있지 않다. 순서가 정해져 있지 않다. 원리를 찾아가는 놀이라서 다양한 방법과 다양한 생각을 구사할 수 있다. 방법을 찾아내기 위한 소통과 대화가 필요하고, 자신의 생각만큼 함께 놀이를 하는 친구에게 양보하는 것도 배우게 된다.

셋째, 서로 다른 의견을 받아들이고 이해한다. 자신과 다른 생각이 문제해결에 도움이 된다는 것을 깨달으면서 나와 반대되는 의견에 동조하는 훈련이 저절로 된다. 상대에 대한 이해로 다툼이 없어진다. 누가 먼저 해결하는 것이 목표가 아니라 함께 해결방법을 찾아가는 과정으로 되어 있어 친구의 생각을 존중하게 된다.

넷째, 자신의 생각을 이야기하면서 자신의 생각을 정리할 줄 알게 되고, 상대의 다른 생각을 받아들이면서 사유영역의 확장이 일어난다. 다른 것이 고맙고, 새로운 세계로 들어가는 길임을 깨닫게 된다. 친구에게 배우는 것이 자연스럽다.

다섯째, 서로 교감하고 소통하면서 인간관계가 깊어지고 성숙되어진다. 친구를 이해하는 계기가 된다. 생각을 공유하게 되고, 다름을 확인하면서 친구를 이해하게 된다. 보다 돈독한 사이로 발전하는 계기다. 부모 자식 간에 놀이를 하면 닫혔던 대화가 열리고 소통이 일어난다.

여섯째, 지식과 사유영역의 확장과 창조능력의 기반이 된다. 놀이를 통한 원리를 깨닫게 되면서 자연원리와 수학원리 그리고 인간관계의 확장까지를 함께 이루게 된다. 세상을 여는 것은 머리가 아니라 가슴이라는 것을 함께 놀이를 하면서 깨닫게 된다.

창의적인 하브루타놀이수학이다. 기존 하브루타와는 다른 형식이다. 아이들이 싫어하는 산수와 수학의 원리 놀이를 하면서 공부하는 창의적인 놀이수학이다. 이스라엘에서 개발해서 만든 창의적인 수학 하브루타놀이수학이다. 공부가 아니라는 점이 중요하다. 놀면서 배운다는 점이 다르고, 지식공부가 아니라 창의적인 원리를 깨우쳐주는 놀이라는 점이 다르다.

우리가 흔히 착각하는 것이 지식을 많이 배우는 것이 창의적이라는 생각이다. 분명 아니다. 학교에서 가르치고 배우는 지식을 늘리는 공부에서는 창의력이 나올 수 없다. 과거의 지식을 답습하는 것이 한국인의 공부다. 시험이나 능력시험을 볼 때도 마찬가지로 지식의 많고 적음을 판가름하는 것이 대부분이다. 물론 지식의 많다는 것은 폭넓은 사고와 깊이를 가지고 있다는 점에서 높이 평가할 수 있다. 하지만 창의적 사고와는 무관하다.

어수선하고, 시끄럽고, 난장판 같은 곳에서 창의적 사고가 싹을 틔운다. 연구소가 질서정연하고, 체계적인 곳은 드물다. 연구소의 외면은 깨끗하고, 안정적이지만 안으로 들어가면 어수선하고 정신없다. 절단하고, 용접하고, 실험을 하는 도구들로 가득하다. 정신문화연구소나 인성실험연구소 같이 정신적인 면을 다루는 연구소는 겉으로 드러날 것이 없다. 이공계의 연구소는 다르다.

창의라는 것이 기존의 개념을 바꿔야 만날 수 있는 세계다. 지금까지와는 다른 것을 생각하고 만들어내는 것이 창의다. 기존을 파괴해야 열리는 세계다. 당연히 질서보다 무질서다. 한국의 교육계에서는 생각하기 어려운 상황이다. 한국의 교육은 질서와 안정 그리고 기억량의 확대를 늘리는 것에 모아져 있다. 한국형 교육과 정반대에 서 있는 교육이 있다. 하브루타다. 하브루타에 대해서는 앞서 설명했다. 하브루타의 형식을 빌리지만 놀이로 하는 하브루타다. 대화로 하는 질문과 대답이 하브루타라면 놀이로 하는 것이 창의적 수학놀이하브루타다.
창의적 하브루타는 대화와 질문은 있지만 놀이를 하기 위한 하브루타다. 두 명 이상이 모여 놀면서 수학공부를 하는 하브루타놀이수학다. 놀면서 산수算數를 하고, 수학數學을 한다면 믿어질까 싶다. 하지만 현실이다. 원리를 배우게 된다. 숫자공부를 놀이로 한다면 언뜻 이해가 되지 않는다. 진법에 대해서 들은 적이 있다. 10진법, 60진법은 우리 일상에서 만나는 것들이다. 요즘은 2진법이 대세다. 10진법, 60진법은 이미 익숙해져 있는 것이고, 2진법은 디지털시대가 오면서 중요해졌다.
진법을 설명하라고 하면 갑자기 머리회전이 멈추어 버린다. 기성세대일수록 더하다. 하지만 놀이수학을 하면 한 번에 풀린다. 실제로 해보면 깨닫게 된다. 예를 들어 10진법을 설명해보자. 수학교수가 설명하면 더 어려워진다. 단순하게 생각하면 답이 나온다. 10진법은 숫자가 10이 넘으면 다음으로 넘어가는 원리다. 10진법에서 10개 이상은 없다. 조금 더 설명하면 10을 넘길 때는 다음 자리로 넘어가는 것을 말한다. 예를 들어 11이면 10에 1이 넘친 것이다. 11에서 앞자리의 1은 1로 적혀있지만 실은 10이다. 뒷자리의 1은 그대로 1이다. 자리를 정해서 10이 넘을 때마다 정해진 자리에 표시하는 것이 10진법이다. 60진법도 마찬가지다. 60이 넘는 숫자를 다음 자리로 넘기는 것이 60진법이다. 우리는 시간이나 각도를 사용할 때 60진법을 사용한다. 65분이면 60분과 5분이다. 60분을 넘는 것을 시간으로 표시한다. 65분은 1시간 5분이 된다.

2진법으로 들어가 보자. 2진법은 2가 넘으면 다음으로 넘어간다. 그래서 2진법은 1과 2밖에 없다. 2개 이상은 없다. 생활에 적용하면 1은 없음이고, 2는 있음이다. 이 원리를 사용하면 산업과 생활에 이용할 수 있다. 전기가 들어오지 않는 상태를 1로 하고, 전기가 들어오는 것을 2로 하면 선택에 따라 전기를 켜고 끌 수 있다. 밤과 낮도 2진법이다. 밤은 1이고, 낮은 2일 수 있다. 음과 양은 2진법으로 표현할 수 있다. 이것을 〈1과 2〉가 아닌 〈0과 1〉로 바꾼 것이 디지털2진법이다.

지식을 책이나 편지 같은 저장법에서 기계가 인식할 수 있도록 한 것이 디지털이다. 디지털에도 수학 원리인 2진법이 들어갔다. 인간이 가진 재료는 3가지 특징을 가져야 재료로 가능하다.

1.표현되어야 한다.
2.저장되어야 한다.
3.이해되어야 한다.

언어나 상징을 컴퓨터에게 이해시키려 해도 이해시키기가 어렵다. 자연계에서는 '존재한다'와 '존재하지 않는다'로 존재한다. 이것을 표현하는 방법도 '존재한다'와 '존재하지 않는다'로 표현한다. 그것이 0과 1이다. 디지털 표현방식이다.

설명이 길었지만 아이들에게 하브루타놀이수학으로 놀게 하면 수학의 원리, 산수의 원리를 자연스럽게 터득한다. 이것이 하브루타놀이수학이다. 숫자가 가진 원리를 창의적 수학하브루타놀이수학은 원리를 설명한다. 도구가 있다. 도구가 있다는 점이 일반 하브루타에서 한 차원 발전한 하브루타다. 수학의 원리뿐만이 아니라 창의적인 사고를 발달시킨다.

창의적인 사고는 지식과의 싸움이 아니라 기존 지식을 파괴해서 새롭게 해석하거나 새롭게 만들어낸 물건이다. 지금까지 옳다고 여겼던 것을 다른 해석으로 풀어낼 수 있어야 한다. 지금까지 사용하던 물건을 새롭게 고쳐서 만들어낸 것을 말한다. 과거가 아니라 현재의 방식으로 바꾸려면 당연하게 무질서를 경험해야 한다.

– 창의적인 하브루타놀이수학 –

창의적인 하브루타놀이수학은 장난감처럼 놀면서 공부할 수 있고, 놀면서 생각에 불이 들어오게 한다. 핵심은 놀이다. 놀면서 공부할 수 있다면, 놀면서 창의적인 생각이 떠오른다면 더 이상의 학습법은 없다. 정리해 본다. 놀이교구의 종류가 150종류가 넘는다, 모두 다른 특징을 가진 놀이교구다. 수학 원리를 깨우치게 하는 놀이교구, 창의적인 생각을 하게 하는 놀이교구, 서로 친해질 수 있는 놀이교구 등으로 다양하다.

모두 나무로 만들었다는 특징이 있다. 기발한 발상과 아이디어로 번쩍, 생각의 전구에 불이 들어온다. 단순하게 놀면서 생각하게 만드는 놀이교구가 있는가 하면 하나의 놀이교구로 100가지가 넘는 다른 방법을 찾아내게 하는 놀이교구도 있다. 정말 창의적이다. 창의적인 하브루타놀이수학을 하면 좋아지는 핵심 3가지다.

1.놀면서 공부한다.
2.놀면서 생각한다.
3.놀면서 친해진다.

하브루타놀이수학을 하면 놀면서 자연스럽게 공부가 되고, 놀면서 자연스럽게 생각하게 한다. 그리고 놀면서 친해진다. 기존의 하브루타가 대화를 하면서 공부가 되고, 대화를 하면서 생각이 깊어지고 넓어진다. 그리고 무엇보다 짝과 친해진다. 서로를 알게 되어서다. 하브루타놀이수학이 그렇다. 엄마 아빠와 놀면서 가까워지고, 놀면서 친구와 가까워진다.

교육의 목적은 답을 알아가는 과정을 스스로 깨우치도록 하는 것에 있다. 이것을 공부라고 한다. 한국에서의 공부는 이미 존재하는 지식을 알려주는 지식공장이다. 지식을 많이 머리에 저장하도록 하는 축적형 지식창고다. 이스라엘의 공부 방법은 살아가는 방법을 찾도록 유도하는 지혜발전소다. 또한 창의적인 사고를 길러주는 길라잡이 역할을 한다.

한국사회에서 문제가 되고 있는 것이 가족의 대화 차단이다. 가족의 재생이 절실하다. 아빠와 엄마가 대화가 없고, 아빠와 아이들 간의 대화가 없다. 마지막 보루였던 엄마와 아이의 대화도 없어지고 있다. 한국사회가 가진 교육의 문제점과 가정의 문제점을 해결하는데 하브루타놀이수학이 중요한 역할을 할 것으로 생각한다. 가족이 모여 하면 더욱 재미있는 놀이다. 우선은 쉽게 접근할 수 있다는 장점이 있다.

– 하브루타놀이수학의 한국화 –

하브루타놀이수학은 이스라엘에서 개발되었다. 한국에 들여온 사람은 조둘연 회장이다. 조둘연 회장은 하브루타놀이수학을 이스라엘에서 들여와 한국인의 성향에 맞게 고쳤다. 하브루타를 우리나라에 소개한 두 사람이 있다. 최초로 하브루타의 정신과 원리를 소개한 분은 전성수 교수다. 그리고 도구를 이용한 놀이로 만든 하브루타를 소개한 분이 조둘연 회장이다.

하브루타놀이수학의 목적은 첫째 교육에서 가장 효과가 떨어지는 교육방법이 가르치는 교육이라는 학술적 연구가 있었다. 가르치는 교육에서 놀면서 터득하는 교육의 필요성으로 하브루타놀이수학이 개발되었다. 둘째 두뇌가 지식기억창고가 아니라 창의개발센터로 바꾸는 역할로 개발한 하브루타놀이수학이다.

교육내용에 대해서 알아보자. 큰 틀에서 하브루타의 원형이 가진 목적을 그대로 가지면서 내용에서도 하브루타 방법을 적용해서 만들었다. 시끄럽고 어수선하지만 결국은 창의적인 길을 찾아가게 하는데 중점을 두었다. 교육내용을 정리하면 이렇다.

1.가르치고 배우는 교육이 아니라 놀면서 깨우치는, 교구를 이용해서 하는 수업이다.
2.이스라엘의 탈무드 하브루타 방식을 접목한 자발적인 학습방법으로 즐거운 놀이다.
3.어른과 아이, 선생과 학생, 부모와 자녀로 이루어진 짝이나, 나이 상관없이 동등한 짝과 함께하는 소통과 창의력을 깨우는 놀이다.

하브루타놀이수학을 할 수 있는 대상은 이렇다.

1.누구나 할 수 있다.
2.다 같이 할 수 있다.
3.쉽게 할 수 있다.

특이사항으로 이스라엘 정부에서 인증 받은 영재교육프로그램이며, 재미있는 교구놀이를 통해 자연스럽게 수학적 원리를 터득하고, 사고력 문제해결능력 집중력 논리력 향상시켜준다. 창의력 교육에 대부인 토레스 창의성 이론에 바탕을 둔 다양하고 체계적인 영재교육 프로그램이다. 또한 이스라엘 영재교구 딜레마를 바탕으로 KDG와 전국평생교육협의회가 직접 개발한 전문영재놀이 교육프로그램이다. 그리고 유아나 아동들의 체계적인 교육으로 창의력, 집중력, 소통의 교육, 성취감을 제공하는 교육적 역할을 한다.
하브루타는 사람이 지구라는 특수한 환경에서 사람이 가진 특성을 정확하게 파악하여 핵심적인 문제점을 해결한 교육방법이다. 쉬우면서도 근원적인 것이 개인으로서의 인간이 가진 한계를 극복할 수 있는 방법이 대화였다. 혼자의 생각을 두 사람이 보완하는 방법으로 하브루타는 최선이다. 나라는 한계를 극복하게 한 것이 하브루타의 출발이다. 내가 옳아야 하는 것이 아니라 내가 옳음을 인정받기 위해서 먼저 짝을 통해 확인해보고, 검증받는 교육방법이다.
세상과 만나는 통로를 만나야 한다. 닫힌 문을 열어야 한다. 하브루타가 필요한 이유다. 하브루타를 성공적으로 하기 위해서는 변화에 적응해야 한다. 조금은 부드러운 이야기로 바꿔보자. 쉽게 풀이한 것이 더 강하고, 쉬운 것이 더 강하다는 것을 보여주는 예다. 지금까지는 정석에서 살펴보았다. 말하기, 듣기, 대화하기, 소통하기를 알아봤다. 그리고 무엇보다 하브루타에 대해서 심도 있게 다루었다. 마지막으로 일상에서 편하게 받아들이고 이용할 수 있는 것을 살펴보자. 국민MC라 불리는 유재석의 소통의 법칙 10가지다. 많이 알려진 내용이다. 개그맨 출신답게 농담처럼 접근하면서 날카롭다. 유재석의 '말하는 소통의 법칙 10가지'다. 하브루타를 하면서 참고하면 좋을 듯하다.

1. '앞'에서 할 수 없는 말은 '뒤'에서도 하지 마라. 뒷말은 가장 나쁘다.
2. '말'을 독점하면 '적'이 많아진다. 적게 말하고 많이 들어라. 들을수록 내 편이 많아진다.
3. 목소리의 '톤'이 높아질수록 '뜻'은 왜곡된다. 흥분하지 마라. 낮은 목소리가 힘이 있다.
4. '귀'를 훔치지 말고 '가슴'을 흔드는 말을 해라. 듣기 좋은 소리보다 마음에 남는 말을 해라.
5. 내가 '하고' 싶어 하는 말 보다, 상대방이 '듣고' 싶은 말을 해라. 하기 쉬운 말보다 알아듣기 쉽게 이야기해라.
6. 칭찬에 '발'이 달렸다면, 험담에는 '번개'가 달려있다. 나의 말은 반드시 전달된다. 허물은 덮어주고 칭찬은 자주해라.
7. '뻔'한 이야기보단 '펀fun'한 이야기를 해라. 디즈니만큼 재미나게 해라.
8. 말을 '혀'로만 하지 말고 '눈'과 '표정'으로 말해라. 비언어적 요소가 언어적 요소보다 더 힘이 있다.
9. 입술의 '30초'가 마음의 '30년'이 된다. 나의 말 한 마디가 누군가의 인생을 바꿀 수도 있다.

10.'혀'를 다스리는 건 나지만, 내뱉어진 '말'은 나를 다스린다.
함부로 말하지 말고, 한번 말한 것은 책임져라.

국민MC라는 칭호가 괜히 나온 것이 아님을 보여준다. 하브루타는 질문하는 쉬운 방법으로 큰 것을 만들어낸다. 유재석 MC의 소통의 법칙처럼 쉽게 접근하는 하브루타를 기대한다. 하브루타는 한국의 현실에서 꼭 필요한 교육법이다. 마지막으로 하고 싶은 말로 마무리한다.
"진정한 스승은 가르치지 않고, 생각하게 한다."

끝